天災ものがたり

門井慶喜

講談社

天災ものがたり

もくじ

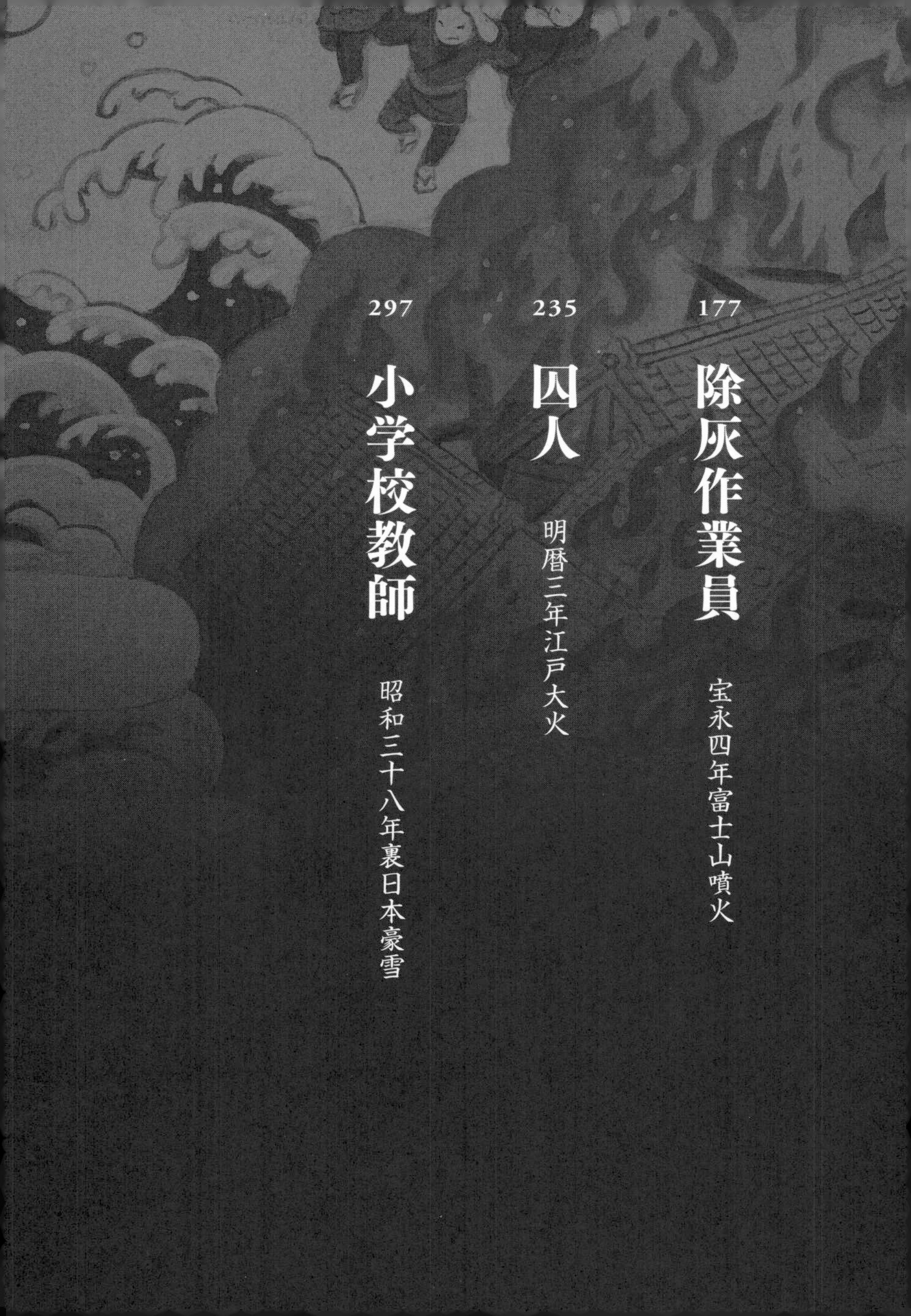

装画　山本祥子
装幀　小川恵子（瀬戸内デザイン）

一国の国主

天文十一年甲府洪水

甲斐国《かいのくに》は、いまの山梨県。

総面積の九割ちかくを山が占め、のこるは無数の谷である。

谷を、古来、峡《かい》と呼ぶ。

その底から見あげると山の稜線が交わっている、すなわち「交《か》う」ように見えるから「峡」とか。これこそ「甲斐」の国名の由来だという説もあるくらいである。もしも神の両手が本州を東と西から挟んだら、中央がきゅっと盛りあがるだろう。その盛りあがりのしわの部分がつまりは甲斐国なのだった。

いや。

そのしわには、隙がある。

まるでそこだけ寄り忘れたかのように、小さな盆地がひとつ。甲府《こうふ》盆地である。

当然そこへは、まわりから幾筋もの谷があつまってくる。山々がこぞって雲を起こし、雨をふらせれば、谷はたちまち川になる。まっしぐらに水を落とす。

まったくもって甲府盆地とは、洪水になるために生まれてきたような平地《ひらち》だった。太古のむかしは満々たる湖だったという伝説もそれなりに説得力がある。その川のうち、ことに大きいのが北からの釜無川《かまなしがわ》、および西からの御勅使川《みだいがわ》にほかならなかった。盆地北部の西山之郷《にしやまのごう》（現在の甲斐市竜王《りゅうおう》）で合流して、南へまっすぐ駆けくだる。

天文《てんぶん》十年（一五四一）初冬。

戦国時代である。その西山之郷の合流点を、北西方《がた》から視察する武士の一団があった。大部分は歩兵《かち》。みな鎧兜《よろいかぶと》はつけていない。ただしその中央に三人だけ、黒っぽい、足首の太い馬にまたがっている者がいて、彼らだけは鎧と臑当《すねあて》を身につけていた。

人の上に立つ者の威厳、というものだろう。その三騎のうちの、まんなかの若者が、

「これは」

口を閉じ、ごくりとつばを呑んだ。そうしてまた口をひらいて、

「この合流点《おちあい》は、さて……」

声が、小さい。

その右の中年の武士が、手綱をにぎったまま若者をぎょろりと見て、

「何か？」

「あ、いや」

「申したきことあらば、臆さず申されよ。わしは決して怒りませぬ」

「ならば」

と若者は顔をあげて、こほんと咳払いしてから、

「この合流点、わしは、一日も早う手を打つべきと思うのだが」

「……なぜ？」

「この雨の少ない季節ですら、この激しい水のぶつかりよう。ほら、いまも人の背丈ほどのしぶきが上がった。あそこだ。あそこも。ことしは幸いにして台風《のわき》も少なく、川の暴れもなかったけれども、来年はわからぬ。暴れたら川ぞいの百姓はたいへんな苦難をこうむることに……」

「殿《との》」

「はい」

「殿は、何にもわかっておられませぬ！」

中年の武士は、一喝した。

だけでは気がすまなかったのだろう。顔をまっ赤にして、手をのばし、若者の腿《もも》をぴしぴし手でたたきながら、

「それはもう済んだ話じゃ。先代のお父上がたくさん川すじを埋め立てて、いま見るごとく一本ずつにまとめて、埋め跡《あと》を田や畑にした。それでじゅうぶん百姓は恩に着ている。そんなことより」

と、手のぴしぴしをいっそう速くして、

「そんなことより大事なのは、隣国信濃《しなの》の攻略にござる。あそこは目下のところ府中（松本）の小笠原《おがさわら》氏、更級《さらしな》の村上《むらかみ》氏、諏訪《すわ》の諏訪氏等がひしめいていて、放っておけば、いずれ誰かが国の統一をなしとげる。そうなったら手ごわくなる。いまのうちに各氏を撃破して領土を奪

い、天下に武田《たけだ》の名をとどろかせなければ。殿」

「はい」

「もっと気を強くお持ちなさい！　わしがきょう、この川の景色をお見せしたのは、百姓へ心を遣《や》るがごとき気弱《きよわ》の虫を飼うためではござりませぬ。殿の自覚をうながすためじゃ。この甲斐のあらゆる風景をわがものとし、もって、国主のつとめを行住坐臥、念じ入られますよう。そもそも殿は日ごろから……」

と、批判は日常生活の些事へおよぶ。

声がいちいち周囲の山に谺《こだま》する。こうなるともう当分お説教は終わらないだろう。若者は内心、

（やっぱり）

げんなりした。中年の武士は、板垣信方《いたがきのぶかた》という部将である。先代以来の宿老であるが、この信方が「怒らないから言え」と言うのは、むかしから要するに「かならず怒る」と言うのと同義だった。

若者は、武田晴信《はるのぶ》という。

四か月前、たった二十一歳にして甲斐国の国主となった。すなわち、のちに出家して信玄《しんげん》と号し、日本史における代表的な戦国大名のひとりに数えられることになる男だけれども、しかしこのときは肌が白く、ひげがなく、体もひょろひょろとした単なる大名初心者にすぎない。

それでも内心では、

（それにしても）

ちょいちょい川を盗み見して、

(やはり、どうか)

とは思うのである。この川と川との合流は、合流というより、ほとんど衝突ではないか。なるほど父・信虎《のぶとら》が複数の小川をまとめて一本ずつにしたのは正しい方策にちがいないが、それは、たとえて言うなら蛇の群れをまとめて一匹の龍にしたようなもので、龍と龍との体当たりはかえって荒々しくなってしまった。

少なくとも、農耕に最適な川の姿ではないはずである。もっとも、こんな話を蒸し返したりしたら、信方の怒りの火に油をそそぐことになる。説教の時間が、三倍になる。

(ま、いいか)

若者はあっさり思考を放棄した。あとはひたすら首《こうべ》を垂れ、神妙に聞くふりをするばかり。

†

はたして翌年、釜無川は氾濫した。

原因は、夏の雨だった。盆地内ではことさら降ったわけでもないが、それだけに人々は油断していた。山間部の豪雨がそのまま滝のように落ち寄せて来てはじめて大事《おおごと》だと知り、知ったときには遅かったのである。

もっとも、この出水《でみず》がもしも釜無川のそれだけだったら、どうということもなかったろう。

なぜなら釜無川の川すじは多少蛇行するものの、だいたいがまっすぐだからである。いくら流れが急であろうと、いや、急だからこそ、北から南へどっと駆け抜けてしまう。つまりは素通りである。要するに人間のほうで川へ近づかなければいいだけの話。盆地全体にはほとんど危険はなく、被害もなかったに相違ないのだ。

実際はもうひとつ、御勅使川がある。

西から釜無川へなだれこむ。その合流点は、それでなくても武田晴信をして合流というより衝突だと恐れさせたほど荒々しいので、それが出水ともなれば、釜無川もこれを完全に受け止めることができなかった。

釜無川は、あたかもまっすぐ走っている人が横から別の人にぶつかられたように東へぐにゃりと曲がった。それでもなお受け止めきれない。御勅使川はとうとう東へ突き抜けてしまったため、二本の川は、上から見ると「十」の字のようになってしまった。

こうなるともう、流路も何もあったものではない。申し訳ばかりの堤防は、あるいはあっさり乗り越えられ、あるいは削り崩されて、周囲の土地がだらだら水びたしになった。

川という線が、面になったのである。その水位は広い範囲で人の背丈をこえ、さらには家々の屋根に達した。甲府盆地は、その中央部が、ほんものの湖になったかのようだった。もちろんこの盆地にも高台はある。ところどころ水から顔を出している。しかし何しろ最初の油断があったため人々はたいてい逃げおくれ、水につかまり、渦のなかへ呑みこまれた。

子供も、大人も、年寄りも呑みこまれた。男も女も呑みこまれた。馬や牛も呑みこまれた。ほとんどが溺死したのは当然として、そのほかには、意外にも打撲死が多かった。

つまりは水中で殴り殺されたようなものである。水はあらかじめ上流でたんまりと大小の石をかかえていて、これに全身を袋叩きにされたのだ。流れの速さが殺傷力をいっそう高めたことはいうまでもない。

こういう出水は、引くのも速い。

山間部の豪雨が止むや否や、釜無川も、御勅使川も、まるで我に返ったかのように水量を減らした。

あっさりと元どおりの川になった。盆地を覆う「湖」も、その後の晴天で干上がった。ふたたび地表があらわれたとき、それは泥土に覆われていた。大小の石がごろごろしていた。

そしてもちろん、人間や動物の死体たち。ただしその数は案外と少なかった。釜無川の主流へまきこまれて南へ南へと運ばれたあげく、駿河《するが》湾へ押し出されたのだろう。なお南どなりの駿河国では、このとき物的および人的被害はほとんどなかった。釜無川（駿河国では富士川）は中下流域では川幅もぐっと大きくなるし、また緩衝地帯たる河原もひろがるので、元来これくらいの雨では目を引く災害にはならないのである。

ともあれ甲府盆地では、水没地域の田畑は全滅。

干上がったところでどうにもならない。生き残った人々はそれを耕しなおす前にまず死体を処分しなければならず、砂礫《されき》や石を取り除かなければならなかった。全体として見れば、むろんのこと、秋の収穫高は大きく減るにちがいない。

「やはり」

晴信は、とうとう決意した。

洪水から四日後のことである。小姓のひとりへ、するどい声で、

「やはり、わしの思ったとおりじゃった。信方を呼べ。いますぐ来いと言え」

晴信はこのとき、躑躅《つつじ》ヶ崎館《さきやかた》の御殿にいる。「館」という名ではあるものの、外濠と内濠、および複数の曲輪《くるわ》をそなえた全国屈指の平城である。位置的には甲府盆地の北のはしっこにあるが、例の釜無川、御勅使川の合流点からは東へ離れていることもあり、今回の洪水の被害はなかった。

信方が、急いで登城してきた。板床《いたゆか》の上へどさりと音を立ててあぐらをかき、不機嫌そうに、

「何事です、殿。所領へ手紙を書いていたところだったのですが」

「申しひらきを」

「は？」

「このたびの出水、まさにあの龍と龍のぶつかりが原因じゃった。わしが正しかったのじゃ。信方よ、申しひらきがあるなら聞こう」

と、そこまで言うと晴信はすっくと立ちあがり、右手でびしっと信方の顔を指さして、

「ないであろう。これは由々しきことであるぞ。われら大名はいくさが必須、そのため将兵の食う米の供給《あてがい》も必須。これを損なうは国を損なうにひとしいので……」

「ああ」

と、信方は顔色を変えず、縁の下の猫が子を生みましたとでも言わんばかりの至極つまらなそうな口調で、

「米ならば、同盟中である信濃国の諏訪家と話をつけました。あそこは例年どおりの作柄だそうで、秋口に百石もらいます」

「え」

「ほかに春日《かすが》家とも、仁科《にしな》家とも。そのかわり先方に何か不測の事態が生じれば、ただちにこちらは兵を出す。そういう取り決めです。ああ、そういえば、殿には報告しておりませんでしたな。これは申し訳ありませぬ。殿はもっと大所高所からものを見るべきかと、ついつい遠慮してしまいまして」

わざわざゆっくりと頭をさげる。晴信は、

「な、な……」

「川というのは、どうにも手のほどこしようがありませぬなあ。今後も出水はあるでしょう、あれば領民は死にましょう。しかしながら殿においては、それはいわば戦場《いくさば》で死ぬのも同然とあきらめられるのが上策かと。そうして米の不足に対してのみ前もって手を打っておく。ほかに何か方法が？」

と信方が言い、じろりと上目づかいになると、晴信は、

「あ、いや」

右手をあいまいに動かしたあげく、そろりと体の横へ垂らしてしまう。

完敗である。実際には最初の難詰のことばを口にするだけでもう八ヶ岳《やつたけ》の標高ほどの勇気が必要だったのだ。

信方が、

「お話は、それまでですかな。ならば失礼」

と、片ひざを立てたのへ、

「ま、待て」

「まだ何か？」

「わしは、やるぞ」

「何を」

「川への対策《てあて》を」

「これ以上ぐずぐず言うようなら、ほかの部将ともども、殿へのご奉公のありかたを再考しなければなりませんが？」

脅しである。いくらか遠まわしな表現だけれども、信方はここで要するに、貴様などいつでも国主の座から落としてやると言っているのだ。

前例があった。昨年の六月、晴信の父にして先代国主である武田信虎は、少数の兵とともに駿河国の今川義元《いまがわよしもと》のもとへ行った。

今川家は、長女（晴信の姉）の嫁ぎ先である。つまりは一種の平和的というか、外交的訪問にすぎないわけだが、そうしたら甲斐の家臣団はあとから大兵を派遣して、国境の道をふさいでしまった。

信虎は、帰るに帰れない。しかたなく今川家にとどまって人質同然の生活をはじめたが、これがじつは家臣団があらかじめ今川家としめしあわせて仕組んだ追放劇にほかならなかったのだ。計画の中心は信方で、ほかに飯富虎昌《おぶとらまさ》、甘利虎泰《あまりとらやす》といったあたり。要するに、ほとんどの重臣がこの謀反に加担したのである。

武田信虎は、すぐれた軍事指導者だった。

豪族たちの相争う甲斐国を一代で統一し、いまの躑躅ヶ崎館を築いて支配の中心とした。初代の国主と言うこともできる。それだけに統一後は政権のあらゆる問題について独断専決するようになり、家臣たちは単なる手駒のようになった。

ばかりか信虎は家臣たちの所領内の人事や年貢の多寡といったような家内的、経済的要素にまで口を出すようになったので、

——堪忍ならん。

その憤懣がとうとう爆発した恰好だった。もっとも、甲斐の領民も、信虎のもとでは戦争へ駆り出されるばかりだったから、この政変をおおむねよろこんだらしい。

ひとりよろこべないのは晴信だった。頼れる父親をとつぜん喪失した上、国外では、

——やったのは、晴信だ。

——晴信が、家臣に命じて追い出したのだ。

と決めつけられたからである。それはそうだろう。何しろ父のあとに国主の座に就いたのだ、ほかの見方はありようもない。実際にはそんなことは決してないのだが……いや、或る程度までは正確だった。たしかに晴信はそれを家臣に命じたのだ。しかしながらよりいっそう正確を期すならば、その言いかたは「家臣に命じろと命じられた」くらいになるだろう。何しろ父が駿河の今川家へ向けて出発した晩、晴信は、ひとり躑躅ヶ崎館の寝室で寝《やす》もうとして、

「若殿」

低い声で呼びかけられたのである。

目をさまし、跳ね起きた。夜具の左右に、板垣信方、飯富虎昌、甘利虎泰……重臣がずらりとあぐらをかいている。

ほとんど全員いるのではないか。薄暗い部屋のなか、晴信は、ただ彼らの目玉だけが白く大きく光るのを見るしかなかった。

枕もとの板垣信方が、

「若殿。われらにご下知を」

「下知？」

「殿様（信虎）がふたたび甲斐へお帰りあらぬよう、大兵を出して帰り道をふさぐ、その大兵を出せと申されるべし」

「え」

「いま、ここで」

「え、え」

「ご下知を！」

と、重臣たちは声をそろえた。

みな兜をかぶり、鎧をつけ、腰に太刀を帯びている。こっちは帷子《かたびら》一枚の丸腰である。晴信は拒否した。とうてい受け入れられる話ではない。だが相手も引くことをせず、三、四度のやりとりのあと、ついに、

「わ、わかった」

晴信はすなわち、この若さで、まだ何もしないうちに日本有数の大名になったかわり、天下一の親不孝者という後世の評価まで頂戴してしまった。

はからずも、としか言いようがない。もちろんこのとき、家臣たちは、かならずしも尊崇の念の故に晴信を国主にしたわけではなく、要するに、あやつり人形がほしかっただけなのである。

そう。晴信のような経験不足で気弱で心配性で、そのくせ血すじだけは文句のない人間というのは、神棚へ置くには最適なのだ。実際の権力はわれわれが握ろう、思うさま甲斐国を支配してやろう。重臣どもはそう考えたのにちがいなかった。

もしも晴信がそれに逆らうようなまねをしたら。もしも独自の政治をやりはじめたら。晴信は父親の二の舞をふむことになる。国外へ追放され、二度と甲斐の土をふむことができないならまだしも、へたをしたら大兵によって躑躅ヶ崎館を包囲され、火矢《ひや》を射られ、猛火のなかで首を斬られるかもしれぬ。

家臣が主君を殺すのである。実際そのようにして殺された者の例はこの時代にはめずらしくも何ともなく、つまりはそれが下剋上とか、群雄割拠とかいう勇ましい名前で呼ばれるものの掛け値ない正体だった。そんなわけで晴信にとっては、いま目の前にいる板垣信方とは、ふところに入れた白刃《はくじん》のようなものだった。信用するに足る。ふとした拍子にこっちの身を斬る。

晴信は、

「信方」

と呼びかけると、トスンと気の抜けたような音を立てて尻を落として、

「おぬしの申し条、よくよく承知した」

われながら声に力がない。信方はあごひげを指でしごいてから、そのあごを少し上げて、

「さすがは利発な殿にござる」

「だがやはり、川の普請はやらせてくれぬか。のう、たのむ。わしはかりにも国主なのじゃぞ。いくらおぬしらに担ぎ上げられた神輿《みこし》も同然のなりじゃとて、少しは政治《まつりごと》がやりたい。迷惑はかけぬ。のう、のう、たのむ」

と、晴信はそう言って頭を下げさえしたのである。信方は、

「承知しました。まあこれも、何かの経験《まなび》になるかもしれませぬ」

「かたじけない」

「お手勢が必要でございましょう、殿。わしの兵を少々割《さ》いて進ぜる」

と、もはや貧乏人に銭でも貸すような口調である。晴信は、

「うん」

「では」

信方が立ちあがり、どすどす足音を立てて去ってしまうと、晴信はぐらっと体がかたむいた。横の小姓があわててささえる。晴信は、ひたいに浮かぶ玉の汗をぬぐいもせず、

「……なさけなや」

「と、殿」

「わしの身は、つくづくなさけなや」

洟《はな》をすすった。これしきの望みを通すことにすら、これしきの野心を表明することにすら、

これほど緊張を強いられる。

でも、いまは、これしか傀儡《かいらい》にならない方法はないのだ。晴信は身を起こし、力をこめて、

「わしは、やる」

小姓に言った。小姓は不安になったのか、

「ご成算は？」

「ある」

「どのような」

「おさないころ」

と、晴信はにわかに目をかがやかせ、唇をぺろっと舌でなめてから、

「おさないころ父上は、家臣《あやつら》とともに、いくさで各地を転々としていた。わしは誰にも構《かも》うてもらえず、弟の信繁《のぶしげ》やら、村方の子供やらといっしょに朝から晩まで川あそびしたものじゃ。鮎《あゆ》を釣ったり、川石《かわいし》をならべて岩魚《いわな》や甘子《あまご》を追いこんだり。およそこの国中《くになか》（甲府盆地）の川ならば、釜無も、御勅使も、笛吹《ふえふき》もみな親しい友のようなもの」

「はあ、川あそび」

小姓は、目をしばたたいた。その程度の理由かと言いたかったのだろう。晴信はなお夢中でしゃべりつづけた。あたかもふだん重臣にろくろく話を聞いてもらえない、その鬱憤を晴らすかのように。

翌日の朝、晴信は、躑躅ヶ崎館を出た。

†

時間だけはたっぷりある。西山之郷の例の場所へ行く。そこではきょうも釜無川へほぼ真横から御勅使川がまっすぐ流れこんでいたけれど、その音はさらさらと軽く、水量はわずかで、五日前に史上まれにみる洪水を起こした元凶であるとは思えなかった。

水も、澄んでいる。

晴信は、信方に借りた三十名の兵を――ほんとに少々だ――近隣へやり、農民をあつめさせた。

それから僧も四、五人呼ばせた。合流点に向かってお経を読ませる。宗派がちがうのでお経もばらばらだったけれど、農民たちは涙をながして、

「ありがたや。ありがたや」

僧ではなく晴信をおがんだ。晴信はうれしくなった。これぞ民衆のための政治ではないか。

「おぬしたち、もう少しの辛抱じゃ。わしが出水をなくしてやるでのう」

「出水を、なくす？」

「そうじゃ。おぬしらはもう生き死《あおもの》にを気にすることはない。夏の雨つづきのときも、秋の台風のときも、安んじて米や野菜を世話してやれる」

「おお！」

農民たちは、いよいよ忙《せわ》しなく手を摺《す》った。この瞬間、おそらく晴信は後光を背負った釈迦牟尼仏にも見えたにちがいないが、横あいから、

「むりじゃ」

ひややかな声が飛んできた。

三十名の兵の隊長、千野重清《ちのしげきよ》という者だった。こんなところに突っ立っているのは自分の本来の仕事ではないという目をありありと晴信へ向けて、

「太古のむかしから、人間は、山河風水には勝てぬものと決まっております。たとえば」

ぼそぼそと語った。たとえば七百年前、天長《てんちょう》二年（八二五）に起きた洪水のときなど、よほど被害が深刻だったのだろう、京のみやこの淳和《じゅんな》天皇はわざわざこの地へ勅使をつかわして水防祈願をおこなわせた。

そのころ甲府盆地には浅間《あさま》神社、美和《みわ》神社、玉諸《たまもろ》神社という三つの主要な神社があったが、祈願にさいしては、そのぜんぶの神主を呼び寄せるほど念を入れた。

「それがきっかけで創建されたのが、いまも西山之郷にのこる三社神社なのですが、殿様、それから出水はなくなったでしょうか？」

「………」

「とんでもない。やっぱり毎年のように起きているではありませぬか」

と決めつけたのは、この男、なかなか学問があるらしかった。もっともその学問も、おそらくは三社のうちのどれかの社伝を聞いたとか、あるいは前もって信方に知恵をつけられたとかいう程度のものだろうが。千野がなお、

て、

と千野が僧たちのほうへあごをしゃくる。農民全員の目がそっちへ行く。晴信は首をふっ

「これらの者は？」

「祈りなどには、わしは頼らぬ。水防とは人の知恵で成すものだ」

と逆《さか》ねじを食わせようとするのを晴信は手で制して、

「であるからして……」

「これは死んだ者の供養である。未来《ゆくすえ》には関係ない。それにな、日野」

「千野です」

「あ、これはすまぬ。おぬしは勘ちがいしておる。山河風水には勝たずともよい」

「どういうことです」

「早い話が、もしも釜無川だけだったら」

と、晴信は説明した。

もしも甲府盆地にあるのが釜無川だけだったとしたら、民のなやみは何もない。流れが速いぶん洪水が起きても被害の範囲はさほどでもないし、引くときは一気に引くからである。

水がだらだらと広きにわたって田畑を台なしにし、十日も二十日も引くことなく伝染病の原因にまでなってしまうのは大体のところ下流のほうの街なのである。実際、おなじ釜無川（富士川）でも、駿河国における河口のほとりの加島《かじま》あたりの沖積平野では古来そういう被害が多かった。

「すなわち問題は、じつは釜無川そのものにはない。そこへ横から御勅使川がぶつかることに

あるわけじゃ」

そのぶつかりがあんまり激しすぎるので、水がいわば爆発して、いっきに版図がひろがるのみならず、川が川を突き抜けて流路が十字状になってしまう。水魔がいっそう広がってしまう。五日前もそうだった。

「だから何です」

と千野が声を尖らせるのへ、

「だからその衝突を、やわらげればいい。それがわれらの成すべき事業じゃ。そうすれば川のあばれを完全におさえることはできぬにしても、なだめすかすことにはなる。人や田畑はさほど死なぬ」

「なだめすかす、ねえ」

いかにも立場の弱い君主の考えそうなことだと言わんばかりに目を細めた。晴信はむしろ胸をそらして、

「あるいは、こう申し做《な》すこともできよう。われらは川と対決するのではない、川を懐柔するのだと」

「実際どうやります」

「来い」

晴信は、北をさして歩きだした。

ざくざくと河原の石が鳴る。頭上の鳶《とび》がのんびり笛を吹く。千野はもちろん農夫も、なぜか僧たちも、ぞろぞろ後をついてきた。

距離は、一キロ弱だった。立ちどまって東のほうへ体を向け、

「あれを」

晴信は、釜無川の対岸を指さした。

ごろごろとした河原の石の上に、丘がひとつ乗っかっている。

高さは十丈か、二十丈か、とにかく人の背丈の十数倍もある。その景観は独特だった。まるで上から巨大な刀ですっぱり斬り下ろしたように岩の断面をこちらへ向けてさらしている。

断面は、横に長い。巨大な岩の屏風《びょうぶ》にも見える。或るところは凹《くぼ》み、或るところは凸《つぼく》んで、全体としては人の目鼻に見えないこともなく、してみると岩の上がこんもりと緑の林になっているのは、さしずめ髪の毛といったふうか。地元の民からは「高岩《たかいわ》」と呼びならわされている天然の地形にほかならなかった。

「あの高岩に、こっちから御勅使川をぶつけるのじゃ。そうすれば合流はしても突き抜けはせぬ。釜無川の流路に乗って、あっというまに南へ去ってしまう。すなわち出水の害は大いに減るにちがいないと、わしは子供のころから思うておった」

「子供のころ?」

「弟の信繁やら、村方の子供やらと」

「ふっ」

千野は失笑して、

「このことは、児戯には属しませぬぞ。高岩を手で動かすわけには参らぬ。合流点はここから南のほうなので……」

「だからつまり、川のほうを曲げるのじゃ」

「は？」

「御勅使川をここから上流《かみて》へ行ったところ、有野《ありの》あたりで北へ曲げる。合流点も北へずれる」

「子供の手掘りじゃあるまいし、そうたやすく……」

「曲げる角度《むき》は、ほんの少しでいいのじゃ。ぐだぐだ申しても始まらぬ。とにかくやってみよう、また大雨のふらぬうちに。失敗したらまた考えればいい」

一か月ほどの準備期間ののち、川曲げの工事が始まった。

曲げるのは有野郷の郷内の、川幅の多少せまくなっているところ。晴信はそこで地鎮祭をおこない、最初の鍬入れを手ずからして、三十名の兵すべてを投入した。川から少し離れたところを起点にして、高岩のほうへ向けて、新しい河道を掘りだしたのだ。

作業そのものは、兵たちは慣れている。いくさのとき砦や小城《こじろ》の空濠《からぼり》を掘るのと基本的にはおなじだし、この場合、距離も四キロメートルほどと長くない。

しかしながらその進みは、意外と速くならなかった。土を掘る前にまず地表のごろごろの河原石を取り除《の》けるのが面倒だったのと、土を掘っても、水の滲出の多い場所では汲み出しの一手間がふえたことが原因である。石も水も、遠くに捨てるには人手が要《い》るのだ。

結局、三十名では足りなくなり、近隣の農夫を徴発した。農夫はいやな顔をするかと思ったら、案外よろこんで仕事した。なまくらな刀を持たされ、ぺらぺらの鎧を着せられて命がけの戦場へ駆り出されるよりはましだったのだろう。

この新河道は、三か月後に完成した。釜無川に到達したのだ。季節は冬になっていた。この時点ではまだ空濠である。水を通さなければならないのだが、そのためには、有野の起点から逆に少し掘り進めて、御勅使川へつなげる必要がある。これは手間がかからなかった。御勅使川は冬の水量はかなり少なく、誇張して言うなら渓流も同然だったのである。

新河道をつなげると、御勅使川の水は、おとなしくそちらへ向きを変えた。通水は成功したのである。

千野は、その成功を晴信へ報告した。晴信は、

「うまく行ったか」

「よほどうまく行きました。旧本流はすっかり干上がっております」

「よし。よし」

晴信は立ちあがり、手を摺り合わせて、

「来年はどうなるかの。どうなるかの」

その口調は、はっきりと洪水をたのしみにしている。自信のあらわれか、それとも若さ故の不謹慎か。

冬が、すぎた。

春が来て夏が来た。洪水が来た。御勅使川がふくれあがった。西の山々から甲府盆地へなだれこみ、東流しつつ有野の地でほんのわずか北へ折れ、さらに東流した。

釜無川へ、直角にぶつかった。

合流点の移動は成功したのだ。その東には高岩という屏風岩がたかだかと聳《そび》え立っている。

どーん。

と、地響きとともに激突しても、高岩はびくともしなかった。濁った川波はただ前のめりに突っ込むことと、のけぞって消えることをくりかえすだけ。天然の護岸は完璧だった。すでにして釜無川も増水している。

どーん。

どーん。

その音は、まるで祭り太鼓のそれのように東へ十キロほど離れた躑躅ヶ崎館へも景気よく届いた。晴信は、

「やった！」

座敷から、庭へ跳んだ。

太鼓に合わせて踊躍《ゆやく》した。いいかげんな手足の動き。どしゃぶりの雨。はだしの足がたちまち脛《すね》まで泥だらけになるのも気にしなかった。

と思うと踊りをやめ、ぐいっと天頂へ顔を向けて、

「見たか、信方！　見たか僭越な宿老ども！」

三日後。水が引いたので、千野ほか数名の兵をひきいて検分に出た。晴信はわくわくした。さだめし被害の範囲はせまいだろう、田畑はひろびろと生き残っているだろう。釜無川はただ南へ駆け抜けるだけ、沿岸にあふれるなど考えられないはずなのである。

が、

「…………」

見るうちに、晴信は口数が減った。

沿岸は、やはりあふれていたのである。川から遠いところでも被害のさまは明らかだった。あおあおと育っていたであろう田んぼの稲はべっとりと泥だらけで地に伏しているし、畑となると畝《うね》も畝間《うねま》もわからなかった。激しい渦にえぐられたためか、ところどころに大きな穴があいて池のようになっているのも何か傷口のひらくのを見るようだ。大地の患部だった。

何の収穫が期待できるだろう。晴信はさらに南の国境ちかくまで馬を進めて、今回の視察の結論を出した。被害面積は前回より小さい。死傷者もおそらく少ないだろう。だがそれはそもそもの雨量が少なかったためであって、晴信の手柄ではない。工事は役に立たなかったのである。

(なぜ)

高岩は無力だったのか。晴信は唇をへの字にしつつ、馬首をめぐらし、ふたたび北へ向かった。

釜無川の東岸、いちばん田畑の被害の大きかったあたりの集落まで戻って、馬を下りた。川上に高岩が見える。数人の農夫を呼んで来させて、

「このたびの出水、いかがであったか。詳細を申せ」

「そりゃあ」

と、全員いっぺんにしゃべりだした。晴信はあわてて手を突き出して、

「待て待て、つばめの雛じゃあるまいし。代表ひとり」

「へえ」

と前へ出たのは、年のころ四十くらい。あごから針のようにひげを生やした百姓である。

「名は？」

「熊一《くまいち》じゃ」

「よし熊一、申せ」

「へえ」

熊一は大略、以下のことを述べた。このたびの出水は釜無川ひとつが原因である。

この量の雨に対して、見たことがないほど増水したのだ。横から来た御勅使川が高岩で堰《せ》き止《と》められ、そっくり釜無川に合流したからである。

釜無川は、流れの速い川である。一見すると水の量に関係なく韋駄天のように南へ去ってしまうようだけれど、実際にはやはり、水がふえれば横にふくらむ力も強くなる。田畑の被害も遠くへおよぶ。

「だから被害《いたで》は、ひろびろとしたのじゃ」

熊一にそう言われて、晴信は、

「そ、そうか」

自然というのは、たかだか自分ひとりが考えるよりもずっと複雑なからくりを持っている。どこかへ少しちょっかいを出せば、べつのどこかでかならず大きな跳ね返りが来る。

「殿様」

と、熊一はさらに声を出した。上目づかいの目に涙をためて、

「わしは、息子をさらわれた」

「…………」

「十四年育てた息子をのう。遺体《なきがら》も上がらんで、お館様の嘘普請《うそぶしん》でのう」

「嘘普請」

強烈なことばである。さだめしこの熊一も川曲げの工事に駆り出されて、期待して勤労したのにちがいない。その十四歳の遺体はいまごろ駿河湾へあふれ出て鱶《ふか》の餌にでもなっているだろうか。

「く、熊一……」

呼びかけたけれども、横から千野が、

「これは、由々しき事態ですな。わが殿に復命します」

「えっ」

晴信は、そっちを向いた。千野が「わが殿」と言うのは直属の主君すなわち板垣信方である。信方の耳に入ったなら、この失敗はその口から全重臣に共有される。

「恐れながらこのたびの川いじり、いかにも子供の浅知恵でしたな。そもそもこの程度の手入れで出水の害がなくなるなら、とっくのむかしに先代のお父上がやっておられた。お父上はまことに偉大でした故。殿様には向後《こうご》は少々、身をつつしんでいただかねば」

この「殿様」はむろん晴信である。晴信は何も言い返せなかった。ただ、

（これが、目的《めあて》か）

そう思った。重臣たちが川曲げ工事をゆるしたのは、その失敗をあげつらって自分をいっそ

う無力というか、無権力にするためだった。

すなわち晴信はここにおいて、一歩、傀儡に近づいたのである。だいたいその偉大なお父上をこぞって駿河へ追い払ったのはどこの誰だったか。

と、

「ちがう」

つぶやいたのは、熊一である。千野は軽い調子で、

「何が？」

「先代は、こんなことせなんだ」

ほかの農夫も、うんうんとうなずく。

「どういうことじゃ」

「いくさ、いくさ、またいくさ。先代はそればかりじゃった。わしが外敵《よそもん》から護ってやらねばお前たちは安んじて鋤鍬《すきくわ》ふるうことはできんのだとか何とか言うておられたが、冗談じゃねえ、ほんとは百姓のことなんか露草の葉っぱほどにも思うておらん。ただ領主どうしで意地い張り合ってるだけじゃった」

「おい、鹿一」

と千野が口をはさもうとするが、

「熊一じゃ！」

千野のほうへ体を向けて、声をからして、

「わしらは正直、領主なんぞ誰でもよかった。誰であろうが米はつくづく納めねばならん、

戦場《いくさば》へは駆り出されねばならん。じゃが、この若殿は」

と、晴信をうるんだ目で一瞬見てから、

「この若殿は、とにかく他国の敵にこだわるぶんの兵と手間を、少しでも、自国の災害《わざわい》のために使《つこ》うてくれた。本腰をすえて川のあばれに立ち向《むこ》うてくれた。こんなお方ははじめてじゃ」

「失敗したが」

「失敗じゃねえよぉ。ほれ」

と、熊一は、川上の高岩を手で示した。その裾《すそ》のところでは、おとなしくなった御勅使川が、これもやはり巻紙のように細くなった釜無川へと音も立てずに食いこんでいる。

「普請そのものは、あのとおり、ちゃんと成功したのじゃ。出水に遭《お》うても新たな河道《みち》はこわれなかったし、旧《ふる》い河道へまた水が流れこんだりもしなかった」

これはそのとおりだった。御勅使川は有野の地点でしっかりと締め切られ、一滴の水も漏れていない。工事後の旧河道は、その乾いた白い玉石《たまいし》がつづく景観から近隣の者に「骸骨道《がいこつみち》」と呼ばれていたが、その骸骨は、みごと増水時にも水没しなかったのである。

「つぎの出水でも、高岩は堰く。すべての御勅使川の水を」

「黙れ」

千野が手でどんと熊一の胸を突いたけれども、熊一はよろめきもせず、晴信へ、

「さあ殿様、つぎは何じゃ。何をすればいい？」

「お……おお！」

「あんたのためなら何でもする。息子のとむらい合戦じゃ。なあ、みんな」

うしろの仲間へ水を向ける。全員、激しくうなずいた。熊一はふたたび晴信へ、

「たとえいまは、嘘普請でも」

「おお、おお。ゆくゆくまことの普請にする」

と、晴信はほとんど感動している。目がしらが熱い。この哀れな者たちの衷心《ちゅうしん》たしかに受け止めた、そう思った。熊一の手を取って、

「やるぞ。やるぞ。二期工事《つづきぶしん》じゃ」

「おお、二期工事！　かたじけのうござりまする。ご腹案は？」

「むろん、あるわい。わしを誰じゃと思うておる。最初からこれで終わりとは思うてはおらなんだ。よいな、千野」

「……まあ」

と、千野はそっぽを向いてしまった。場の空気に呑まれたのだろう。熊一がもう待ちきれないと言わんばかりに晴信の手を上下にふって、

「ご腹案とは？　ご腹案とは？」

「堤防《つつみ》じゃ」

「ほうほう」

「重《かさ》ね堤《づつみ》、と名づけよう」

「かさね、づつみ？」

熊一の手がとまった。晴信はかまわず、

「そうじゃ。武田流の重ね堤じゃ」

熱弁をふるった。千野と熊一が顔を見合わせ、いっせいに目をぱちぱちさせたことには気づかなかった。

†

まもなく着工した。工事にたずさわる労働者の数は大幅にふえた。晴信が板垣信方へ、

「甲斐千年の宿痾《しゅくあ》を癒やす大普請じゃ。いくさのつもりで兵を出せ」

と言い張って新たに八十名を出させたからでもあるし、百姓がすすんで来たからでもある。後者はたまたま秋の刈り入れが終わったという事情もあったのだろうが、それにしても晴信は何の命令もしなかった。それこそまさしく甲斐千年の歴史はじまって以来の壮観だったのである。


百姓たちは、士気が高かった。

築堤はまず釜無川のほうから取りかかったのだが、もっこで土を運ぶにしろ、それを盛って固めるにしろ、およそ手を抜くことをしなかった。


自然、作業もはかどるし、けが人も出ない。ときに晴信が様子を見に来ると、彼らは足をとめ、もっこを地に置いて、

「殿様じゃ」

「殿様じゃ」

「ありがたや」

しきりに手を合わせること、あたかも神仏に対するようだった。

ふしぎなもので、そうなると兵たちも何となく晴信を尊敬というか、偶像視するようになる。日を追ううち晴信は、

(甲斐は、変わる)

と同時に、

(わしは、変わる)

実際、晴信の態度が変わったのはこのころからである。誰に対しても声が大きくなり、相手の目を見て話すようになり、嫌なことははっきり嫌と言うようになった。

国主の貫禄にはまだまだ遠かったけれど、少なくとも、それへ少し近づいたようである。或る日、単騎、躑躅ヶ崎館を出た。釜無川東岸で工事の様子を見ていると、

「殿様」

追って来たのは信方だった。いまや晴信は、数多い父の代からの重臣のなかでももっとも苦手なこの相手へも、

「おう、信方か。どうしたのじゃ」

快活に応じる。信方は晴信の横で馬をとめ、苦笑いして、

「どうしたのじゃとは、なかなか堂に入ったものですのう」

「わしは、そなたの主人である」

「聞きしにまさる増上慢じゃ」

「何か申したか?」

「いえ、何も。それがしはただ自兵を閲《けみ》しに参っただけでございます。わが愛おしい家の子どもが、ご主人様にさらわれて、どのような仕事に就いているかを」

ご主人様、というところに妙なめりはりがついている。晴信はかまわず、

「意義ぶかい仕事じゃ。とくと見よ」

「失望しました」

「何と申した？」

「失敗しますよ」

と、信方はあっさり言いきった。蠟燭《ろうそく》の火に息を吹いたら消えますよとでもいう程度の、予言とも言えぬ事務的な見通し。晴信は鼻で笑って、

「なんでじゃ」

「まず工法をうかがおう」

「千野から聞かなんだか」

「伝え誤りということもあります故、念のため、殿様のお口から」

「ならば申そう」

晴信は、説明した。重ね堤とは自分の造語だが、つらつらものを考えるに、理想の堤防とはどんなものだろうか。

文字どおり「水ももらさぬ」それだろう。釜無川も御勅使川も、上流から下流まで、がっちり左右を固めてしまえばよいのだ。しかしながらそれをやると増水時には水位がうんと高くなるので、堤防はさらに高く、それこそ人の背丈をはるかに越すよう築きあげなければならな

い。

ほとんど山をつくるようなもので、現実的には不可能である。そこで次善の策として、人の背丈とおなじくらいなら何とかなる。自分はそれでやってみようと思うのである。

もっとも、これだけだと増水したら水があふれてしまう。あふれれば堤防というのはその溢《いっ》水点《すいてん》から削りこまれて決壊するものなので、溢水をふせぐよう第二の策を講じなければならない。その策とは、

「前もって、ところどころ切っておくのじゃ」

晴信はそう言って、鼻を天に向けた。

いうなれば破線状に、ないし不連続的に堤防を築く。増水時にはその切れ目から水が逃げるから、川の水位は一定以上にならないわけだ。そのかわり逃げた先の土地はびしゃびしゃになるので、そこはもうあきらめることにして、あらかじめ人家を除《の》け、農耕を禁止してしまう。可能ならば立ち入りそのものを禁じてしまう。つまりは遊水地の発想である。一部の土地を犠牲にして、それ以外はまもりぬく。危険と安全のあいだの線をくっきり引く。洪水などは何度来ようが、何度去ろうが、要するに人命や田畑が失われなければいいのである。まあその遊水地は、ふだんは馬に草を食わせに行くくらいの目的なら立ち入りを許可してもいいかもしれないが。

「とまあ、そういうわけじゃ。しかしこれでも」

と、なお晴信は雄弁である。しかしこれでもまだ足りない。もう一手《ひとて》が必要である。

なぜなら甲斐の川は流れが速いからである。ことに釜無川などは、増水時には矢を射るほど

の速さになる。左右へふくらもうとする力も強く、もしも堤防に切れ目があれば、そこから水はものすごい勢いで真横へ逃げ出すはずである。

ほとんど堤外への噴射である。遊水地などあっというまに覆《おお》ってしまう上、さらに遠くの人里や農地へも達してしまう。流速というのは、じつに恐ろしい要素なのだ。もちろん遊水地をそれだけ大きくしておけばいい話ではあるのだけれども、そうなると今度は可耕地の面積がせまくなり、百姓のふだんの生活にさしつかえる。

晴信としても年貢収入が減少し、国力を損じる弱みがある。

「この問題を、どうするかだ」

「どうします、殿様」

「水を横に出すだけでなく、横から上へ、出せばいいのじゃ。わかるか、信方」

すなわち、堤防の形状を一工夫するのだ。上から見た図で説明するなら、これまでの話は、南北に流れる釜無川の左と右に破線を引くというものだった。

言いかえるなら、みじかい堤防を縦にならべる。その堤防それぞれの上のほう、つまり上流側の一端をぐいっと外側へ張り出させて、さらに上へのばすのである。

のばした部分は、もともとある堤防と合わせると二本が並走することになる。一種の水路にもなぞらえ得るだろう。あえて重ね堤と呼ぶ理由である。こうしておけば増水時には川の水は横へ出て、それから上流方向へ逃げることになるのだ。

ということは、要するに坂をのぼるということである。流速は大いに減じられる。その後だらだら遊水地へひろがったとしても遠くには行かず、人里や田畑を侵すことはなく、万が一侵したとしても百姓たちはそれまでに高台へ駆けあがるだけの時間の余裕を得ることができる。

近代的な土木工学において霞堤《かすみてい》と呼ばれるものの原形である。晴信は、

「わかったか、信方」

「…………」

「わが堤防は、川を『あふれさせぬ』のではない。『安全にあふれさせる』ことを旨とするのだ。見よ、おぬしの兵たちの勤めぶりを。百姓たちの働きぶりを。普請は着々と進んでおる」

と白い頬を桃色にしたが、信方は、

「殿様」

ことさら悲しそうに首をふって、

「それは殿様の創案ではありませんぞ」

「え？」

「武田流とか申されたようじゃが、そういう構えの堤なら他国にも間々《まま》見られます。お父上も、こころみられました」

「父上が？」

「ええ、ええ。親子の血とは濃いものですなあ。『重ね堤』と、まったくおなじ語まで案じておられたにもかかわらず、ご愛息のほうは知らなんだようで」

「う」

晴信は、ことばにつまった。そのとおりだった。父の仕事に関心を持たず、ただ日々をおもしろく暮らしていただけの苦労知らず。つい最近までそうだった。

手近な百姓へ、

「熊一を呼べ」

熊一が来た。この男には百姓たちの頭領分というか、全体を差配する役を命じているのだが、顔が泥でよごれているのは、自分ももっこを担いでいるらしい。晴信は、

「おぬしは存じておったのか。先代の土手《どて》普請を」

熊一は顔をそらして、

「……あのときも、土盛りに駆り出されました」

「何年前じゃ」

「四年前で」

「なぜ言わなかった」

と強く問うと、熊一は蚊の鳴くような声で、

「わかるじゃろ」

ちらっと信方を見て、下を向いた。晴信は、

（そうか）

信方か千野が口止めしたのにちがいない。晴信いじめである。横で信方が手をふって、

「いやいや、てっきり周知のこととばかり。お父上の仕事が結局のところは上首尾でなかったことも」

「失敗したのか」

「はい」

「なぜ」

「さあ」

興味なし、という顔をありありとした。本音なのだろう。武士の本分は治水にあらず、戦争にありという旧世代の矜持がそこにはあった。熊一があわてて頭の手ぬぐいを取り、前に進み出て、

「やはり、水の速さが」

と、年貢の減免でも願い出るような必死の顔で述べ立てた。それによれば先代・信虎のこしらえた堤防は、完成の年の夏、さっそく洪水に際会したという。

そうして決壊したという。水は左右の切れ目から横へ出て、それから上流方向へ折れるはずのところ、横へ出た時点でそのまま堤防をのりこえてしまった。流速の減衰装置へさしかかる前にもう勢いのままに外へあふれ出てしまったのだ。

当然、水は、遊水地のはるか遠くへ及ぶ。事前に、

「水は来ない。決して来ない」

と言われて安心していた百姓たちは逃げ遅れて死んだ。牛も死に、馬も死に、田畑もだめになり、堤防はざっくり上から削り取られて使いものにならなくなった。

信虎は、それっきり二度と堤防のことは口にしなくなった。よほどこりごりしたのか、あるいは単に飽きたのか。武士の本分は戦争にありという例の旧世代的な矜持は、ひるがえって見れば、自然には勝てないという絶望の反動として肥大化したのかもしれない。

もっとも晴信は、

「熊一」

と、話を途中でさえぎっている。

「その父上の重ね堤の、その、規模はどうだったのじゃ。わしがいま築いているものとくらべて」

「低かった」

「父上のほうが？」

「はい」

「それが失敗の原因ではないのか。だとすれば今回のものなら……」

「どうじゃろう」

「それにわしにはもうひとつ、御勅使川のほうの手当てもあるぞ。思うさま高岩へぶつけている」

「それは関係《かかわり》ない」

と熊一は即座に首をふって、

「高岩は、ただの通せんぼじゃ。釜無川をいじるわけじゃねえ」

そのとおりである。晴信は、

「む……」

うつむいてしまう。信方が、

「ふっ」

と鼻を鳴らすような音を立てたのは、いい気味だと思ったのにちがいない。青二才め、現実のきびしさがわかったか。そろそろ第一陣三十名、第二陣八十名の貴重な兵力も返却させるころあいだな、うんぬん。

が、晴信の内心はちがう。むしろ反対に、

（よし）

はっきり自信が湧いている。つまるところ自分は偉大な父とおなじことを、最先端の工法を、誰にも頼らず考案した。そう思ったからである。

これはわれながらなかなかの才ではないか。それに信方は、彼の部下である千野重清もそうだけれど、父のことを知っていながら自分にあえて言うことをせず、また熊一にも言わせなかった。

つまりはそれだけ自分の足をひっぱりたいわけで、逆に言えば、それだけ彼らは恐れているのだ、自分がこの川普請に成功することを。

せっかく苦労して先代を駿河へ追い払ったにもかかわらず当代の息子がすっかり民心をつかむことを、とも受け取ることができる。彼らは足をひっぱったつもりで、じつは工事の前途は有望だとみずから認めてしまったのかもしれないのだ。

（よし、よし）

翌日からも、晴信はたびたび現場へ出た。

出るたび堤防は雲へ近づいていく。それを上から杵《きね》などでぎゅうぎゅう突き固める百姓たちの顔も、はっきりと生き生きしている。彼らはたぶん何百年ものあいだ、この日が来るのを待っていたのだ。

その下でさらさら音を立てて走り来たり走り去る釜無川の白い川すじ。うれしい光景ではあるけれど、それはそれとして、

「だめだ」

見るたびに晴信はつぶやかざるを得なかった。やはり現実はきびしかった。いくら父より大規模といっても、ひっきょう人の背の高さにすぎないのだ。

残念ながら、晴信にはもう見ただけでわかるのである。この流速。この川幅。増水時にはこれくらい川がふくらんで、これくらいの力で堤防が圧迫され、切れ目にどっと流れこんで……。

「あふれる」

父とおなじ結果になる。その悲惨な映像がありありと脳裡に浮かんで消えないのだった。根拠となるのは、知識ではない。

数字でもない。生理的な違和感だった。「肌でわかる」と言うときのあの肌のぞわぞわとした気味わるさ。本能の警告。

おそらくは、子供のころの川あそびで身にしみついたものなのだろう。その警告によれば、問題は、結局やっぱり流速なのだ。釜無川のこの流れは、どうあっても、本流そのものが減速されなければならないのである。

ほんの少しでいい。本流が減速されてこそ重ね堤も役に立つのだ。だがそんなことが可能なのか。

（無理だ）

晴信はあきらめなかった。現場の視察が終わるつど躑躅ヶ崎館に帰り、ひとり持仏堂にこもって瞑想した。それを何度もくりかえした。十数度目かに持仏堂から出たとき、

「……もう何も、思いつかん」

その顔は、いくらか明るくなっている。

治水の妙案は浮かばないかわり、将たる者、一国の国主たる者のあるべき姿がわかったような気がしはじめたのだ。

一国の国主は、要するに、みずから妙案が浮かぶ必要はないのである。優秀な者をまわりに置いて、ぞんぶんに頭や体を使わせて、そうして彼らが何かを生み出すことができればそれは国主が生み出したようなもの。かんじんなのは人材だ。ひとりでは国主は何もできないというより、しようとすべきではない。どうやらそれが統治というものの初歩にして究極らしい。

それならさて、今回の場合、その人材はどこにいるか。

晴信はもう目星をつけている。ほかならぬこの躑躅ヶ崎館にいる。晴信とはべつの曲輪に一邸をかまえ、なかば無職のような状態で、晴信とおなじく重臣の専横に耐えている。

「あいつしか、いない」

季節はもう冬になっている。

†

翌年の春、堤防は完成した。

豪雨の季節にかろうじて間に合った。信方に第三陣十七名を出させたことも奏功したけれど、それよりも大きいのは、百姓がさらにたくさん工事に参加したことだった。百姓に対して今回は、晴信はただの一度も出て来いとは言わなかったにもかかわらずである。

堤防は、晴信の企図どおりに仕上がった。人とおなじほどの背丈。水を上流方向へみちびく水路のような形状。それぞれの裾《すそ》の部分をみっちりと石積みで覆ったのは、これはもちろん、雨の日の土流れを防ぐためである。似たようなものは全国に間々あるというが、それにしても、ここまで大規模なのは史上初だった。季節は梅雨になり、夏が来て、夏が終わった。

いや、終わりかけの時期に豪雨が来た。例によって甲府盆地の外側の山々が地響きで雲をふるわせると、釜無川も、御勅使川も、いっきに水位が上昇したのである。

釜無川は、南流する川である。

その水がもしも人間だとするならば、彼は、ないし彼女は、まずは山間部をとびだして北から盆地へ侵入した。

その侵入とほとんど同時に、横から何かが衝突して来た。御勅使川である。そいつは反対側の高岩へどーん、どーんとすさまじい音を立ててぶつかるが、ぶつかったあとは釜無川へ合《がっ》するだけ。それで釜無川のほうの足が鈍るわけではない。

釜無川は、あいかわらず韋駄天のように疾走する。南へ南へ。流速はほとんど減じないのだ。

そのうちに、左右に堤防があらわれはじめる。晴信の重ね堤である。がっちり両岸から川をおさえこんでいるものの、ところどころに切れ目があるので、川の水はそこから逃げ出すことができる。

現に、逃げた。

本流から左へ、右へ、直角に曲がる。とたんに正面に堤防があらわれる。こんどは切れ目はない。前回の信虎のときはそのまま突き当たって容易にのりこえられたものだったけれど、今回もちょっと背がのびただけ。見たところ何の変わりもない。

彼ないし彼女は、

(行ける)

と思う瞬間があったかどうか。

もしくは、

(人間の知恵など、取るに足りん)

と。

前回同様、まっすぐ突き当たった。

前回同様のりこえたと思いきや、現実はちがった。われながら勢いがない。堤防にずっしり撥《は》ね返され、また直角に曲がってしまった。

曲がると、向きは本流と反対である。つまり上流方向である。彼ないし彼女は足を取られたようになり、走る速さがいっそう落ちた。

なかば「歩く」に近くなった。どうにか堤防から解放されて、外へ出て、だらだらと広がることができたものの、もはや虫の息だった。遠くへ行くなど望むべくもない。はるか向こうに人家や田畑をあおぎつつその足はさらに重くなり、停止して、彼ないし彼女はとうとう遊水地という名の無人の河原でのたりのたり波打つだけの水たまりと化したのである。

洪水は、死んだ。

普請は成功した。雨が上がるや村々から百姓たちが歓呼の声とともに飛び出して、田んぼの畦《あぜ》やら、堤防の上やら、神社の境内やらへ集まった。

彼らはぴょんぴょん踊り狂った。万歳した。躑躅ヶ崎館のほうへ這い伏して手を合わせた。どこから持って来たのだろう、陶器の酒瓶《しゅへい》のまわし飲みをしてへべれけになったやつらもいた。お祭りさわぎは昼になり、暮方になり、夜になってもやまなかった。

千野重清は、朝から領内の検分に出た。この光景を見たとたん馬を下り、百姓たちと抱き合った。なかには熊一もいた。熊一は泣きながら、

「長太。長太」

絶叫した。死んだ十四歳の子の名なのだろう。ほかの兵たちも同様に百姓と抱き合ったのは、長いこと川仕事をともにするうち心が通い合ったのにちがいなかった。人と人のへだてを無にする最良の装置は、現場なのである。

吉報は、躑躅ヶ崎館の晴信へも届いた。

「そうか」

晴信は、ほほえんだ。

左前方、下座にあたるところで若者があぐらをかいているのへ、

「おぬしのおかげじゃ。次郎《じろう》」

声をかけた。若者は白い顔をまっ赤にして、照れたようにうつむいて、

「いやいや、わしの案など。お手柄はやはり兄上のものじゃ」

四つ下の弟、武田信繁である。もう元服もしているし左馬助を称してもいるのだが、晴信はつい次郎と呼んでしまう。次郎は信繁の幼名で、それこそ子供のころ川あそびをしながら何百回、何千回と口にした名なのである。

昨年の冬、晴信は、この弟を御殿へまねいた。そうして自分のこれまでの企図、これまでの工事を話した上で、

「このわしに、知恵を貸しやれ」

頭を下げた。ほんとうはもっと早く頼みたかったのだが、しかし武田一族を傀儡にしたい重臣たちの思惑に気兼ねしてしまった、とも小声で付け加えて、

「わしはもう誰にも遠慮せぬ。ともに現場を見に出よう」

「…………」

信繁は、沈思型の人間である。

文人肌ともいえようか。おさないころはともかく、長じては外出よりも家のなかで四書五経を読むほうを好んでいる。しばらく黙って考えたのち、

「それよりも兄上、絵図を」

「絵図？」

「これまでの普請のありさまを描いてください。信繁はそれを見て、ここで思案いたします」

「よし」

晴信は紙と筆を持って来させ、手ずから描いた。信繁はそれを穴のあくほど見て、

「要するに、釜無川（本流）の勢いを弱めればいいのですな」

「そのとおりじゃ」

「こちら」

と、御勅使川の東流の線を指でなぞって、

「こちらの川曲げは、どのように」

「それは」

晴信は説明した。もともと御勅使川と釜無川の合流点はもっと南にあったのだが、洪水時には釜無川を突き抜けて十字状になってしまうので、途中、有野の地あたりで北へ少し曲げてみた。

当然、合流点も北へ移り、高岩すなわち天然の障壁にぶつかって突き抜けの問題は解決した。いまや有野から先の旧河道はすっかり干上がってしまって、白い玉石の河床がごろごろつづくばかりなので、

「近隣の住民は『骸骨道』と呼んでいるそうじゃぞ。ははは、なかなかしゃれたことを申すではないか」

晴信がそう言って笑ったのは、もちろん余談のつもりだった。ところが信繁は絵図から目を離し、まっすぐ晴信の目を見て、

「その骸骨道、ふたたび水を引きましょう」

「何？」

晴信は笑いを引き、眉をひそめて、

「川みちを、もとに戻せと？」

「半分そのとおり。半分ちがう」

「どういうことじゃ」

「新河道はそのままに、なおかつ旧河道も生かすのです。つまり分流。御勅使川は有野で枝わかれすることになる」

信繁は筆を取り、絵図の上へそのように線を引いた。枝わかれのあとの二本の川をかりに北ノ川、南ノ川とするならば、北ノ川が東流して高岩にぶつかるのは従来どおり。いっぽう南ノ川もやはり東流して釜無川へ合するが、合流点は、高岩よりも南になる。

「それでは元も子もないではないか」

と晴信が反論すると、信繁はうなずいて、

「だから、こう」

その合流の直前の南ノ川へ筆を下ろし、いちばん太く、いちばん黒く、ぴょんと右上へ撥ね上がる線を描いた。

そうして初々しいしゃべりかたで、

「すなわち、兄上、合流の直前に大きく北へ曲げてしまうのです。曲がりながら合流する」

それなら南ノ川は十字状に突き抜けることはない上、釜無川にさからうよう体当たりすることになる。

いわば正面衝突である。晴信は絵図を受け取って見ると、手をふるわせ、かさかさと紙の音を立てて、

「おお、次郎。これなら釜無川は弱る！」

絵図を捨て、信繁の手を取った。

何度も大きく上下させた。信繁はなお謹厳な顔で、

「もっとも、これだと御勅使川は全流を旧河道に戻せばいいようにも見えますが、それでは合流時の水のぶつかりが大仰になりすぎる。そこから水があふれ出ましょう。やはり分流させるほうが」

と講釈を追加したけれども、晴信がいっそう声を大きくして、

「おぬしは神童じゃ。天賦の才のもちぬしじゃ！」

目に涙をにじませると、信繁はようやく顔をくしゃくしゃにして、

「子供のころ、そういう遊びもしましたなあ、兄上。河原で石を除《の》け、土を掘って水を引いて、岩魚《いわな》や甘子《あまご》を追いこんで。いろいろと川石で水路をこしらえて」

「うん、うん」

「たのしかった」

「たのしかった」

晴信は、あとは実現するだけだった。工事の急所は有野だった。ここできれいに分流しないと正面衝突にはならず、釜無川はじゅうぶん減速しないからであるが、そのための分流装置も信繁が考案した。

装置の名は「将棋頭《しょうぎがしら》」とつけられた。上から見ると将棋の駒に似たかたちになるよう土を盛って、西向きに置く。土肌《つちはだ》は河原石の石垣でがっちり固める。増水時には完璧に機能した。

東から来た御勅使川はその駒の頭にぶつかって、さらさらと、絹のようななめらかさで北と南へわかれたのである。

歓喜の日の、翌朝。

御殿へ板垣信方が来た。晴信の前であぐらをかき、ちょっとだけうなずく仕草をして、

「こたびの挙、まことに祝うべき次第にて」

いかにも呪うべきという顔だった。晴信はすっくと立って、

「信方！」

「は、はい」

「それほど意に適《かの》うたのなら、なぜ昨日のうちに来なんだか。かりにも一国の政治をあずかる者が民々《たみだみ》とよろこびを同じゅうせぬとは心得違いもはなはだしい。ほかの重臣も呼べ、すぐ呼べ、みんなわしの前へ首をならべろ！」

信方は尻もちをついて、

「しょ、しょ、承知」

あたふたと出て行ってしまった。

治水成功のうわさは、たちまち諸国に伝わった。釜無川のような暴れ川でさえ人間の監督下に置くことができるという事実は全国の大名や豪族をおどろかせ、かつ勇気づけた。

彼らは治水というものが、ひいては民政というものが、ときに戦争をしのぐほど国力を高めることに気づいた。農業生産はもちろんのこと、侍や百姓の奉公心といったような無形のものの充実のきっかけにもなる。長い目で見ればそれが領国経営上きわめて有利なのである。

戦国時代は、治水の大発展期である。その幕をあけたのは晴信だった。彼がここで生み落としたものは、のちの世に、その出家後の法号を採って「信玄堤《しんげんづつみ》」と呼ばれるが、しかしその実体はかくして単なる一基の堤防ではなかった。それは築堤と、河道改修と、遊水地保全から成る総合制御システムにほかならない。晴信はその後もこのシステムに手を入れつづけ、成熟と完成に近づけていった。

信玄堤はやがて、べつの歴史もつくり出した。河川の制御にもうひとつ埋め立ての技術を組み合わせることで、日本各地にまったく新しい都市のありかたを誕生させたのだ。

具体的には、大河川の河口である。大坂（淀川や大和川）、新潟（信濃川）、萩（阿武《あぶ》川）、高知（鏡川）などといったような、それまでは水はけの悪さと洪水でとうてい人の住めなかった場所が、この技術の応用によってつぎつぎと可住地になったばかりか、その土地の肥沃さや水上交通の便のよさからたちまち人が集まり、大都市になり、政治経済の中心地になったのだ。

その最大の例は江戸である。もともと江戸は利根川河口の貧村にすぎなかったものが（当時この川は江戸湾にそそいでいた）、徳川家康《とくがわいえやす》の入府とともに手を入れられ、他を圧する一国の首都になった。家康は晴信死後に甲斐を領有しているので、釜無川も、御勅使川も、その治水の構造をつぶさに学習したはずである。

この点において信玄堤は、日本近世の出発点をなすといえる。単なる防災をはるかに超える歴史の画期。それはまた晴信の個人史にとっても画期だった。彼はこれを機に、みずからの能力に自信を持つようになったからである。

もう青二才ではなくなったのだ。重臣を支配し、兵をきたえ、百姓を使役して、甲斐国内の民政はもちろん外交や戦争にも辣腕《らつわん》をふるった。のちには信濃一円を制した上、駿河、飛驒《ひだ》、美濃《みの》、三河《みかわ》、遠江《とおとうみ》、上野《こうずけ》等へも侵攻するほどの梟雄《きょうゆう》となったけれども、しかしそれは、一面においては悲劇の原因ともなった。晴信はその事業の進むにつれて、弟・信繁を戦場へひっぱり出すようになったのだ。

そうしてもっぱら武人としての功績を内外へ強調した。武田家支配の強化にはそれが必要だったとはいえ、外出よりも四書五経を読むほうが好きだった文人肌の信繁にとっては果たしてどうだったか。信繁は約二十年後、晴信の信濃侵攻にともなう川中島の戦い（第四次）で上杉の兵と戦って死んだ。享年三十七。晴信は弟の死体を抱いて号泣したという。

漁師

明治二十九年三陸沖地震

水平線が、せりあがった。

むくむくと水の壁になり、灰色の雲を侵し、侵しつつ恐ろしい速さで向かって来た。

四郎《しろう》はそのてっぺんを見あげた。白く砕ける波頭はなく、ざーっ、ざーっという音もなく、ただただ青黒い海のかたまりが無表情でそびえている。

「ああ」

四郎はうめいた。それ以外に何ができるだろう。船のうしろで、櫓押《ろお》しの杉兵衛の声が、

「津波だ」

「えっ」

四郎は、振り返った。杉兵衛は舷《ふなばた》に腰をおろしたまま、やはり水の山の頂上を見あげて、目をぎゅうぎゅう開閉させて、

「はじめて見た」

船のなかには十二、三人がいる。杉兵衛は最長老である。相模国浦賀沖に黒船があらわれて

日本中が大さわぎになったころにはもう海へ出ていたというから四十年以上の漁師歴があるわけで、その杉兵衛が「はじめて見た」と言うのなら、なるほど津波にちがいなかった。もっとも、だとすれば、いまその前に大きな地震があったはずだけれども、おそらく船のゆれで気づかなかったのだろう。

四郎は、船頭である。

杉兵衛を含む全船員の命に対して責任がある。耳の奥に、

——逃げるな。

——大波が来たら、向かって行け。

——男なら。

——海の男なら。

父や兄たちの声がして、

「ちっ」

顔をゆがめた。つねづね横柄な口調で言われていることが、こんなところで甦《よみがえ》るとは。

(かなわん)

父や兄たちは、みな陸《おか》にいる。この瞬間もきっと酒で顔を赤くしている。清《しん》との戦争のため徴兵され、大陸で輜重《しちょう》の任についていた次兄の二郎《じろう》がちょうど先月帰国したため、親戚を呼んでその復員祝いをしているのだ。むろん復員祝いでは世間に対してはばかりがあるので、おもてむきは日本国の戦勝祝いだが。

四郎も、同座したかった。酒はともかくご馳走が食べたかった。けれども父の勘太は、きの

うの朝とつぜん、

「四郎。お前は漁に出ろ」

「えっ」

「ことしは何しろ豊漁じゃからのう。魚というのは、取れるときに取っとかんとのう」

「そんな」

四郎は、不満を顔にあらわした。要するに口べらしではないか。高価な酒や料理の消費に歯止めをかけるべく参加人数を制限する。年齢の低い者から排除する。

横から長兄の一郎《いちろう》が、父とそっくりの口ぶりで、

「なあに、四郎、お前も八歳のときから沖に出て、お父っつぁんや俺にいろいろ教わっとるしのう。そろそろ船頭をまかせていい頃合だぁ」

おためごかしである。父がさらに、

「ちょうど男の節句でもあっからなぁ。隆《たかし》の祝いも兼ねてやる。たんとかわいがっから」

隆とは、四郎の息子だった。父にとっては孫にあたる。ことし二歳の、かわいいさかりの息子の初節句にどうして自分が、

(立ち会えんか)

そう思ったが、長兄がいきなり肩をつかんで、顔つきを変えて、

「わかったな。四郎」

と低い声で言ったので、四郎はうなずくしかなかった。ふたりに漁を教わったのは事実であり、また現在も、四郎はこのふたりの許しのもとに結婚後も実家に住まわせてもらっている。

不服従はあり得ないのである。

そういうわけで明治二十九年（一八九六）六月十五日、旧暦のいわゆる端午《たんご》の節句の日に、四郎は沖の人となった。

船は長兄のものである。船員は父の仲間である。四郎はいわば臨時船長となり、慣れない口調で指示を出して、この日は朝から、まぐろの一本釣りに精を出していたのである。まぐろの一本釣りなど、ふだん滅多にやるものではないが、しかしこの年はたしかにこの魚種の水揚げが多かった。少ない人数でそこそこ結果を出そうとすればこれが最適というか、手っ取り早い選択だったのである。

もっとも、この日に限って一匹も釣れなかった。船員たちは、

「どのみち四郎さんに貧乏くじを引かせるための、かたちだけの漁なんだ。気にすることはねえ」

などと慰め励ましてくれたけれど、四郎としては、それはそれで釈然としない。父や兄たちに顔向けできないというより、手を抜いたと思われるのが嫌なのである。

結局、日暮れころまで粘った。やっぱり釣れなかった。ようやく、

「陸《おか》へ帰ろう」

そう言って、舳先《へさき》（船首）の向きを変えさせようとしたとき四郎は水平線に異常をみとめ、櫓押しの杉兵衛の「津波だ」の声を聞いたのである。

——男なら。

——海の男なら。

――大波が来たら、向かって行け。

と、耳にはまだ教えの響きがある。四郎はそのとおりにした。すなわち二本の足で立ったまま、櫓押しの連中へ、

「舳先を波へ向けろ。逃げるな。全力で漕げ」

波との距離が、にわかに縮まった。四郎はそれを正面に見た。視界いっぱいの水の壁。まるで死後の世界かと思われるほどの恐ろしい静かさ。ぶつかる直前、

「来るぞ！　みんな尻をついて座れ。舷にしがみつけ！」

命令が終わるか終わらぬかのうちに、

ふわっ

と船が浮いた。

まるごと垂直に上昇した。それから舳先だけが天へ引っぱられた。船尾が低くなり、四郎はずるりと尻がすべった。この時点ではもう四郎もほかの者と同様、あぐらをかき、しっかり舷につかまっているのである。

その腕に最大の力を込め、息をとめた。もしもここで手が離れたら、四郎の体はごろごろと転がり、ほかの者をまきこんで船尾から海へ落下するだろう。そのまま溺れ死ぬだろう。

舳先が下がった。船は水平の状態を取り戻した。四郎は体勢を立て直し、あぐらをかき、まわりを見た。

何もなかった。

前も、右も、左も、ただ灰色の空だけ。海もなかった。海は……あった。はるか下方。それ

が目に入ったとき四郎はようやく理解したのである。ここがてっぺんであることを。そう、船はいままさに津波の山の頂上にあるのだ。

「あっ」

という仲間の声が聞こえて、振り返った。

船尾の向こう、はるか遠くに暗緑色のものが沈んでいた。陸の山だった。その手前にはやや明るい色をした、茣蓙《ござ》のようなものが敷かれている。けさ自分たちが船出した、そうして四郎にとっては生まれ育った故郷でもある田老《たろう》の浜。その砂がつまり茣蓙色をしているのだ。

浜のなかの一か所には、ごま粒のような家が寄り合っていて、それがおそらく、四郎がふだん「むら」と呼んでいる世間の総体なのだった。お役所の書類の上では岩手県東閉伊《へい》郡田老村と呼ばれているというその地域は（下閉伊郡に属するのは翌年から）、ふだんなら、沖からは決して見えることはなかった。それだけこっちが、

（高いところに）

その瞬間、下降した。

いっきに谷底へ落ちた感じだった。陸の風景はたちまち水の壁のせりあがりで隠されてしまった。壁は壁のまま遠ざかって行き、船のゆれは小さくなった。最後の最後まで音のない自然現象。船は津波をやりすごしたのだ。

船員たちが、

「抜けた」

「抜けたな」

言い合うのを聞いて、四郎はそっと息を吐き、

(助かった)

はじめて父や兄たちの言うことがわかった。大波が来たら向かって行けというのは粗暴な道徳でもなければ死にぎわの美学でもない。物理的に、現実的に、もっとも助かる確率の高い操船法なのである。

もし少しでも逃げようとしたら、船体は、波に対して横を向いてしまう。ころっと転覆してしまう。船というのは動物とおなじで、船腹《はら》がいちばん弱いのである。舳先でまっすぐぶつかれば水はなめらかに左右へわかれ、船尾のうしろへ通りすぎてしまう。

(俺が、助けた)

が、すぐに、

「次」

船員の声がした。

「次、来るぞ」

四郎は我に返り、くるっとふたたび前方を見た。さっきと似たような水の壁。舳先は？　左へずれている。

このままだと右の船腹がやられる。四郎はまた声をはりあげて、

「向きを直せ。波と目を合わせろ」

近くなったら、

「しがみつけ！」

こんな調子で四郎の船は、二つ目をのりこえ、三つ目をのりこえた。

そのつど水の山の頂上に出たが、もう故郷の村は見えなかった。波の高さが足りないのか。夕日の光の具合によるのか。ひょっとしたら最初のあれが美しい幻にすぎないのかもしれなかった。

四つ目は大したことはなく、五つ目はもう壁というより二、三段の階段くらいの感じだった。それからは、まるで最初から何事もなかったかのように平らな海。おだやかな沖。

「抜けた」

四郎は、はじめて口に出した。

胸にあたたかい何かがあふれた。これほどの奇禍に遭いながら船はついに転覆せず、船員はひとりも放り出されなかった。潮もほとんど浴びなかった。こんな奇跡があるだろうか。気がつけば釣りに使う竿やらおもりやらはすべて消え失せていたけれども、そんなのはまた作るか買うかすればすむ。人の命は買えないのである。

こんな経験、父も長兄もしたことがないだろう。そう思ったとき、

「だめじゃ」

しゃがれ声である。ふりむくと、例の最長老の杉兵衛が舷から手を離し、顔を覆い、突っ伏して泣いている。

「ひぃ、ひぃ、もうだめだ。ひぃ」

四郎はくすりとして、

「なんでだ。じいさん」

聞いてから、

（あっ）

戦慄した。

我ながら何と馬鹿なことを言ったものか。決まっているではないか。津波はここで終わりではない。たかだか沖の船一艘をひっくり返したかどうかなど気にもせず、そっくりそのまま陸を襲う。最初から最後までの幾重《いくえ》もの波が。

津波は何しろ「津」波である。津とは港をいう。その真の恐怖は陸と海の境目にあるのだ。

四郎は目を上げ、陸のほうを見た。

見えなかった。ただ黒みを増した海面のひろがりと、その上に白い「へ」の字をばらまいたような無数の小さな波頭が目に入るだけ。

「帰るぞ」

四郎は言った。幸いにも、船に櫓は残っていた。

「一刻も早く。漕げ漕げ」

船の向きが変わる。四郎はみずから舳先に立ち、前方を注視した。陸からの引き波を警戒したのである。

†

この津波を引き起こしたのは、のちに三陸沖地震、または特に年号を冠して明治三陸沖地震と呼ばれるものである。

発生日時は明治二十九年（一八九六）六月十五日午後七時三十二分、震源は三陸沖の北緯三九・五度、東経一四四・〇度付近。

地震の規模を示すマグニチュードは八・五と推定される。規模のわりに陸上のゆれは大きくなく、せいぜい沿岸部で震度三程度だった。その理由は、こんにちでは海底の情況にあったものといわれている。

元来この地域の地震はいわゆる海溝型である。震源付近の海底では海側のプレート（太平洋プレート）が陸側《りくがわ》のそれ（北米プレート）とぶつかって相手の下へ沈みこみ、その沈む力でもって陸側プレートのはしっこを引きずり込んでいる。

いわば木の薄板《うすいた》のはしっこが撓《たわ》んでいるようなもので、これが長年つづいたあげく、とつぜん元に戻ると地震が発生するわけだ。

ところがこの場合は、その戻りかたが遅かった。薄板はゆっくり跳ね上がったのである。その上に大量の何かが積もっていたからだというのが現在の説明だけれども、これで地震波は大したことがなかった。

とはいえ海水はやはり影響を受ける。陸側プレートの跳ね上がりで激しく高く持ち上げられ、海面で山をなし、その山はただちに波紋となって四周へひろがったのである。

そのうち西方に向かったものが、日本列島の住民にすれば津波となった。これを住民の視点から順を追って整理しなおすと、彼らはまず、あまり大きくない地震を感じた。

だがそれから約二十分がすぎて、海の異変をまのあたりにした。まずは潮の干退である。お

どろくべき速さで水が引き、海底があらわれ、遠くで、

のーん

のーん

という音がした。雷鳴のようだと言う者もあった。

それから津波が来た。地震から約三十分後、午後八時前後である。津波の範囲は長大だった。北は北海道から青森、岩手を経て南は宮城県牡鹿半島まで、直線距離で約四百キロ。波の高さは低いところでも人の背より高い二〜三メートル、高いところでは二十メートルに達した。もちろん一度ではなかった。約六分の間隔を置いて数回も押し寄せたのである。

そこにあった集落が、家が、役所が、学校が、寺が、鳥居が、郵便ポストが、井戸が、田畑が、庭石が、用水路が、着物が、硬貨が、どんぶり鉢が、雑木林が、牛が、馬が、野犬が、飛べない鳥が、土中の虫が……たくさんの人間たちが、どうなったかを詳述することはしない。ここではただ数字を示すにとどめる。この災害による、

死者・行方不明者　二六〇〇〇人
負傷者　四〇〇〇人
流失家屋　一〇〇〇〇戸
倒壊家屋　二〇〇〇戸
流失・沈没・破損船舶　七〇〇〇隻

当時は統計技術が未熟である。資料によって数がちがう。この数字もあくまで一種の概数と見るべきながら、それでも死者・行方不明者が二万を超えることはまちがいないだろう。明治

中期という丁髷《ちょんまげ》の世のしっぽを引きずっているような素朴なころの、それも人口稠密《ちゅうみつ》では決してない地域における数字がこれなのである。津波によるものとしては史上空前の被害だった。

ところで右の長大な地域のうち、特に被害の多いのは三陸海岸沿岸だった。その海岸線は、地図で見ると鋸《のこぎり》の歯のようである。いわゆるリアス式海岸。実際には湾と半島が複雑に出入りしていて、海底の地形も入り組んでいる。これがあるいは波の幅をせばめ、あるいは波を高くするのである。

古来、超大型のものだけでも貞観《じょうがん》十一年（八六九）五月二十六日、慶長《けいちょう》十六年（一六一一）十月二十八日と二度の被害を記録していて、ほかのものも合わせるとまさしく日本一の津波王国であるが、その三陸王国のなかでも特に被害の多いのが田老村だった。青倉四郎、これは先ほど出漁中に沖のそれを無事にのりこえた船頭の四郎の姓名だが、彼ももちろん、この故郷の困難な歴史については子供のころから大人にさんざん言い聞かされている。

慶長のときは、村が滅びたとも聞いたことがある。このたびの明治のものは約十五メートルの高さの波が村を襲った。被害状況は、岩手県の記録によれば、

死者・行方不明者　一八六七人（全二二四八人中）
流失・倒壊家屋　三四五戸（全三四五戸中）

だった。村民の死亡率は約八三パーセント、家屋の被害率に至っては一〇〇パーセントである。文字どおり全滅に近いありさまであるが、この場合、地震そのものが小さかったことも不運だった。彼らは深刻な天災と思うことなく、津波を予想することなく、このため津波の襲来

まで約三十分あったにもかかわらず高所へ逃げることをしなかったのである。

生き残ったのは、単純に引き算すれば三八一人ということになる。草を食わせるため牛を山へ追っていた者、村外の親戚の家へ行っていた者、四郎のように沖へ出ていた者……彼らが助かったのは偶然である。そのほか何の理由もなかった。家柄も、経済状態も、教育の有無も、職業も、戸主との続柄も、性格のよしあしも、あらゆるものが水の前でほとんど平等だったのである。

†

十日後。

四郎は、山にいる。

七人の仲間をつれて、彼らとともに木を伐っている。地主が誰かは知らないが、文句を言いに来たことがないので、波にさらわれたのだろう。

警官も役人も来なかった。慣れない陸《おか》仕事だったけれども、みんなやる気にみちていて、鋸を挽《ひ》いたり、手斧《ておの》をふるったりして一日に一本、二本と倒した。

手斧を入れると、木によって音がちがう。カーン、カーンと高鳴ったり、どすっ、どすっと嫌そうに呻《うめ》いたりするのが四郎には新鮮だった。残った切株はまわりに穴をあけて根を切り離し、掘り起こして抜いてしまうのである。

こんな木こりのまねごとを始めたのは、一週間前だった。

呼びかけたのは、四郎だった。あのときの船の仲間を浜へ集めて、おだやかな波の音を聞きながら、

「みんな、どうだ。高いところに住まねぇが」

と切り出したのだ。

「俺たちの村は、これまで何度も波をあびた。三百年前の慶長のときもひどかったというし、今回もひどい。そのあいだにも大小さまざま見舞われては人をさらわれ、家をつぶされた」

うん、うんと仲間はうなずく。あの沖での経験以来、四郎の言うことは何でも信じるようになっているのだ。四郎はつづけて、

「今後も津波は来る。かならず来る。そのときにはまた沖に出てるとは限らねぇし、家にいたら高いとこへ逃げられるとも限らん。ならば最初から山に住んで、そうして毎日、この浜へ歩いて通うのがいい」

仲間のひとり、同年代の早見茂助《はやみもすけ》というのが、

「でも、四郎さん」

「何だべ」

「俺たちが生きてる時代《ころ》だど、いくら何でももう来ねぇべ。少なくともこんな、でけぇのは」

「そうかもしれねぇ。じゃがこの仕事は、し、しそ……」

そこで四郎はことばが出なくなった。のどから無理やり押し出すようにして、

「子孫のための命《いのち》支度《じたく》だぁ。俺らが年取って死んだあとでも、子孫はそこに住んでいれば助かる見込みが高い。夜ふけだろうが、昼の宴の最中だろうが」

ことばが出なかったのは、四郎は子孫どころか子を失っているからだった。二歳の隆。はじめての男子の節句で死んだ男の子。死体は見つかっていないけれども、生存を期待する気持ちはもとよりない。妻もやはり沖へ引かれたと思うしかないので、子孫をこさえるなら、まず結婚からやりなおすしかない。

四郎は語を継いで、

「場所は、あそこ」

あごを上げ、北の山の中腹を指さして、

「あの三王の山あたりがいい。おととい取材《たねとり》に来た記者に聞いたんだが、今回のこのへんの波の高さは五十尺だったそうだ。それより高いとこへ乗りこんで、木を伐って、地面を均《なら》して」

「できるかな。俺たちに」

「できるさ。何も田畑をひらこうって話じゃない。家を建てる広さでいいんだ。毎日往復《いきき》するうちには坂道も踏み固められる」

「よし、やろう」

「やろう。どうせ漁はできねぇし」

と誰かが言ったのは、これもまた漁師の現実だった。無傷の船は数少なく、漁具のほとんどは海に消えたか泥まみれで使いものにならない。そもそも魚を取ったところで売る手段がない。

結局、このときは仲間の五人が賛成し、翌日はじめて山に入った。

入ったとき、さらにふたりが参加した。ひとりは畑持ちの農家――ただし畑は流された――

である小林安造《やすぞう》、ひとりは原熊《はらくま》という四十がらみの大工。原が姓で熊が名なのだが、どちらかだけでは座りが悪いのか、みんなに、

「ハラクマ、ハラクマ」

と姓名完備で呼ばれた。津波のときはたまたま仕事がなく、妻と四歳の息子をつれて盛岡へ寺参りに行っていて、このたびは妻子を置いて田老に戻って来たのだという。

その寺参りも、仏信心《ほとけしんじん》よりもむしろ建物のつくりや飾りに興味があってのことらしく、余暇にそんな旅をするくらいだから頭がいい。ときどき新聞まで読んでいるそうで、四郎のこの挙を、

「高所への移転は、合理的だ」

そんなことばで褒めたりもした。

コウショ。イテン。ゴウリテキ。四郎にはみな外国語である。ハラクマは、

「高いとこへの引っ越しは、道理にかなうって言ったんだ」

四郎には頼もしい援軍だった。こうして四郎はあわせて七人の仲間を得て、みんなで木こりになったのである。

木によって音がちがう。カーン、カーン。どすっ、どすっ。この音はあたかも風が吹きおろすように浜の集落へも響きが及んで、はからずも事業の宣伝になった。

浜の集落は、田老村でいちばん人が多い。四郎の家もそこにあった。このたびは全域が瓦礫と泥濘の地獄と化したが、生き残った人々もまたほとんどが浜から離れず、瓦礫を除《の》け、遺体を葬り、地を均す仕事をつづけている。

彼らは彼らで手いっぱいだった。この伐採音を聞いてはじめて四郎たちの仕事のことを知った者もあり、

「それは、いい考えだべ」

「もう人が死ぬのはこりごりだ」

「津波の嘆きは、わしらの代《よ》で終わりにしよう」

つぎつぎと山へ上った。道はたしかに踏みかためられ、四郎の高台移転事業はますます活況を呈した。

数日後、その道をたどって仮村長が来た。

村長が死んだため役場で決めた人らしい。扇田栄吉《せんだえいきち》という人だった。仮村長は役人らしき若い男をひとり連れ、どういうわけか杉兵衛まで連れていた。杉兵衛は櫓押しの杉兵衛、あのときの船員の最長老である。

仮村長は四郎を呼びつけて、

「青倉四郎さんですね。違法の開発は、すぐに中止しなさい」

と通告し、つづけて若い役人が、

「盗伐にあたります」

四郎は斧を置いて、

「俺たちは、悪いことはしてない。いいことをしてるんだ。地主からも何も言われてない」

「だからと言って、無断で何でもしていいことにはならない。だいいち高台移転なら、村が事業を進めています」

と役人が言ったのは、これはまぎれもない事実だった。四郎のそれよりも規模が大きい。何しろ浜の集落を、まるごと、一軒残らず、移そうというのだ。

しかもその計画は策定が終わり、すでに工事が開始されている。四郎がへへっと嘲笑して、

「その事業ってのは、あれだろ」

体の向きを変え、あごを引いて、ななめ下を指さした。

指の先には、海にのぞむ浜がある。その浜とこの山のあいだの山すそに、白茶けた、匂い立つような土の丘があった。

そのまわりに、人夫が何十人もいる。どこからかもっこでどんどん新しいのを運びこんで来て、土の丘をより高く、より広くしようとしている。

つまりは、土盛《ども》りの準備である。あれを均し固めて一から高台を築きあげ、その上へまるで模型でも移すように全集落を移しこむというのがこの役人の言う村製《そんせい》の計画にほかならなかった。

請け負ったのは他県の会社らしい。四郎はふたたび仮村長に正対して、

「なるほどあそこなら、ここより浜がよほど近いな。漁師も海へ出るのが楽になる」

「それがわかってるなら、なぜ」

と仮村長が問うと、四郎はこんどは作業中の仲間のほうへ向かって、

「おい、ハラクマ！」

「何だい」

ハラクマが来てとなりに立つと、四郎はその肩を抱いて、

「このハラクマが役場で計画書を見たところじゃあ、その土盛りは、六尺の高さになる予定だとか。なあハラクマ」

「そのとおり」

「六尺！　六尺だと！　六尺っていやあ、男の背丈より少し高いだけじゃないか。それでどうやって五十尺の津波が防げるんだ」

と、四郎は右手をはるか頭上にかざしてみせた。仮村長が、

「それは、む、村の予算が……」

と口ごもるのへ、ハラクマが一歩前へ出て、甲高い声でぴしぴしと、

「要するにあんたたちは仕事のふりがしたいだけなんだ。ちゃんと津波対策してますよ、怠けてなんかいませんよって、村民じゃなくて盛岡や東京のもっと偉い役人に対して言いたいだけ。ちがうかい？」

「そ、そんなことはない」

「そんなことはない？　なら別の理由があるのかな。ああ、そうか、義捐金をがめたいんだな。新聞によれば日本全国の金持ちが『村民の暮らしのために使ってくれ』って言ってよこした義捐金はそうとうな額になってるそうだが、それは当の村民へいまだに配られてない。俺たちは一銭ももらってない」

「……………」

「役場でがめる理由ほしさに、たかだか六尺の『高台』とやらの計画を立てた。ちがうかい？」

これは、図星をさしたものか。仮村長と役人が顔を見合わせて、

「おい」

「え」

「ほら」

「でも」

たがいに反論の義務を押しつけるような感じになった。ハラクマは横につばを吐いて、

「そんな無駄なことに使うくらいなら、その金で、そっくりこの土地を買ってくださいよ。地主が生きていればですが」

「法令に違反している」

「律儀に守ったら死んじまうような法令に何の意味があるんです？　法令は人民を生かすためにあるんでしょう？」

ハラクマは、なかなかの論客なのである。ふだん俗言悪罵の飛び交う大工の現場で揉まれているせいかもしれない。四郎がかえって、

「おいおい。もういいべ」

と肩をたたいてなだめるありさま。話を変えるべく、

「杉兵衛」

と呼びかけて、

「お前は、なんで来た」

杉兵衛は腰を折り、あくまで口調は丁寧に、

「俺は、あんたを止めに来たんだ。四郎さん」

「お前もか」

四郎はため息をつき、腰に手をあてて、

「まさか身内から裏切り者が出っとはなぁ。こっそり義捐金の分け前もらったわけじゃねえだべな」

「そんなことはねえ」

「じゃあなぜ止める」

杉兵衛はぼそっと口をひらいて、

「俺は、漁師だ」

「はあ?」

「漁師たるもの、命惜しさに陸《おか》へ上がってどうする」

「う」

と、四郎は、これには何となくたじろいでしまう。ハラクマが子供のように右足で地面を踏み鳴らして、

「そういう話をしてるんじゃないんだ、老いぼれめ。これは合理的かどうかの話なんだ。心意気だとか、覚悟だとか、そんなもので生きかたを決めるのは封建時代の馬鹿どもだ。俺たちは近代の世に生きてる。近代っていうのは人智の時代だ。人間の知恵で天変地異に立ち向かうんだ」

むつかしい語の連続だが、それでも何となく、むつかしいお経のように通じたのだろう。仲

間たちが伐採作業の手を止めて、

「そうだ。帰れ」

「帰れ帰れ」

怒号をあびせた。なかには、

「俺たちは、あの支那《しな》にだって勝ったんだ。津波にだって勝てる」

と気炎を上げるやつもいて、これはちょっと筋がちがうけれど、四郎は何も言わなかった。放っておけば石でも投げだしかねない勢いである。仮村長も役人も、靴音を立てて後退《あとじさ》りして、仮村長が、

「よーく考えてください。いいですね」

言い残して去ったときにはそれこそ戦争に勝ったような騒ぎになった。仲間たちはみな腕を突き上げ、鬨《とき》の声をあげたのである。

たったひとり、杉兵衛が置き捨てられた恰好になった。四郎はおだやかに、

「そういうわけだ」

「…………」

「あんたは老い先短いし、もともと身寄りがなかったからいいかもしれねぇが、俺たちはちがう」

「武運を祈るよ」

そうつぶやくと、杉兵衛は体の向きを変え、来た道をとぼとぼと下りて行った。四郎はその背中を見送ってから、もとの作業に戻ったのである。

この日の事件は、結果的に、四郎たちの結束を強固にした。

彼らはますますやる気を出した。わざわざ大阪から新聞記者が取材に来たことも彼らの意欲をいっそう高めた。もっともこのときは、聞きなれぬ大阪弁にあてられた四郎がすっかり上がってしまったため、質問にはすべてハラクマが答えたけれども。

大地震には、余震がある。

うんざりするほど何度もある。ときには「あのとき」に近い震度のものもあって、そのたびに仲間の誰かが、

「また津波かな」

もっとも、その口調には緊張感がなかった。この現場にいるかぎり絶対安心なのである。

「おさまった」

「おさまったな」

「仕事をつづけよう」

「おう」

「津波め、来るなら来い」

「こんどは桟敷で見るようなもんだ」

「高みの見物」

「んだ、んだ」

「ここから」

「んだ」

彼らはそんなふうに笑い合いすらした。そうしてこの笑い声もまた伐採音とともに浜へ吹きおろしたからか、参加者は日を追うごとに増えて行って、一か月半後には、六十人をうかがうまでになった。

生き残った村民はぜんぶで三八一人なのだから、単純に計算すれば六人に一人ほどの割合ということになる。もっとも、実際には生き残ったあとで重傷の治療をおこなうとか、親戚のもとへ身を寄せるとかの理由で村外へ出た者も多いので、感覚的にはもっと多く、四人に一人くらいかもしれない。

自治体のうしろだてのない純粋に自発的な事業であることを考えると、これはたいへんな勢力だった。彼らはいつしか四郎の姓を採って「青倉組」と呼ばれるようになったけれども、この「組」は、おそらく土木・建築業界のいわゆる請負《うけおい》になぞらえたのだろう。四郎は親方になったわけだ。ついこの前はじめて船頭を経験した人間がである。

四郎は、そのことに生きがいを感じた。神仏が人を助けるのではない、人が人を、

(助ける)

この点、ひょっとしたら、四郎もまたハラクマの言う「近代」の人間になったのかもしれない。結局津波はもう来なかった。記者は東京からも来た。

†

四郎たちの住宅地は、ひとまず完成した。

土地ができたら、家ができるのは早かったのである。

大工はハラクマが手配した。伐った木がそのまま使えるわけではないけれども、当面は雨露《あめつゆ》しのぐだけの掘っ立て小屋でいいことにしたので、運びこむ木材もわりあい少なくてすんだ。屋根は板葺きである。それで誰も不満を言わなかったのは、この時代、この地方では、もともと田舎の庶民の家というのは簡素なものだったからである。

ここで最初に夜を明かしたのは、四郎だった。

新天地の第一号、神話の主人公。その後だんだんと住民がふえた。食うものは案外こまらなかった。浜へ下りれば連日、慈善家による米の炊き出しがおこなわれていたためでもあるけれど、山の家でもかんたんな煮炊きはできたのである。

直接の理由は、新聞だった。記事を読んだ都会の人士が四郎たちあてにいろいろと物資を送ってよこした。

村役場を通じてではなく、直接届くよう、配達の人夫まで手配してくれたのである。物資といっても何しろ金持ちの不要品であるだけに正絹の反物とか、雛人形とか、揃いものの黒塗りの椀とかが多く、日常直接の役には立たなかったが、しかしそれらは内陸の質屋へ持って行けば金になる。それで味噌や薪や炭などを買って帰ったのである。

最大の難問は、水汲みだった。津波の前には、浜の集落では数軒の家にひとつの割合で井戸が設けられていたので何の問題もなかったのだが、この三王の山に住んでみると、四郎はいちいち桶を持って浜へ下りなければならなかった。帰りの上《のぼ》りは重労働だった。水というのは、どうがんばっても下から上へは流れないのである。

が、この問題は、あらかじめわかっていたことでもあった。四郎はいちばんに手を打っている。「青倉組」の比較的初期からの参加者である年老いた稲作名人・横山正《よこやまただし》に、

「どうしたらいい」

と聞いたのである、横山は、

「そら、かんたんだァ」

と、ひどく訛りの強い口調で断言した。

「山の上へ、行けばいい」

「はあ」

「家々の上で湧き水さがして、それを蓋《ふた》つきの樋《とい》で引き下ろせば」

「おお！」

稲作名人ということは、要するに水利名人なのである。湧き水はさがしても見つからなかったが、これも横山はあっさり次善の策で解決してしまった。山の上の適当なところに深い穴を掘り、手押しポンプを取り付けて水をむりやり汲み出してしまう。それを樋で引き下ろす方式。

下ろした先には木製の風呂桶のようなものを置いて、それを水甕《みずがめ》がわりにする。置く場所は住宅地のまんなか付近にすれば、みんな苦労なく、ほんのちょっと歩くだけで飲み水が得られる。

むろん津波前の浜の井戸ほどたくさん得られるわけではないけれども、浪費しなければじゅうぶんだし、そもそも田老の住民にはそんな浪費の習慣はなかった。生活の質が上がるだの、

下がるだの、そんなことは彼らの人生の主要な関心事ではなかったのである。

そんなわけで四郎は、この横山式の上水道が完成してからは、もう水汲みのために浜へ下りる必要はなくなった。

そのかわり、と言ってはおかしいけれども、もっと心がわくわくする用事のために下りることになった。漁である。静岡の漁師が使いふるしの船を送ってくれて、ほかにも全国各地から漁具の材料が届きだしたので、

「よし。やってみよう」

「やろう、やろう」

あの日の仲間たちとともに、とにかく沖へ出てみたのである。

漁法は、まぐろの一本釣り。津波前に比較的成績がよかったということもあるけれども、複雑な漁具がいらないので、小手調べには打ってつけだったのだ。

船頭は四郎。あれから一か月半ほどがすぎて漁期を逸してしまったのか、一日がんばっても水揚げはまったくなかったけれど、浜へ戻って船を下りたとき、みんな表情はさっぱりしていた。

「ああ、やはり沖はいいなあ」

などと言いながら、夕暮れのなか、むしろ大漁のあとのように胸を張りさえして山道をのぼり、塒《ねぐら》へ帰ったのである。

四郎も大いに満足した。ただ少し気になることもあった。櫓押しの杉兵衛が欠けたのである。

べつに仲間はずれにしたわけではなく、前もって声をかけたのだが、

「いや、俺はいいよ」

と言われてしまった。あんな悶着のあったあとでは加勢しづらかったのか。四郎にも多少は感情的なざわつきがあったけれども、それはそれ、これはこれと思い決めていただけに心残りのすることだった。

村からは、ないし仮村長からは何のお咎めもなかった。こっちの人数があんまり多いので手が出せなかったというより、おそらくは、彼らは彼らで忙しかったのだろう。役場の再建に。学校の再建に。各種の陳情の処理に。

何より、流失した戸籍の復元に。これは目下のところ最大の業務らしかった。一から作成しなおすべく生存者をひとりひとり訪ねて聞き取りをし、原簿を編製する。

四郎などには理解できる話ではなかったが、仮村長・扇田栄吉は、じつは国および岩手県から、

――早くしろ。

と、そうとう強く言われていたらしい。災害の統計を取るためでもあるが、それ以上に、徴税、徴兵という国家枢要の事務のために必要だからである。

区々たる村役場の再建などより遥かに重要な事業なのだった。四郎もこの聞き取りにはもちろん応じた。戸籍係の役人がわざわざ山の上まで来たのである。

ひととおり聞き取りを終えると、役人は人のいい笑みを浮かべて、

「あなたは、身の上がうんと変わりますね」

と言った。

そのときは意味がわからなかったが、どうやら四郎はこれによって、青倉家の四男だったものが一躍「戸主」になる、という意味らしかった。

戸主というのは、家の支配者である。財産を使う。祖先を祀《まつ》る。そこに所属する家族の婚姻、養子縁組、離籍等あらゆる進退に関して決定権を持つ。ただし扶養の義務をも全面的に負う。その支配を受ける側たる妻や子はこの時点ではいないけれども、ほかにも徴兵が免役になる等、いろいろなところで人生が変わる。世間の見る目もがらっと変わる。

津波が身分を変えたのである。これは四郎の心理に微妙に作用した。とにかくそんなわけで仮村長以下、行政側がひじょうに多忙だったため、その隙をつくかたちで四郎たちの移転事業は成功した。一種の火事場泥棒でもあろうか。

例の六尺の村営「高台」は、いつのまにか工事が中止になっていた。村の人々の印象の上では、この中止も、四郎たちの事業への暗黙の許可と受け取られたことはいうまでもない。こうして田老村は、おおよそ集落が二分された。浜の集落と山の集落。低いものと高いもの。危険なものと安全なもの。復旧の途上にあるものと新規に成立しつつあるもの。

規模はむろん浜のほうが大きいのだが、その後もぽつぽつ浜をあきらめて山へ来る者があり、すべて四郎は、

「どうぞどうぞ」

歓迎した。

三王の山の住宅地はしだいにひろがり、段々畑状になった。漁からの帰りにそれを見あげる四郎の心中では、

（うまく行った）

満足が、潮騒のように鳴っている。

自分は正しかったのだ。そう思った。その正しさがもうひとつ強く証明されるには、

（もういっぺん、津波が来れば）

そうすれば高台の利がはっきりする。生き残った者はこんどこそ全員山にのぼって来るだろう、四郎に「お願いします」と頭を下げるだろう。

浜の集落はまるごと移転が完了し、四郎はいわば、開祖の名誉とともに年老いる。そのころには四郎もまた家族ができていよう。戸主の威厳の光につつまれて、孫や曽孫にかこまれて、畳の上で大往生。その後は銅像のひとつも、

（建つかも）

もちろん口には出せない。どこまでも空想のたのしみだった。

現実は、まだまだ問題が山積みである。さしあたりは炊き出しだった。あの日以来、慈善家が親切につづけてくれているその救済事業もそろそろ終わるという話なので、終わったら、いよいよ米の心配をしなければならない。

どこからか買って来なければならない。でももうこれに関しては上田商店という大きな米屋がすでに動きだしていて、浜から南へ十数キロメートル行ったところの海岸ぞいの都市、宮古《みやこ》町（現宮古市）まで行って買いつけの交渉をしているという。

この当時、米屋というのは地域経済の圧倒的主導者である。そうして宮古町というのは岩手県全体を見れば中規模ながら田老にとっては経済的依存度の高い親分的都市である。その両者がつながった。

街道が復旧したわけだから、文字どおり「つながった」のである。これは浜と山とを問わず、ひとしく田老の村人を勇気づけることだった。

この災いは、乗り越えられる。

「できるさ。かならず」

山への道を上りながら、四郎はそう何度もつぶやいていた。われながら歌うような声だった。

†

こんな空気が変わったのは、最初の漁から一か月経ったころだろうか。

きっかけは、豊漁だった。季節にかんがみて一本釣りをやめ、かわりに箱漁《はこ》をこころみたのが当たったのである。

具体的には、大きなサイコロ状の木の箱をいくつも用意する。それに丸い穴をあけ、浅瀬に沈めて十日ほど待つ。ただそれだけ。完全に先様《さきさま》まかせの漁だけれども、箱につけた縄で船へ引き上げてみたら、水蛸《みずだこ》、水蛸、また水蛸。

晴天の下、おもしろいように取れていた。箱ごと浜へ持ち帰って、浅い大桶《おおおけ》にビチャビチャぶちまける。

水蛸は真蛸よりはるかに大きい。一匹あたり八貫や九貫（三十キログラム前後）にもなるような生きものが十数匹もうねうねと桶のなかで折り重なり、頭を寄せ、腕をからませる光景に四郎は感動した。

しかも市場《いちば》から来た問屋の柏木というのが、

「ぜんぶ買う。金はいま払う」

と言い、ほんとうに裸銭《はだかぜに》で一円三十銭を四郎によこした。

市場としては臨時の措置なのだろうが、四郎は、

「ありがたい」

両手でつかんで、おしいただいた。涙が出そうだった。

生業で収入を得ることのよろこびは、ほかの何にも代えがたい。たとえ同額の義捐金をもらっても、その人生に充実をあたえる度合いは比べものにならない。お金というのはタダでもらうなら単なる数字だが、労働の対価として受け取れば人間の肯定そのものなのである。

女たちも、活気づいた。

水蛸というのは生《なま》では売らない。浜でゆでて適当に切る。売りかたはいわゆる行商で、小桶でかついで客先をまわる。その商圏はなかなかに広く、海のない内陸部はもちろんのこと、南や北への道もたどる。

海ぞいの集落であっても漁業ができるとは限らないからで、そうした集落では、彼女たちは特に歓迎された。水蛸が食いたいかどうかというよりも、むしろ、あの全滅が噂される田老か

ら来たということ自体が復興の象徴、希望のしるしと見られたのにちがいなかった。

四郎たちはまた船で海へ出て、木箱を放りこみ、また引き上げた。

水揚げは毎日あった。得た現金で新しい木箱をこしらえたので、さらに水揚げはふえた。浜には蛸をゆでるにおいがみちた。こうなると船員はつい浜へ居残ってしまう。そこで仕事があるわけでもなく、くだらぬ話をしているだけなのだが、とにかくそこにいるのが楽しいのだ。

いちばん最初に、

「今晩は、浜で寝る」

と言いだしたのは早見茂助だった。例の船の仲間のひとりで、四郎と同年代。

四郎は目を光らせて、

「浜で？」

「うん。石津《いしづ》さんの家へ泊めてもらいますよ。どうしても来いって言うし、それにやっぱり……」

「やっぱり？」

「山から通うのは面倒だしさ。あしたも漁でしょう。何しろ片道三十分かかるんじゃあ」

「だめだ」

と、四郎はわれながら驚くほど神経質な声をあげた。そうして、

「津波が来たらどうする」

「来ないよ。一日ぐれえ」

「ほら、それだ。喉元すぎれば熱さを忘れる。通うのが面倒なのは初手からわかってたじゃね

えか。慣れれば何の面倒もない」

「でも四郎さん……」

「帰るぞ！」

早見は、その日は山へ帰った。もともと反抗の意図はなく、深く考えずに言っただけなのだろう。だが翌朝ははっきりと仲間の口数が少なくなった。行きも帰りも。

その次の朝になると、唐突に、

「杉兵衛さん、どうしてるかな」

と口に出したやつもいて、四郎は事態の深刻さを知った。杉兵衛を思い出したということは、当然あの、

——漁師たるもの、命惜しさに陸《おか》へ上がってどうする。

の発言も思い出しただろう。いまはまだ箱漁だけだから命惜しさもへったくれもないが、ゆくゆく沖へ出て、多少の荒天でも網を引かねばならない日々が来れば、その感情は強くなる。

これはまちがいのないことだった。

もっとも、それは予想の範囲内だった。

しょせん漁師の矜持《きょうじ》である。山には漁師以外もいる。ことに店を出したり問屋づとめをしたりと金銭をあつかう連中は、ものを損得で考えるので、山から離れないだろう。四郎には最後まで頼もしい味方となる。

何しろ彼らは、

（合理的、だからな）

と四郎はこんなとき、内心でハラクマに教わったことばを見よう見まねで操ったりしてみたのである。

ところがこの商人がまた、ぽつりぽつり浜で泊まりだした。大部分は知り合いの家へ世話になったが、なかには浜へもうひとつ掘っ立て小屋を建てて住みはじめた者もいた。

村いちばんの旅館「真崎屋《まさき》」をいとなむ西本甚兵衛《にしもとじんべえ》という者だった。当然、山のほうは留守になったが、甚兵衛は大胆にも知人に声をかけて、お金を取って住ませたらしい。要するに大家《おおや》である。四郎は浜へ下りたとき、甚兵衛の襟首をつかまえて、

「何てことしやがる」

詰問した。聖なる事業を欲の種にするつもりか。だいいち他の仲間の心がもやもやするではないか。

甚兵衛は、

「ああ、四郎さん。申し訳ない。すぐ住みたいって人がいたから……いいよ、いいよ。金は取らない。そいつに山の家はあげちゃうよ」

「ってことは、あんたは？」

「浜だね。ずっと」

「なんでだ。最初あれほど……」

「あれほど高台で暮らしたいって言ってた。それは嘘じゃない。ほんとうの心持ちだったんだ。いっしょうけんめい木の根も掘ったし、水を引く樋の蓋も削ったさ。だがいざ住んでみる

と、やっぱりね。うちの旅館は先祖代々、浜で商売してたから」

「非合理的だ！」

四郎は、そう叫んだ。まわりの村人がこっちを見たが気にしなかった。先祖を理由に当代のやりかたを決めるなど、それこそ前近代そのものではないか。

だが甚兵衛は、如才なく右へ左へ頭を下げてみせてから、

「いや、四郎さん、それはちがうよ。合理非合理を言うんなら、そもそも先祖が合理的だったんだよ」

陽だまりの猫の話でもするような口調で説明した。

近ごろ田老は、よそからの客がふえている。

客は、商人がふえている。きっかけは水蛸の豊漁だったろう。彼らは水蛸そのものを買いつけに来るわけではなく、水蛸が取れるなら今後は別のものも取れると踏んで来ている。

具体的には、海藻である。

田老漁業の根幹である。特にわかめ、こんぶは漁獲高も多く、また天日干しや塩漬けなどで保存性を高めることもできるので、村全体の収入のうちの主要な部分を占めていた。

津波前には養殖のこころみさえおこなわれていて、海中に縄を張ったり、棒を立てたりして海藻の種のようなものを付着させ、畑の野菜のように一年ないし二年かけて生育させて、ときたま成功した。まだまだ安定的な漁獲には遠いものの、それでも将来を期待されていたところへ今回それらの縄や棒がすっかり津波に持って行かれてしまったわけだけれども、とにかくそんなわけで、わかめ、こんぶを取ったり育てたりするための道具を売るために、彼らは田老へ

来て、関係者と商談を進めている。未来のかかった商談なのである。

そうして田老には、まだ鉄道は通じていない。彼らはいわゆる日帰りはできず、そこで旅館の出番となる。

「そういうよその人たちに、山へ行け、山に泊まれとは言えないよ。みんな疲れてうちに来るんだ。恥ずかしながら私自身、今回つくづくわかったんだ。旅館っていうのは何がいちばん大切なのか。建物が立派なこと？　ちがう。めしがうまいこと？　ちがう。ふとんが大きいこと？　ちがう」

「じゃあ何だ」

と四郎が不機嫌に問うのへ、甚兵衛は、

「建ってる場所だよ。万人が来やすいところにあるかどうかで旅館の価値は八分方きまる。だから先祖はここでやった。津波の危険があると知りながら、代々《だいだい》ここを動かなかった」

「そりゃあ……まあ、そりゃあ仕方がねえ。でも甚兵衛さん、そんなら夜はあんただけでも山の家へ……」

「お客がいるのに、主人がいないわけにはいかないだろ」

「そうか」

「悪く思わんでおくれ。じゃあ」

行ってしまった。四郎はその生《なま》っ白《ちろ》いうなじを見送りながら、

「仕方がねえ。旅館は例外《べつ》だ」

ところが、これが例外ではなかったのである。その後わずか数日で、甚兵衛の「真崎屋」は

村の経済の中心になってしまった。

宿泊者は商人ばかりではなかったからである。盛岡から県の役人が来る、代書人（行政書士）が来る、建築関係の請負が来る。薬屋が来る。

復興が本格的に開始されると、これらの人々は不可欠なのである。東京から測量関係の役人も来た。そうなるとそれらの利害および業務にかかわりを持つ村人も集まるようになるし、集まれば夜の会合もひらかれる。

酒が出る、肴が出る。どんちゃん騒ぎになる。甚大な災害の直後に何という不謹慎さかと憤慨するのは事情を知らぬ人間である。田舎の村にとっては遠方の客を歓待するというのは遊びではない。見栄でもない。村の存続にぜひとも必要な良質の人脈と情報の獲得手段にほかならないのである。

夜の宴席は、ただちに昼のにぎわいになる。米屋や酒屋や八百屋や乾物屋が動きだし、陶器屋が動きだし、口入れ屋が動きだした。口入れ屋とは人材派遣業である。仲介料で稼ぐ。旅館や商店には特に女中の需要が大きく、しかし村の人口は少ないので、これがいちばん価格の上がった分野になった。

そんなわけで、全産業に活気が出た。商店主たちの時代が来たのである。そうしてこの時代、商店というのは朝から晩まで働くもので、旅館と同様、職住一体でなければ業務が成立しなかった。

店そのものの建物や品ぞろえが復興の途上にあるとあってはなおさらである。深夜の急用も意外と多い。いちいち店主が、およびその妻や子供や女中たちが、山に上がって寝るのは非合理というより不可能に近かった。

こうして「ものを損得で考える」はずの商人が、まさしくその損得の故に、山をあきらめてしまった。商人は口が達者である。理由を山の同志に尋ねられれば、

「これこれで、不便で」

と上手に説明してしまう。そんなことはわかってたじゃないかと最初は反論した者もだんだん影響されてしまって、こうして商業関係者でなくても浜に住む者が出はじめた。学校の先生とか、神主とか、馬匹《ばひつ》運送業の従事者とか。

四郎の王国は、ぽつぽつ空き家があらわれはじめた。家というのは人がいないと荒れるものである。ましてや掘っ立て小屋である。どこかの家の板壁に穴があいて、そこから狸の親子が出入りするのを見たと言う者がひとりあると、

「おいおい、たかが狸じゃねえか」

と四郎が言ってももうだめである。次に出るのは熊か、それとも狼か。なるほど津波は来ないけれども、山には山の恐怖があるのだ。

空き家の数は、おそらく二割が分岐点だった。二割をこえたら羊の群れのように一斉に去り、五割をこえた。漁師も去った。魚市場で働く者たち、干物や塩蔵品づくりに従事する女たちも去った。

残ったのは三割、いや二割五分ほどか。

数にすると十七、八軒。もっとも、これらの家の連中もたいていは四晩に一度、三晩《みばん》に一度と、だんだん浜で寝泊まりする度合いを繁《しげ》くしているので、離脱は時間の問題であり、それを

除けば、不動の家は四軒だけだった。

すなわち四郎、漁師仲間の早見茂助、畑持ちの小林安造、大工のハラクマ。「青倉組」草創期からの中心的な面々だった。四人の結束は固くなった。

ところで、地下水というのは汲まないと濁る。山の上に深い穴を掘り、手押しポンプを取り付けた例の井戸もおなじだった。汲み出した水が樋で引き下ろされ、風呂桶にたまる仕掛けは従来どおりだが、この風呂桶に、だんだん青く光る土が溜まるようになったのである。

たった四人の生活者では手押しポンプを動かすのが三日に一度とか、四日に一度とかの頻度になってしまうのが原因らしく、水量そのものも減ったようだった。これを解決するために、四人は或る日、いわば井戸替えのようなことをした。

仕事は、分担制だった。ふたりが山の上でじゃぶじゃぶ手押しポンプを動かす。水がきれいになるまでやる。濁り水は樋へ引かずに周囲の土へぶちまけてしまうが、そのすきに残りのふたりが下の風呂桶をしっかりと洗って泥を落とした。

それ自体は、大した労働ではない。だが上の四郎と茂助は、

「……おい」

「ああ」

「樋は」

「そっち」

「こっちか」

「ああ」

下のほうの安造とハラクマも、

「…………」

「…………」

口数が少ない。世間ばなしのひとつもない。

それもそうだった。これは夜間におこなわれたのである。ただでさえみんな日中はそれぞれの仕事で働いてへとへとなのに、そうして明日はまた朝早くから仕事に出なければならないのに、こんなことで貴重な回復の時間がつぶれる。五十人や百人のためならまだしも遣り甲斐があるだろうが、目的はたった四人の自家消費。

上のふたりの井戸替えが終わって、ふたたび樋につなげて、四人して下の風呂桶をかこんで通水の成功を確かめたあとは、四郎が、

「横山さんも、浜へ行っちまったな」

ぽつりと言ったら、みんな多少は舌が動くようになった。横山さんとは例の稲作名人・横山正である。

茂助が、

「この水道は、あの人がつくったものなんだが」

と言うと、安造が、

「ああ。誰だったかが『水が飲めんから浜へ戻る』って言ったときには逆上《のぼ》せあがってたもんだがな。俺が飲ませてやったのにって」

「なのに、なあ」

「横山さんもなあ」

「やめようぜ。こんな話」

と言ったのは、言い出しっぺの四郎である。われながら不毛なことだった。それまで沈黙していたハラクマが、

「要するに、誰も彼も百年の計より目前の便宜を取ったってことだ。だが俺たちは住みつづける。そうだよな、みんな。ここが我慢のしどころだ。フランス革命の英雄ナポレオン翁も、アメリカ大統領リンカーン氏も、大事業をなしとげるには『もうだめだ』っていうような困難な時期があったんだ」

月夜である。目が血走っているのがはっきりわかる。話すうちに心が騒いだのだろう、ハラクマは浜のほうへ体を向けると、うんと胸をふくらませてから、

「津波が来たら、死んじまえ！」

ハラクマは、もともと頭がよかった。

寺小屋では先生に借りた本をすらすら読み、字もうまく、役人の前で自作の漢詩を吟じたこともあるという。だが蠟《ろう》や松脂《まつやに》をあつかう問屋の主人だった父親がどこかに女をこさえて夜逃げして、店も人手に渡ってしまったため、大工の親方へ奉公に出された。

現在はハラクマ自身、大工の親方になっているが、それでもときどき新聞を読んだり、仕事のないとき盛岡へ仏寺建築の見学に行ったりしているのは、ひょっとしたら人生において得るはずだった何かを取り戻そうとしているのかもしれず、だとすれば、いま、こうして高台移転事業の理論的支柱となって近代性、合理性の旗をたかだかと振っているのは、その奪還のここ

ろみの最大のものかもしれなかった。

「死んじまえ！　死んじまえ！」

となおも狂ったように叫ぶハラクマの横顔を見て、四郎は、夢から醒める思いがした。こっちはしょせん漁師の四男である。教育もない。陸《おか》の上でまで人をみちびき操ろうとすること自体がそもそも、

（勘ちがい、か）

そんな気がしはじめている。

†

六日後、四郎は旅館「真崎屋」に呼び出された。宮古から漁具の販売業者が来ているという。

茂助とともに行き、教えられた広間へ入った。

大きな宴会もやるという二十畳ほどの部屋である。部屋のすみには男がふたり正座していて、そのうちのひとりが立ちあがって、

「網を売りに来ました。前島《まえじま》といいます」

姓のみ端的に名乗った。二十代後半くらいだろうか。部屋の中央の畳にはまっ白な、長方形の漁網が敷いてあって、立ったまま、

「ご覧のとおり、巻き網漁に使うものです。四隅《よすみ》のうちのふたつを二艘の船にゆわえつけて、

海中に垂らして、船をあやつって魚の群れを巻き取る」

と言うと、顔の前で両手を立てて、何かを閉じこめるよう静かに合わせる仕草をした。

四郎も、やはり立ったままである。短く、

「うん」

「大きさは、ご注文のとおりにこしらえます」

「うん」

「買うなら買う、買わんなら買わん、明日《みょうじつ》までに返事をもらいたい」

と、口調がとつぜん変わった。四郎が眉をひそめて、

「えらく強気だな」

「三陸ではほうぼうの港で復興が進んで、品物が足りんのです。値段も急に上がりました。職人の手は限りがあるので」

「いくらだ」

「この大きさで、四円」

「これで？」

四郎は目を剝き、茂助と顔を見合わせた。たかだか八畳ほどではないか。実際はこれでは漁はできないので、あくまで見本だけれども、その見本で四円ならば実用可能なものとなると四百円、いや六百円以上……。

「そんな金はない」

と言おうとしたら、前島は早くも察して、

「ご紹介します」

と、もうひとりの男を手で示した。こちらは正座したままである。羽織袴を隙《すき》なく身につけ、下ぶくれの顔でにこにことこちらを見あげている。

「この方は、浦辺元三郎《うらべもとさぶろう》さんという方です。青森県の八戸《はちのへ》にお住まいで、質屋をいとなむかたわら、こうして村々へ遠出《とおで》して用立ての話に応じておられる」

つまりは、出張金貸しということか。浦辺はちょっと首肯すると、畳に手をついてお辞儀をして、

「はばかりながら、わが家は由緒がございます。先祖には八戸藩南部家の奥向きの御用をつとめた者もあるほどで、その手前、高利の貸し付けは致しません。各地のこころざしある人々へ、ごく低い歩回《ぶまわ》しでやらせてもらっている。まあ慈善事業とは言わぬまでも、公益事業くらいの気ではおります」

「どうです」

と前島が水を向ける。四郎はこまかい条件を聞いたあとで、

「一晩、考えさせてくれ」

「承知しました。私たちは今夜はここに泊まりますので、お尋ねのことあらば、いつでもお越しください」

四郎は山の上の家に帰り、船の仲間を集合させた。もう夜になっていた。全員そろって車座になると、茂助は興奮して、

「みんな聞いてくれ。俺はな、俺は、この話には乗らなきゃいかんと思う。金を借りてでも網

は買わなきゃいかん。いや、網だけじゃない、これからは船やほかの道具もみんな無理にでも自分のものにするんだ、津波の前とおなじように。そういう時期に来てるんだ」

ほかの仲間は、ただちに、

「そうだ」

「そうだ」

この晩は、杉兵衛も呼んでいる。あの櫓押しの杉兵衛、船の仲間の最年長。例の一件以来疎遠になり、漁もともにしていなかったが、今回は特に話が重要なため、四郎みずから声をかけたのである。杉兵衛は入口の戸の前のところで、四郎から見ると右を向いて両ひざを抱えて座っていた。それでなくても小さな体が、この晩はいっそう小さく見えた。

「杉兵衛、どう思う」

と四郎は問うたが、杉兵衛は返事をせず、その声も掻き消すように、

「新聞記者はもう来ない」

「道具の寄付も」

「自分でやらねぇと」

「そうだ、そうだ」

「木箱でちょこちょこ水蛸とって喜んでる場合じゃねえよ」

「おう」

「おう」

同意の返事が、だんだん怪気炎になった。が、そのなかのひとりが、

「その借り金の、額がなあ」

と言うと、みんな火が消えたようになって、

「俺たちには、荷が重すぎる」

「ああ」

「いくら利が低いって言ったたって、人の金は人の金だからなあ。ちょっと不漁が重なって返せなくなったら……」

「取り立てが来る」

「家財道具を持って行かれて」

「娘を売らされて」

「…………」

「…………」

沈黙の支配。めいめい生活の範囲における最悪の地獄を思い浮かべているのにちがいなかった。

「……どうしよう」

「尋ねに行こうか」

「真崎屋へ？　いまから？」

「ああ」

「面倒だよ」

「それもそうだな」

「みんな」

と、そこで四郎ははじめて口をひらいて、

「俺には、ひとつ策がある。茂助にも言う暇がなかったが、死んだ父や兄から聞いたのを急に思い出したんだ」

「策？　それは何です」

　と茂助が首をかたむけるのへ、

「俺の一存じゃ決められん。あの人の許しが」

　と言ったとき、戸をほたほたと叩く音がした。四郎は、

「ちょうど来たな」

　とつぶやいてから、

「入ってくれ」

「ごめんよ」

　首から先に入って来たのは、仮村長の扇田栄吉だった。例の役人を連れている。四郎が、

「やあやあ、だしぬけに呼び立てて申し訳ない。どうぞ」

　と立ちあがり、自分の座っていたところへ仮村長と役人を座らせてから、自分はその横へ尻を落とした。掘っ立て小屋のなかは車座が二重丸になり、満杯というより過密になった。

　四郎は、

「じつは」

　と、「真崎屋」での出来事および現在の会議の内容を話してから、

「そんなわけで俺たちは、自分で金を借りたくない。そこでだ、村長」

「仮村長です」

「村で借りてくれないか」

「村で？」

「その金で、網を買ってくれ」

四郎は、なお説いた。村が金を借りて網を買えば、網は村のものである。自分たち漁師はそれを借りて漁をやるのだ。

村にはもちろん借り賃を納める。納めるけれどもその額はあの浦辺元三郎とやらが提示する金利のそれより低くしてほしい。

「どうだ、村長」

と四郎が聞くと、仮村長はにこりともせず、

「虫のいい話ですがね」

「そのとおり。だがこういう仕組みは他の港では例があるって、俺はむかし、父や兄から聞いたことがあるよ。まあ一種の助け船だな。おっと村長、そんな顔しちゃいけない。あんたは負い目があるじゃないか」

「む」

仮村長はとなりの役人の顔を見て、それから目を伏せた。

四郎は、例の義捐金のことを蒸し返したのである。全国の金持ちが「村民のために」と言ってよこした巨額の金は、この人の誤った判断によって村民のもとへは一銭も渡らず、たかだか

六尺の高さの土を盛るために消えてしまった。いや、その六尺ですら、結局は達成できなかったのだ。仮村長は四郎を見て、

「それは、たしかに私の見込みちがいもあった。それは認める。こんなときだから仕方ないじゃないか」

「その失敗を、ここで挽回しようじゃないか」

「漁師だけを優遇できない」

「漁業は村の基幹産業《かなめしごと》だ。まず俺たちが栄えれば村全体が元気になるってことは、水蛸のあれで証明《あかし》が立ったじゃねえか。よその村への見せつけにもなる。なあ村長」

「仮村長です」

とまた律儀に訂正してから、ため息をついて、

「わかりました。どのみち漁業の復興に関しては、県から村へ、支援金も出る予定ですし」

「なーんだ」

「それでも借金は借金です。危ない橋を渡ることは変わりない。こちらからも条件が」

「何だい」

「ふたつあります。ひとつは」

横の役人の肩をたたいて、

「これ以降、その漁具販売業者の前島氏および金融業の浦辺氏との交渉はいっさい村に任せてもらいます。具体的には、あすはこの浅岡君が真崎屋さんに行く。金利その他に関して細かく議論しますので、四郎さんは立ち会っても結構ですが、口は出さないでもらいたい」

「承知した」

「日数《ひかず》も多少かかります」

「あんまり待たされるのは……」

「わかっています。ほかの港に遅れを取ったら網の値が上がる、でしょう？」

「そのとおりだ」

「なるべく速やかに話をつけます。いいですね、浅岡君」

「はい」

「承知した」

と四郎はうなずいて、仲間たちへ大声で、

「みんなも、それで得心したか？」

みんないっせいに、

「得心した」

（よし）

と、この瞬間、四郎の心にひたひたと寄せた温かい波の正体は何だったろう。仮村長から一本取ったことの満足？　それもある。本業の漁業で主導者になったことのよろこび？　それもある。

しかしいちばん大きいのは、おそらくは、行政を巻きこんでこういう会議をしていること自体の充実なのにちがいなかった。それは復興時の情況ではない、平時の情況である。もはや非常の世ではないのである。

「で、もうひとつは？」

四郎が問うと、仮村長は、ひたと四郎の目を見て、

「浜へ」

「…………」

「もとどおり浜に住むことにして、この三王の山は放棄しなさい。前にも言ったが、あんたたちがここに住むための法的根拠は何ひとつ……」

「そうだな」

四郎があっさり言ったので、仮村長は口を半びらきにしたまま、

「え？」

目をしばたたいた。四郎は肩をすくめ、小さく両手をあげてみせて、

「意地を張るのは、もうやめだ。迷惑かけた。俺もよくわかったよ。人の暮らしっていうのは、頭のなかで考えるようには行かないもんだな」

告げた瞬間、その場全体が、ほっとした空気に支配された。四郎は苦笑して、

「いま山に住んでるのは、俺もふくめて四人だ。このうち三人はすみやかに山を下りる気があると思う」

「残りのひとりは？」

「多少、むづがしい」

「そりゃあ困る。それは誰だべ」

と仮村長が聞いたとき、

「裏切り者」

声とともに戸があいて、そこに男の顔があった。

左右の目は見ひらかれ、黒目がおどろくほど縮んでいる。明らかに尋常でない。四郎は、

「ハラクマ」

つばを呑んだ。

ハラクマは、何をしていたのだろう。それがまず気になった。いくらここが掘っ立て小屋だからといって、人の声がそう盛大に漏れるわけではない。

おそらくは、壁に耳をつけて聞いていたのだろう。だとしたら、いつからか。仮村長が来たあたりからか。あるいはそれ以前からか。

全員、しんとなった。ハラクマは、

「言い出しっぺのあんたが、心変わりか」

声がふるえている。右の肩をぐいっと突っ込んで来たけれど、足もとでは杉兵衛がひざを抱えて座っている。四郎は正座して、両手をついて体を伏せ、

「すまない、ハラクマ。さだめし腹に据えかねるだろう。俺はどんな罵りも受ける。封建時代の死畜生《しにちくしょう》めって一生のあいだ言われてもいい。でもだめだ。この山には住めない。やっぱり無理だったんだ」

「不便だからか」

「それもある。だがいちばん根っこのところでは、村ってのは、それひとつじゃ村じゃないんだ。よその村や町とむすびついて、大きな地域の一部になってはじめて村になれるんだ」

四郎は身を起こし、必死で説いた。きょうの出来事でよくわかった。あるいはよく思い出した。目の前の海で魚を取るという単純明快な一事でさえ南は宮古の人から網を買い、北は八戸の人から金を借りなければ成立しない。それが平時のありさまなのだと。

そうして浜は、他に通じている。山は浜にしか通じていない。この差はじつに大きいのだ。さながら色んな他人と会って、色んな品物や金や情報のやりとりをしている人と、そうでない人のあいだの差のようなもの。後者は将来発展しない、というより現在そもそも生きられない。

「もしまた津波が来れば、浜が滅びて、みんな高台移転の意味がわかる。山に住むようになる。俺も一時《いっとき》はそう思ったけど、ハラクマよ、それはまちがいだ。たとえ津波が来たとしても結局はおなじだ。みんな浜はこりごりだって言って、天を呪って、そうしてまた浜に住むんだ。何度も何度も。どんな時代にも。このことを身をもって知っただけでも、俺たちは、なあ、山住まいに挑んだ甲斐があったんじゃないかな」

最後の一句は、われながらおためごかしの感がないでもない。だが嘘はついていないつもりだった。仲間たちは、

「そうだ、そうだ」

「ハラクマさんも、もう下りよう」

「あんたひとりじゃ、どうにもならない」

「俺たちにゃあ学がねえ。あんたは新聞が読める。これからも頼りにすることは変わらないんだ」

ハラクマは右肩を突っ込みかけた姿勢のまま、仲間たちには目もくれず、

「船だ」

「え？」

「四郎さん、船を出してくれ。いますぐ」

声は、いよいよ低くなっている。病人のようにかぼそい。四郎は首をひねって、

「船を？」

「小舟でいい。ふたりだけで話したい」

「そんならここで、みんなを追い出して……」

「それじゃだめだ。聞き耳を立てられる」

「語るに落ちたな」

と言い返そうとしたけれど、ハラクマの目は真剣で、四郎は気圧《けお》されてしまった。もっとも顔そのものは怒気がほとんど消えていて、凪いだ海のようである。

四郎は、かえって嫌な予感がした。が、

「わかった」

拒否できる情況ではない。人さし指をふりたてて、強い口調で、

「沖へは出んぞ。陸《おか》の近くだ」

「結構」

「櫓押しも必要だ」

「……いいだろう」

「杉兵衛」

呼びかけると、足もとの杉兵衛がぴくっと腿を動かした。

頭を起こし、こちらを見た。ちょっと目を泳がせたけれど、よっこいしょと立って、

「では」

四郎とハラクマと杉兵衛は、あとの者を残して家を出た。半月の月あかりのもと坂を下り、砂浜に出て、船をずるずる引いて水へ浮かべた。杉兵衛が櫓を使いはじめると、浜の風景は遠ざかり、四周すべてが海面になった。

海面は、黒い。うるしを流したように艶《つや》があって、無数の波頭を角立《つのだ》たせ、その角のひとつひとつに月のかけらが映りこんでいる。

蛍が舞っているようである。闇の世界にして光の世界。キイキイという櫓のきしみのほかに音はなく、においはなく、四郎は何か絵のなかにいる気がした。この美しい絵がついこのあいだ胴膨《どうぶく》れして天を衝くほどの怪物となり、浜を襲い、人や家をすべて呑みこんで阿鼻叫喚の地獄をもたらしたとは信じられなかった。もっともこれは、四郎自身その襲うところを見なかったせいかもしれない。

櫓が止まり、船が止まった。四郎はもう風景を心にかけることはやめた。

船首付近に立ち、もっぱらハラクマを見おろした。ハラクマは船の中央で、舷《ふなばた》に向かってあぐらをかいて、首を出して海面を見ている。

その横顔は、憂いの影がさしている。

(飛びこむ)

四郎は、それを恐れた。ほんの少しでも兆候を見せたら押し倒してでも防ぐ。死なせるわけには絶対にいかない。立ったまま、

「ハラクマ、話したいことって？」

「…………」

「ふたりだけでって言ったがっか。ここならいいだろう。どんなに吠えようが喚こうが、誰にも聞こえねぇ」

ハラクマは、答えない。まるで視線から先に吸いこまれたかのごとく海へ目を落とすだけ。

四郎はため息をついて、

「何だい。だんまりか。俺はあした仕事があるんだ。あんたもだろう。ちゃんと金を貯めとかなきゃあ、ハラクマ、盛岡にいるおかみさんと息子も帰って来られないんじゃないか。たしか息子は四歳だったたか……」

ハラクマは肩をぴくっとさせて、

「ああ、そうだ。生きてる」

「え？」

「妻と子は、生きてる」

ハラクマは、首をひっこめた。あぐらをかいたまま、ゆっくり体をこっちへ向ける。

唇がゆがんでいる。両手を船底《ふなぞこ》につき、ずるりと膝行《いざ》り寄って来て、四郎を見あげて、

「母ちゃんは、家にいたんだ」

「……？」

「あのとき、津波があったとき。俺は盛岡へ誘ったんだ。たまたま大きい仕事が終わったから、いっしょに寺を見に行こうって。そうしたら母ちゃん『行かない』って。男の節句をやるんだって。先祖に見てもらうんだから仏壇のある座敷でなきゃだめだって、それで家に居残ったんだよ。ひとりでさ。俺たちは盛岡なのに。なあ四郎さん、馬鹿な親だろ？　前近代的だろ？」

両手をのばし、四郎の腰にすがった。何かを懇願するような仕草だった。ハラクマは子供のころ父が夜逃げをして、母の手ひとつで育てられている。

「それで母ちゃん、津波にやられた。亡骸《なきがら》は上がらなかった。まったくどうしようもない。自業自得だよ。俺の言うこと聞かないから悪いんだ。でもな、四郎さん、俺は山の上で寝るようになってから、毎晩、母ちゃんの声が聞こえるんだ」

「う」

四郎は、ぞっとした。ハラクマはなお四郎の腰をゆすりながら、

「こっちを呪い殺すみたいな、それはそれは冷たい声でさ。あたしを置いて高いところでねんねかい、浜の魂は祀らんのかいって。そんなはずはねえ！　死んだやつが喋るわけねえ。ただの空耳だ。気のせいだ。でもやっぱり聞こえるんだよ。耳をふさいでも。筵《むしろ》をかぶっても。毎晩毎晩毎晩毎晩」

涙で、顔がぬれている。洟《はなみず》が口へ入っている。四郎は陸《おか》のほうを見て、

（おなじだ）

鳥肌が立った。四郎の場合は視覚だった。月あかりのせいで人家が見える。津波以前を思い

出させる密集ぶり。その空にふわっと妻の顔が浮かび、二歳の隆の顔が浮かんでいる。あれほど嫌いだった父や兄の顔もある。みんな輪郭がぼんやり白濁しているけれども、目鼻そのものは鮮明である。責める目つき。なじるまなざし。

この日だけではない。これまでも昼だろうが夜だろうが、漁に出るたび見たものだった。四郎はこの日、いつもどおり目をつぶった。そうして心のなかで強く念じた。そんなはずはない。あいつらはもう死んだのだ。

が、彼らの顔は、瞼の裏に移動して来た。目鼻が鮮明でありつづけた。唇をもたもた動かしていて、その動きも、いつもどおり、

——見すてるのか。

——忘れるのか。

——手向《たむ》けんのか。

「ああ」

四郎は目をあけ、甲高く叫んだ。

杉兵衛はすでに櫓から手を離し、舷にしがみついて嗚咽している。彼にも何かがあるのだろう。決して山に上がりたがらなかった老人と、決して浜に下りたがらなかった大工の親方と、そうして山から浜へ節をまげた船頭と。三人の号泣の声がいつまでも、ひとしく海を泡立たせた。

人身売買商

寛喜二年大飢饉

鎌倉時代初期。第三代執権・北条泰時《ほうじょうやすとき》のころの話である。

†

寛喜《かんぎ》二年（一二三〇）は、異常気象の年だった。夏になっても気温が上がらない。四月にはまだ、

「これは、ええわ。涼み床《どこ》がいらへん」

などとのんびり言っていた京のみやこの人々も、五月になると、

「ことしの米麦《こめむぎ》は、あかんのとちがうか」

と、眉をひそめだした。

六月には、さすがに少し暑くなった。それでも旅の商人《あきゅうど》が来て、

「美濃《みの》では、雪がふっておった」

そう告げてまわったり、あるいは別の旅人が、

「どこの稲穂も、育ちが悪い。ぱらぱらとしか籾《もみ》がついておらん」

とか、

「青枯れ、青枯れ」

などと言いふらしたりする。敏感な商人は買い占めに走り、米の値段は、じわりと上昇を開始した。

値段が上がれば、食えぬ者があらわれる。まだ秋も来ぬというのに八坂《やさか》の祇園社《ぎおんしゃ》の門前にはもう乞食《こじき》の姿が見られだした。飢饉というものの残酷さは、人々がその襲来を正確に予想できることにある。

その米の買い占めに、

——協力しろ。

と、滝郎《たきろう》が京の商人たちに言われたのは、やはり夏の終わりだったろうか。なるほど滝郎の仕事からすれば、そう言われるのも当然だったし、滝郎が、

「わかった」

と答えたのも、これまた当たり前のことだった。

滝郎の仕事は、問丸《といまる》だった。

問丸とは、一種の輸入業者である。京の西郊を南へながれる桂川《かつらがわ》の左岸、梅津《うめづ》の湊《みなと》に、「柿《かき》鍋《なべ》」という屋号の家をかまえている。

下流から遡《さかのぼ》って来る船から米の荷を上げて、京の街へおくり出す。それに付随する銭のやり

とりを代行する。それが滝郎の、ないし「柿鍋」の、商売の基本のありかただった。

桂川の下流のはるか先には淀川《よどがわ》があり、茅渟《ちぬ》の海（大阪湾）があり、瀬戸内《せとうち》の海がある。京の人には外海《がいかい》にひとしい。京の街をひとつの家とするならば、滝郎は、その勝手口で米の出し入れを担当していたといえるだろう。

だから買い占めもかんたんである。船から米俵を荷揚げしたら、それを馬借《ばしゃく》や車借《しゃしゃく》といったような運送業者に引き渡すことをせず、自分の倉へおさめるだけ。おさめたらもう出さないだけ。それだけで米の値は上がり、商人はにこにこ顔になり、街には乞食がふえるのである。

「柿鍋」の倉は、六つある。

八月も終わりに近い或る日、滝郎はそのひとつに入って、

「あれよ」

声をあげた。

米はもう、だいぶん買ったはずである。いちいち荷揚げを見たわけではないが、若い衆どもの報告をまとめれば八百俵は確保したはずであり、それにしては目の前には百俵ちょっとしか積んでいない。まわりを見ても、あとは米以外の荷ばかりである。

（ほかの、倉かな）

と思って、二ノ倉へ行く。それから三ノ倉へ、四《し》ノ倉へ……すっかり六ノ倉まで見てしまって、倉を出て、頭のなかで足し算をしたら、六百俵と少しだった。つまり二百俵もの差がある。三十四歳のはたらきざかり、記憶ちがいはあり得ない。

「烏助《うすけ》。烏助」

と、若い衆のひとりを呼んで、

「どういうことじゃ」

烏助は十七歳、ふだんは堂々とものを言うのだが、このときは顔をななめ下に向けて、浅黒い耳をさかんに手でいじりながら、

「あの、その……早稲《わさ》ものが、来まへん」

「早稲ものが？」

「はい。とりわけ讃岐国那珂郡《さぬきのくになかぐん》からのもんが、まったく」

讃岐国那珂郡の荘園群はこのころ、早稲《わせ》、つまり収穫期の早い稲から取れる米で知られていた。「柿鍋」へは例年、一番乗りで米の荷をよこす地方でもある。滝郎は目を細めて、

「烏助」

「はい」

「おぬし六日前に『来た』と」

「いや、それは、別の船の船手《ふなて》から『じき来る』と聞いたんを、そっくりお知らせしたので」

「ところが、まだ来ぬ？」

「はい」

「その『まだ』を、わしに知らせなんだのじゃな」

「申し訳ござりませぬ」

と烏助は頭を下げて、

「来たら済む話だと。つい」

「わかった。それはええ。それにしてもその那珂の荷、きょうまで来《こ》なんだちゅうことは……」

「はい」

「待っても詮《せん》ない。ことしは来ぬ」

滝郎はそう言いきると、脳裡の数字を下方修正した。六百俵。おそらく他の地域からももう早稲は来ないだろうし、来ても大した量ではないだろう。

もちろん稲には中稲《なかて》がある。晩稲《おくて》がある。まだ収穫期はつづくから入荷もあることは確かなのだが……滝郎は空を見て、

（あかん）

わが身をぎゅっと抱きしめた。空には、雲ひとつない。

つまり快晴である。いまは七月の終わりである。例年ならば残暑で上半身裸《はだか》になるような日にもかかわらず滝郎はいま綿入《わたい》れの小袖《こそで》を着ているし、それでも川風のつめたさが腹にしみる。たしかに寒い年なのである。滝郎はさらに強くわが身を抱いた。

いったいに冷夏の影響というのは、早稲よりも中稲のほうで、中稲よりも晩稲のほうで深刻になる。人間で言えばまだじゅうぶん育っていない子供のうちに栄養失調になるようなものだからである。

すなわち今後は、米の荷は減るいっぽう。やはり飢饉は、

「来る」

のが。

滝郎は、口に出した。まちがいない。それも、これまで経験したことのないほどの規模のも
滝郎は烏助へ、

「『ひさご』はんや『花水《はなみず》』はんは？」

と、同業者の屋号を口にした。烏助は目の前で立ちどまって、

「米の荷入れが？」

「ああ」

「どうでしょう。やっぱり少ないのでは」

と答えたとき、右のほうで、

「いやいや、少のうない」

野太い声がした。

滝郎は、そっちを向いた。洛中へつづく道の端《はた》にひとりの太った男が立っていて、若者数名にかこまれている。

男は、年老いている。

目の下がでっぷりと松脂《まつやに》が垂れたようになっている。六条大路に店をかまえる大商家「木原屋」のあるじ、惣兵衛《そうべえ》である。

「これはこれは、惣兵衛殿」

と、滝郎は丁重な礼をして、

「少のうない、と申されるのは？」

「去年とおなじ、ちゅうことや。『ひさご』はんも『花水』はんも、しっかり二千俵確保しとる」

「え」

滝郎は、驚愕した。惣兵衛がつづけて、

「あんたのとこは？」

嘘はつけない。滝郎は、

「……六百」

「おかしいやないか、滝郎はん」

「ええ」

「どの店も、あきないの規模《おおきさ》はそう変わらん」

「まあ」

「あんたのとこ半分以下や。どうしたことや」

詰問しつつ、こっちへ歩いて来る。まわりの若者までもが責めるような目を向けている。川風がひゅうと音を立てたのを機に、滝郎が、

「そ、それは仕方ないことで。何しろ穫《と》れ元《もと》がちがうのじゃから」

と言ったのは、まんざら苦しい言い訳でもなかった。全国的に豊作か凶作かとは別の話として、この時代は、荘園ごとに収穫量が大きくちがう。おなじ郡内の土地であっても、ちょっとした日当たりの差、水路からの距離、山から吹きおろす風の強さなどの影響が如実に出るからである。

特に冷夏の年となると、海抜が大きくものを言う。山のふもとではそこそこ穫れるのに中腹では全滅、などという例もあるくらいである。そうして京の問丸はだいたいのところ店ごとに穫れ元（発送地）がきまっているので、米の荷の扱いは、店主の努力ではどうにもならぬ面があるのだ。だが木原屋は、

「ふん」

と鼻を鳴らして一蹴して、

「よくないうわさを聞いたんやがな、『柿鍋』さん。ほんまはこっそり出してるちゅう」

「え？」

「洛中は、だいぶん乞食がふえたからのう。にわかに仏《ほとけ》ごころを起こして、施しのつもりで……」

「出してまへん！」

「まことに？」

と木原屋があごを上げるので、滝郎は語気を強めて、

「まことに、まことに。当たり前やありませんか。同業《なかま》の誰かが根も葉もないことを。こっちの米の荷ほしさに。そんなの嘘や。見えすいた嘘や！」

滝郎は、親の顔を知らない。ほかの孤児《みなしご》とともに洛東の山寺で育てられたのを、この惣兵衛に引き取られ、木原屋の店員とされ、一から商売というものを教えてもらった。

滝郎は、それによくこたえた。二十歳をすぎるころには店でも指折りの利《き》け者《もの》になって、惣兵衛に、

——あんたも、一家のあるじになったらどうや。

と言ってもらった。

お金も、出してもらった。滝郎はそれでこの梅津の湊に問丸の家ひとつ持つことができたのだから、木原屋惣兵衛は父親同然の、いや、それ以上の恩人ということになる。その恩人を裏切るようなまねを、どうして、

(するか)

恩うんぬんはべつにしても、滝郎には、そんなわけだから木原屋のほかに荷の納め先がほとんどない。事実の上では子会社というか、下請負《したうけおい》に近い存在なのだ。この人を怒らせたら滝郎はたちまち店がつぶれ、京を追われて路頭に迷うことは確実なのである。

「まあいい」

と、木原屋はあっさり表情をゆるめて、

「とにかく『柿鍋』さん、この欠損《きず》は、中稲と晩稲で挽回するのや。あわせて一万俵は納めてもらう」

「承知いたしました」

「ふん」

木原屋は体の向きを変えて、行ってしまった。ほかの店へも用があるのだろう。その背中へつばでも吐きかけるような口調で、烏助が、

「なんじゃ、くそじじい」

「やめろ」

「こっちは何もしとらんに、あらぬ疑いをかけおって。地獄の火で焼かれてしまえ」

「とにかく米をあつめるんや。それしか手はない。何とか作《さく》が良《よ》うなるといいが」

†

秋が深まると、洛中はますます乞食がふえた。

餓死者はなかなか出なかったが、ひとり出ると、堰《せき》を切ったように大量に道にあふれた。はじめは赤ん坊や子供が多かった。なかには小さな椀をかかえて死んだ子供もあって、椀だけがいつまでも腐らなかった。

むろん、大人も死にはじめた。

街には甘い死臭がみちた。おおむね最初に男が死に、ついで女が死んだ。女はみな一糸まとわぬ姿だった。女たちは死んだあとで、いや、ときには死ぬ前に、盗人《ぬすびと》に着物を剝《は》がれるのである。なかには乳房に生きた赤ん坊がしがみついて、ちゅっちゅっと歯のない口を押しつけているものもあった。髪の毛のないものもあった。これももちろん売って鬘《かつら》に髢《かもじ》にするため引き抜かれたのである。

こうした老若男女の死体は、牛車の往来の邪魔になる。

貴人のために片づけねばならぬ。当初はどこかの寺男とか武士とかが山へ運んで埋めていたけれど、とても追いつかず、やめてしまった。西大路、三条大路のような広い道ですら左右がだんだん死体に侵されるため、生きた人が通れるのはまんなかの一本、うねうねとした獣道《けものみち》のようなところだけだった。

京の人口は激減したと思いきや、かえって増加した。なぜなら近隣の農村もやはり食糧の欠乏がつづいている。

村人たちは、新米を食いつくしたのである。あとの米といえばもう翌年の作付けに使う種籾《たねもみ》しか残っていなかったが、これだけは手をつけてはいけないので、彼らは麦や粟《あわ》や稗《ひえ》などを粥にして食った。どんぐりも食った。栃《とち》の実も食った。

粥には、青いものは何でも入れた。もとより畑のなりものはない。林の下草を入れた、根を入れた。木々のやわらかな葉も入れた。それを採りつくすと木の甘皮《あまかわ》を剝いで入れ、色あざやかな茸《きのこ》を入れた。

さらには稲わらも入れた。これはさすがに煮るだけでは食えないので、石臼で挽《ひ》いて練って丸めた。わらだんごである。こんなふうにして手間暇《てまひま》かけたところで大した栄養になるはずもなく、空腹のあまり、彼らはとうとう種籾を煮て食った。

翌年の作付けに使う、あの貴重なものをである。彼らは未来を断《た》ってしまった。

こういう状態の農村では、かならず、

「みやこなら、米が食える」

と言う者が出る。

「みやこには、あれだけたくさんの人がいる。だから米も麦も豆もあるはずだ」

幻想である。それでも彼らのうちの何人かは、ないし何十人かは、決死の覚悟とともに村を出た。よろよろとした足どりで川をわたり、山をこえ、おおむねその山道で力つきて死んだ。

一部は、京へたどりついた。京の人口の意外な増加はこれが大きな原因だった。要するに難民である。なかにはそうとう遠くから来た者もいたけれど、結局はそれも骸骨になった。すなわち鎌倉時代を通じて最悪の、そうして日本史全体を通じてもきわめて悲惨な部類に入る、

——寛喜の飢饉。

と呼ばれるものにほかならなかった。

いや、その始まりにすぎなかった。酸鼻《さんび》はなおつづく。京のみやこは毎朝毎夕、僧の読経の声があふれた。無念の死者をとむらうと同時に、おそらくは、一日も早くこの事態が終息することへの必死の願いを込めたものだったろう。

†

冬になった。

どういう神仏の気まぐれなのか、夏秋《なつあき》はあれほど寒かったものが一転して暖かくなった。もうすぐ師走の声を聞こうというのに九条あたりの貴族の邸《いえ》の庭では、

——桜が、咲いた。

騒ぎになったほどである。もちろん暖かいといっても、冬にしては、という程度にすぎないのだが、それでも滝郎は、

(助かった)

何しろ桂川の川風のつめたさというのは、例年ならば、正面から吹いて来るだけで鼻水がパ

リパリ凍るほどなのである。

(わしは、運がいい)

滝郎はあれから、貯めに貯めた。

米を九千俵まで倉へ入れた。結局、作は良くならなかったし、中稲も晩稲も大した荷にはならなかったが、それでもあきらめなかったのだ。讃岐や播磨《はりま》へ人をやって、これまで取引をしたことのない業者を相手に、

——高く買う。

と交渉させたのが功を奏した。かなり強引なやりかただった。

木原屋は、よろこんだ。二日前に来たときには、

「さすがは『柿鍋』はん。わしが目をつけただけある」

と言って、何とまあ絹一疋《いっぴき》くれたほどだった。

着物の二、三枚はつくれるだろう。ところが二日後、すなわちこの日、

「木原屋さんが、見えました」

と烏助が報告に来たので、滝郎は、

「またか」

おどろいた。いくら何でも三日に二度というのは頻繁にすぎる。少なくとも、これまでそんなことはなかった。

あわてて倉から出てみると、たしかに木原屋惣兵衛は川っぺりの道にたたずんでいて、こちらへ顔を向けている。ひたいのあたりに影がさして、憂い顔のようにも見える。

ふだんはかならず連れている供《とも》の若者も、どうやら連れていないらしい。反射的に、

（六波羅《ろくはら》）

滝郎は、総毛立った。急いで駆け寄って、

「惣兵衛殿」

「ああ、『柿鍋』はん」

「どうなされました」

「いやさ、その」

「刑罰《とがめ》ですか」

「え？」

「六波羅から、何か刑罰の沙汰があったのでは」

のどがからからになった。六波羅とは六波羅探題のことである。

京の東郊・六波羅の地にあって鎌倉幕府の政務を分掌する。いうなれば鎌倉政権の西日本総本部であり、ここでは国家警察そのものと同義である。その国家警察が、近ごろ洛中へ、

——米を貯めるな。貯めこむ者は処罰する。庶人を救うため安く売り出すべし。

としきりに命《めい》を出していることを滝郎は知っていた。滝郎も、木原屋も、もちろん完全に違反者である。

木原屋は、

「ああ」

と、むしろ安堵の目になって、まわりへ目を走らせてから、

「そっちのほうは安心せい。わしは命が出るたび、おとなしゅう売り出しておる。ばかりか六波羅のあほう侍どもが鴨の河原へ御救《おすくい》小屋をかけたときには無銭《むせん》で米をさしだした。いずれもせいぜい五十俵ほどやが、商売《あきない》は、こういう気くばりが大事じゃからのう。賽銭《さいせん》入れたったようなものや。六波羅は、わしには文句は申さぬよ」

「ああ」

「各所の要人へもこつこつ賄賂《ほどこし》をしておるし、そなたのことも言うてある。そなたは安心して貯めよ、貯めよ。そうしてわしの申したとき、申したぶんだけ、わしに届けさせればよい」

「そうですか」

滝郎はほっとして、また、

（運がいい）

このあたりの木原屋のはたらき、まことに世間智としか言いようがなかった。ほかの商人のなかには少しの出費を惜しんで役人の顔をつぶして痛い目を見たり、あるいは逆に、あんまり役人の意をむかえすぎて大損したりといったような者もあるというのに、この人はつねに正しい判断をして、迷わず、臆さず世を渡って行く。おかげで滝郎も確実に儲けることができる。妻子や店員にあたたかいめしを腹いっぱい食わせてやれる。だが、それならば、

「惣兵衛殿、どうしてお越しに」

「ああ、ほら……あれや」

めずらしく歯切れが悪い。滝郎はまた不安になって、

「言ってください。何でもします」

そのとたん、木原屋はきらりと目を光らせて、

「何でもかね」

「え、ええ」

「ならば申そう」

滝郎は内心、

(どうした)

胸さわぎがしたが、木原屋は口をひらいて、

「幾日後かに、摂津《せっつ》の伊丹《いたみ》から神崎屋《かんざきや》という商人《あきゅうど》仲間が来る。おそらく人をつれておるやろから、よろしゅう話を聞いてやってくれ」

「はあ」

「たのむ」

それだけだった。

四日後、その神崎屋が来た。滝郎とおなじほどの年なのに目の下のくまが濃く、つねにこちらを上目《うわめ》ぎみに見る。滝郎はいやな予感がした。社会の正道をあゆむ者の顔ではない。

「どうも」

礼をした。滝郎も、

「どうも」

神崎屋のうしろには、なるほど百姓が六人いる。みな稲わらで編んだ服を着ているが、それでも一見してわかるほど体が極度にやせている。なかには両ひざをまげ、両手をぶらりと前へ

垂らしている者もあり、立っているのもやっとの感じだった。

滝郎が、

「その人たちは……」

と言いかけると、神崎屋がまわりを見て、

「人目がありよる。かげに」

「じゃあ、こちらへ」

滝郎が手近な倉のほうへ歩きだすと、神崎屋は、百姓たちを置いて従《つ》いて来た。ふたりで倉のなかへ入るや否や、きゅうに体を寄せて来て、刃物をつきつけるような口調で、

「『柿鍋』はん。木原屋はんから聞いたな?」

「はあ」

「買《こ》うたれ」

「買《か》う? 何を?」

「買《こ》うたれ買うたれ。あの者どもを」

倉の外を手で示した。滝郎はずいぶん長いこと考えて、

「つまり、あの、百姓を?」

口に出して、出したことばに滝郎自身びっくりした。神崎屋は、

「かわいそう」

と、いかにも痛ましいという表情を見せて、

「あやつらは、ほんにかわいそうなのじゃ。在所《ところ》の村ではまずまず稲はみのったに、刈田《かりた》に遭《お》

うてのう」

「刈田？」

「よその兵が来て、むりやり刈って去って行った。ひどい話じゃ。そうして少しばかり残ったものも土貢《とこう》（物納税）で持って行かれて、来年の種籾も食ろうてしもうた。子が飢え、妻が飢え、村人みんなが飢え……もうこれ以上はどうにもならぬというて、六人の家長《いえおさ》がみずから身を売ったのじゃ。だから、見い」

と、神崎屋は倉の入口のほうへ鼻先を向けて、

「あやつらは、逃げぬであろう、手枷《てかせ》も足枷もかけておらぬに。逃げたら村の米が取り上げられる故じゃ」

滝郎は入口のほうへ行き、戸外を見た。たしかに六人全員、棒きれのように立ったままである。こちらを見るでもなく、どこを向くでもなく、風でぱたっと倒れそうだった。ふたたび神崎屋のほうを見ると、神崎屋は、

「いまごろ彼《か》の村の村人は、あやつらに手を合わせつつ粥を食《は》んでおるじゃろうよ」

「米は、いつまでのぶんを？」

「来年の春まで」

「ああ」

滝郎は少し安堵した。来春になれば麦が取れる。この冬のあたたかさなら取れ高はまず期待できる。もっとも、それも、この神崎屋の発言が真実であればの話だが。

「ちゅうわけで、買うたれ」

と、神崎屋は、滝郎の袖を引いた。

要求というより、命令に近い感じの言いかた。滝郎は目をそらして、

「じゃが、そんな、買うたところで……」

「扱いようがわからぬ？」

「うん」

「売ればいい」

「はあ」

「つまり転売《またうり》」

「どこへ」

「洛中へ」

と、神崎屋の口調はこともなげである。滝郎はようやく、

(そうか)

この取引の全容を理解した。つまりは、

――木原屋へ、そのまま流せ。

そういうことなのだ。

洛中には、裕福な者がいくらでもいる。貴族、僧、武士、名主《みょうしゅ》、各種の商人……裕福であればあるほど人手を必要としている。

荷を運んだり、米を搗《つ》いたり、粉を挽いたり、水を汲んだり、薪を焚いたり、屋根を葺いたり、庭石を動かしたり、馬小屋や牛小屋のそうじをしたりといったような単純労働のやり手を

である。そういうところへ木原屋が行って、

——人手なら、どうぞどうぞ。うちにいくらかの蓄えがあります。銭でもってお売り申し上げるのやから、文字どおり、お前様の所有物《もちもの》になる。意のままに使えます。

などと言って売りこむのだ。さだめし高額で売れるだろう。滝郎は、

「じゃが」

と、なおためらった。なるほど儲け話ではあるにしろ、何と言っても人身売買は違法なのである。

なぜならば、鎌倉幕府という政権の根本《こんぽん》にあるのは土地の価値である。将軍と御家人のあいだのいわゆる「御恩と奉公」がその代表であるように、あらゆる主従関係は土地をはさんで成立する。そんな政権であってみれば、たとえ庶民でも、たとえ当人の合意があろうとも、その主従関係が金銭によって改変し得るという論理はみとめがたい。大げさでなく国家の存亡にかかわるのだ。

もしも六波羅に露見したら、そして逮捕されたら。滝郎は、

（罪人《とがびと》に）

その刑罰は、かなり重い。たしか火印《かいん》といったろうか。顔に焼印を捺《お》されるのである。顔には爛《ただ》れが残るだろう。生涯消えぬ前科のあかし。そうなれば当然この梅津の湊から追われ、どこかの田舎で逼塞《ひっそく》して、陽《ひ》のあたらぬところで死ぬことになる。木原屋も神崎屋も同罪になるのだ。

もちろん木原屋は、そのへんをじゅうぶんわきまえている。

だからこそ神崎屋と直接は取引せず、こうして滝郎の「柿鍋」をあいだに入れようとしているのだ。梅津の湊が洛外にあり、河川港湾という街の性質上、顔を知らぬ者の出入りが多いのもこのさい好都合だった。六波羅の役人に知られぬよう人間という商品を受け渡すにはぴったりの土地柄なのだ。

と同時に、木原屋には、

――「柿鍋」はんにも、儲けさせてやる。

そんな純粋な厚意もあるのだろう。それはそれで感謝しなければならないのだが、さて、

(どうする)

こんな迷いは、神崎屋には見やぶられたらしい。わざわざ滝郎が目をそらしたほうへ体をずらして来て、ぎょろりと睨《ね》めあげるようにして、

「案ずるな」

「いや、まあ」

「これは正しいおこないぞ」

「正しい?」

「もしもわしらがおらなんだら、あやつらも、あやつらの故郷の村人も、とっくのむかしに飢え死にしておる。われらはまこと善根を積んでおるのじゃ。なるほど人商《ひとあきな》いは非違《ひい》にあたるが、こういう異様の時勢では、異様の手段をもちいずば、かえって人の命は救われぬ」

「…………」

「六波羅も、おそらくそれを知っておるのじゃろう。取り締まりは、ゆるい。おぬしに累が及

ぶことはない」

最後のことばが、ようやく滝郎に心を決めさせた。滝郎はついに、

「値段《あたい》は、いくらか」

と問うた。承諾のしるしだった。どっちにしろ滝郎は、木原屋がらみの仕事ならば断ることはできないのである。神崎屋は、

「よろしい」

ぴょんと猿のように一跳ねすると、また入口のあたりへ行き、ちらっと戸外へ目をやってから、

「体格《にくづき》によって差は出るが、まずこのたびは、ひとり一貫文あたりとしようか」

高額である。それだけ利ざやも大きいだろう。神崎屋はそれから滝郎へいくつか具体的な指示をあたえ、六人を置いて行ってしまった。

滝郎はとりあえず、彼らに粥をあたえた。三ノ倉のかげに掘立《ほったて》小屋をつくらせて、そこで寝るよう命じた。翌朝になって古着をあたえ、京の市民を装わせたところで木原屋から店員が来たので、引き渡した。あっけないものである。すべて神崎屋の指示どおりにしただけだった。

それから数日おきに、神崎屋は来た。

来るたびに八人、十一人、十七人……商品の数はふえて行った。幾度目かからは歩いて連れて来るのが面倒になったのだろう、まとめて舟へ積んで来た。人身売買とは関係のない純粋な難民がそうして来ることもあるので、あやしまれることはなかった。

商品は、はじめは男ばかりだったけれど、やがて女や子供もまじるようになった。それだけ

地方の飢餓がひどいということか。神崎屋は或る日、滝郎の耳に口を寄せて、

「あの女房」

ささやいた。ちょうど舟から赤ん坊を抱いた女が下りて来るところだった。

「あれは、ええ」

「え？」

滝郎は、聞き返した。意味がわからない。神崎屋は、

「やってみると案外、腰骨《こしぼね》がしっかとしておった。得たりや応じゃ。今晩おぬしも」

耳を離した。卑猥な笑みを浮かべている。滝郎は目で、

――やめろ。

と言ったが、神崎屋はなおも、唇《くち》が頬まで裂けそうな顔で、

「じゃが子は生《な》さぬぞ。月経《くされ》がないからの。女はみなそうじゃ。これも痩せ枯れの故かのう」

取引における決済は、すべて現金でおこなった。この当時ではもう木の札《ふだ》のまんなかへ印を捺して、ふたつに割って、振出人と支払人がべつべつに持つ、

――割符《さいふ》。

と呼ばれる一種の手形決済も可能なのだが、それでは証拠が残ってしまう。滝郎は、これも神崎屋の指示により、かさばることは承知しつつも毎度毎度、銭袋《ぜにぶくろ》へ宋銭をつめて受け渡ししたのである。

梅津の湊では、ほかには誰もこの体温ある商品をあつかわなかった。「柿鍋」はいちばんの大《おお》問丸になった。

†

年があけても、京の情況は変わらなかった。

いや、むしろますます悪化した。例年ならば新年のいろいろの行事のため地方から下級貴族や武士たちが上洛して来るのだが、行事はのきなみ中止になり、誰も来なかった。

商人はものを売る機会を逸し、金繰《かねぐ》りに苦しんだ。なかには奉公人に暇を出す者もあらわれたが、出されても奉公人には再就職の口はなかった。職人も仕事がなくなった。

京の街は、空き家がふえた。その空き家に、

——鬼がいた。

などという噂がしきりと立つようになったのは、恐怖が見せた幻影か、あるいは悪意にもとづく意図的な流言だったか。

六波羅もさまざまに策をこころみた。米を安く放出しろという命令は何度も何度も出したけれど、この手のものの常として、出すたび効果はうすくなった。何とか新手《あらて》を打ち出そうとしたのだろう、或る日とつぜん、

——各家に生じた余り米《ごめ》は、これを酒の醸造にもちいることを禁じる。

という命を出したときには人々は失望した、というより、六波羅を呪詛した。もともと余り米などどこにもないし、あったとしても、酒づくりに必要な米の量などたかが知れている。

あまりに末梢的な禁令である。ここに至って、鎌倉幕府は、

――もはや、何も思いつきません。

と公言したにひとしいのである。実際、その後は、何であれ命を出すこと自体がだんだんと減って行った。京のみやこは無政府状態に近づいたのである。

それと入れかわるようにして、疫病神《やくびょうがみ》が来た。

すなわち疫病《えきびょう》である。どうやらこうやら飢えに耐えていた人がとつぜん高熱を発したり、顔中に水疱《すいほう》を生じたり、あるいは尻から血便を垂れ流したりして息絶えた。神社や寺はあわてて祈りの名目を死者弔悼《ちょうとう》から病魔退散に切り替えた。

特定の感染症の流行というより、全体的に、都市が不衛生だったのだろう。いくら寒い季節でも屋外の死体は腐敗するいっぽうだし、それを食った犬や猫や烏《からす》などが口のまわりを汚したまま街中を闊歩するのだから。

それに加えて、吐瀉《としゃ》物の問題もあった。人々がしばしば川や水路へよろよろと行って、腹のものを吐きもどしたのである。

よほど食えぬものを食って体が受けつけなかったか。その水はもちろん下流へ行って、何も知らぬ者に桶で汲まれる。

街のなかへ持ちこまれ、ごくごく飲まれる。それでなくても栄養失調で抵抗力をなくしている人々にとっては自殺行為にひとしいのだが、当時の常識には公衆衛生学は存在しない。彼らはただただ水を飲みながら疫病の恐怖におののいたのである。

もっとも、貴族や武士の情況はべつだった。とりわけ上流ないし中流のそれは地方に荘園を持っているため、秋のうちに、直接、米を運んで来《こ》させている。商人の操作する市価にかかわらず食うことができる。彼らの住む邸宅では連日のように絃歌《げんか》の音が流れたのである。歌はしばしば、今様《いまよう》という一種の流行歌だった。今様にもいろいろ種類があるなかで、特に多いのは、仏教に材を採った法文歌《ほうもんか》だった。

仏も昔は人なりき
われらも終《つい》には仏なり
三身仏性《さんじんぶっしょう》具せる身と
知らざりけるこそあわれなれ

彼らはそこそこ腹をみたした口で、こうして死への達観を吟じたのである。大部分の京の市民はもう、待つことしかできなかった。人と人が会うたびに、

「春になれば」

「春になれば」

それが決まった挨拶のようになった。春になれば麦が出まわる。この事態は終息するのである。

†

「柿鍋」滝郎は、あいかわらず人身売買に精を出した。

神崎屋がつれて来る男や女や子供をしばし手もとに置いた上、木原屋の店員へ引き渡す。銭のやりとりをする。

女のうちの何人かは、抱いてから引き渡す。要はそれだけのことだった。慣れると逆にこれしきのことが、

(どうして、恐かったかね)

そんな気になった。扱い高はふえるいっぽうだったので、三ノ倉のかげの掘立小屋はいったんこわして、大きいのを建てなおした。二ノ倉と四ノ倉のうしろにも同様の小屋をこしらえた。

こうなればもう、隠し通せるものではない。ほかの問丸はみな口には出さぬものの滝郎が何をしているか知っていたし、そのうちの幾人かは、

――その商い、こっちにもまわしてくれんかのう。

と申し出たくらいだった。やはり飢饉の影響で仕事が減ったのだろう。滝郎は承諾した。富というのは独占すべきでない。他人にほどこせば、ほどこしたぶん将来かならず何かのかたちで返って来るものなのである。

六波羅も、公然と黙認した。榊能盛《さかきよしもり》という名前だけはりっぱな番役《ばんやく》(警官)の武士など、

「おうおう」

と、みょうな呼びかけとともに梅津の湊に来て、二ノ倉のうしろの小屋をみとめて、

「あれは、何じゃ」

と問う。

鼻をひくひくさせることもある。二の腕のむやみと太い男だった。はじめのうち滝郎は、

「ああ、あの、うちの店員《こども》の……休み所でして」

しどろもどろだったけれども、ほどなく堂々とするようになって、

「榊様。ほれ、この時世《ときよ》じゃ。おわかりになりませんか」

聞き返しつつ、腰の横で手をのばしたものである。手にはもちろん米の入った布袋《ぬのぶくろ》を持っていて、相手の手にそっと押しつける。榊は、

「ああ、わかる。時世じゃのう」

などと曖昧につぶやきつつ、その布袋を袖の下へしまいこむのである。

若い烏助など、

「ご主人様、あな畏《かしこ》や。あな畏や」

ほんとうに滝郎へ向かって手を合わせるありさまだった。尊敬というより信仰であるが、それはそうだろう。こんなときにも一日二度のめしを食わせてくれるばかりか、烏助自身、いまや店員のなかでも滝郎の右腕というような立場になった。ほかの若い衆に、

「しっかり食えよ。力が出んぞ」

などと言っては尊敬を受けている身なのである。「柿鍋」はいわば別天地、地獄のなかの極楽だった。

むろん滝郎にも、

「炊《かし》ぎのにおいが」

（疾《やま》しや）

罪の意識はある。何しろ洛中洛外でこれほどの人が死んでいるのだ。自分がじかに手をかけたわけではないにしろ、間接的に殺したことは否めない。亡者はさだめし自分を、

(うらみに)

実際、滝郎は、夢を見たことがある。銅色《あかがねいろ》の土中から無数の死者の手が枯れ枝のように伸びて来て、足首をつかみ、肩をつかみ、滝郎はそのまま土中へひきずりこまれるのだ。起きたら汗びっしょりだった。その日は仕事が手につかず、六条大路の木原屋へ行って、惣兵衛その人に面会を乞うて、

「わしが売った人々は、ちゃんと食うておりますか」

と聞いた。聞かずにはいられなかった。滝郎の大きな安心《あんじん》は、

——米価操作で人を殺しても、人身売買で生かしている。

このことにあった。その生かした人々が死ぬのでは、自分はそれこそ真の悪人になってしまうではないか。

木原屋惣兵衛は、

——そんなことで、わざわざ来るな。

と言わんばかりの不愉快そのものの表情で、

「心配せんでええ。みんな洛中の有徳人《うとくにん》(裕福な人)の家でとっくり働かせてもらっておる。水汲み、薪割り、米搗き」

「ちゃんと食うて……」

「食うておる。食うておる」

「よかった」

と、胸をなでおろした滝郎へ、惣兵衛は、

『柿鍋』さん」

とつぜん優しい顔になり、子供の頭をなでるような口調で、

「天変地異にさいしては、富者はますます富み、貧者はいよいよ窮する。それは人間のどう手のほどこしようもない、天の理《り》というものなのじゃ」

「はい」

「ならばわれらは、せめて富もうぞ。産を成そうぞ。そのことで貧者を救えばよいのじゃ」

「なるほど。よくわかりました」

滝郎は謝辞を述べ、はればれとした気持ちで木原屋をあとにした。体《てい》よく追い出されたのかもしれなかった。

†

京の市民が、

「春になれば」

「春になれば」

と言う、その願いはむなしかった。春になっても小麦はさほど出まわらなかったのだ。

農村の荒廃で人手が不足したからか。それとも、べつの原因があったのか。京の人々はしば

しば、

——暖冬が、わるかった。

という言いかたをした。冬があんまり暖かいと小麦の茎立《くくた》ちが早まって、かえって霜に遭ってしまうのだ。

実際、その年の小麦は豊作ではなかった。いや、かりに豊作だったとしても結局のところ情況は変わらなかっただろう。なぜなら小麦などという作物は、元来が、どこの国のどこの郡でも米ほどには作付面積が大きくない。

すなわち、たくさん取れるものではない。救荒作物としては頼り甲斐がないのである。実際、京では春になっても餓死者は出たし、梅津の湊の滝郎のもとにも商品としての人間の仕入れがありつづけた。

滝郎はふと、

(何人かな)

そんなことを思ったりした。そもそもの事のはじめから数えると、もう何人ほど洛中へ送りこんだろうか。ざっと記憶をたどるだけでも、二百人は下らないだろう。

もちろん「柿鍋」のあつかうのは人だけではない。本業はやはり米やその他の品物であるが、この年は、その米の減りかたが早かった。春も闌《た》けるころになると倉のなかに大きな空間が生じて、

「大事ないでしょうか。大事ないでしょうか」

と、烏助などは顔を青くしたものだった。高値でもどんどん売れたからでもあるが、この社

会情況下では、やはり賄賂の出費がかさんだのである。滝郎に布袋の米をねだる役人は、いまやあの榊能盛だけではなくなっていた。

このぶんだと、夏には倉がからっぽになる。だが滝郎は、鳥助はじめ、店の者にはつねに、

「安心して食え」

と言いつづけた。強がりではなく、ほんとうに大事なかったのだ。滝郎はこのことを予想して、だいぶん前から手を打っていたのである。

その手とは、遠国《えんごく》だった。滝郎みずから備中《びっちゅう》、安芸《あき》、日向《ひゅうが》などの温暖なところへ足を運んで、商人に会い、有力者を紹介してもらって、古米《こまい》買収の話をつけたのである。

どこの国でも、古米はかなりの高額だった。地方には地方の複雑な利権があるのか、それとも単に暴利をむさぼる気だったのか。滝郎はつねに、平然と、

「買えるものは、すべて買う」

そう言いつづけた。値引きの交渉もしなかった。しょせん田舎値《ね》である。京の木原屋へもちこめば、買い値をはるかに超える額で引き取ってもらえるのである。

こうして買いつけを終えて梅津の湊に帰ると、梅津の湊には、約束の米がつぎつぎに来た。違約や不履行はほとんどなかった。地方にも商道徳はあったのである。梅雨前《つゆまえ》の、いちばん米のない時期に無慮一万俵の入荷をむかえたときには、ほかの問丸は、

——まさか。

という目をしたものだった。平年ですら例のない数である。滝郎はこの日にはわざわざ木原屋惣兵衛をまねいたので、木原屋はその船団をまのあたりにして、手を打って、

「『柿鍋』はん、あんたは大器や。わしの身代《しんだい》そっくり差し上げたいほどや」

とまで言った。滝郎はこの瞬間、天下《てんが》に向けて、

——どうじゃ。

うったえてやりたかった。

——どうじゃ、どうじゃ。

人買いのみの滝郎ではない。そう言いたかった。滝郎は梅津の湊でいちばんの有徳人《うとくにん》になった。

†

六条大路の木原屋が襲撃されたのは、梅雨のさなか、小雨《こさめ》ふる日のことだった。

襲撃者は三十人ほど。全員、男だった。昼日中《ひるひなか》というのに堂々としたもので、みな裸同然のなりをして、京ことばでない語を発し、神輿《しんよ》のようなものを担いでいたという。こんにちのみこしに近い。

木原屋は、主屋《おもや》が通りに面している。生活や仕事の中心となる建物であるが、しかし彼らは、

「ゆゆし」

「ゆゆし」

喚声をあげつつ、主屋は襲わず、その脇へまわりこんだ。裏手の大倉《おおくら》をめざしたのである。

大倉は、文字どおり大きな倉である。その土壁《つちかべ》がことのほか分厚くできていることは、他の大商家とおなじである。襲撃者はためらわなかった。

「ゆゆし」

その横っ腹へつっこんだ。

神輿の轅《ながえ》の先が、ドンとぶつかる。地ひびきが起きる。壁はメリッと悲鳴をあげた。

彼ら自身もいきおいあまって体を衝突させたけれど、神輿を担ぎなおして、うしろへ下がって、また壁に突進した。三度目であっさり穴があいたのは、あらかじめ神輿のなかに石がつめこんであったのだろう。

「わあっ」

と、彼らは蹴ったり殴ったりして穴をひろげ、神輿もろとも倉のなかへ突入した。

倉のなかは、まぶしいばかりの米俵の山である。彼らは神輿を置き、その俵の稲わらをつぎつぎと手でやぶった。おそるべき握力であり腕力だった。やぶれ目からはザーッと音を立てて米が落ちて、さながら滝が幾筋もあらわれたようだった。

倉じゅうが糠《ぬか》のにおいに覆われた。彼らは動物のように咆哮した。

木原屋には、数十人の店員がいる。騒ぎに気づいて主屋を出ている。もっとも襲撃者があんまり怖かったのだろう、手出しもできず、のこのこと神輿について行くだけだった。

壁の破壊をはじめたときも、

「あな」

「怪しや」

などと狼狽しつつ遠まきに眺めるばかり。そこへあるじの惣兵衛が来て、

「ぬしら、何をしておる。悔しゅうないのか。組めや。組みつけや」

叱咤というより強制したので、店員たちは、遠慮がちに穴から倉へ入ろうとした。そうして、

「わっ」

くるりと逃げ帰った。穴からぽんぽん石が飛んで来たのである。その石がみんな磨きあげたように滑らかで角《かど》がなかったのは、あるいは鴨川の河原あたりでひろったか。例の神輿へ破壊力増強のため入れられていたものにちがいなかった。

石があらかた出てしまうと、つぎは神輿そのものだった。襲撃者がまた、

「ゆゆし」

「ゆゆし」

担ぎながら出て来たのである。神輿には米俵がふたつ、片仮名の「ソ」の字よろしく上からななめに突き刺さっていた。

店員は、道をあけた。

襲撃者はそこを悠々と通過して表へまわり、六条大路へ出た。

そのまま南のほうへ去ったのを、店員たちはただ見送った。あとの道には米の白い線ができていたので、だいぶん経ってからそれを追ったけれども、途中で絶えていた。襲撃者が気づいて俵の穴を手でふさいだか、あるいは俵を置きかえて米が神輿の内部へこぼれるようにしたかに相違なかった。

木原屋惣兵衛は六波羅へ店員をやり、被害をうったえた。六波羅の役人は、

「すまぬ」

と治安維持の失敗を詫び、それから三つの約束をした。
一、木原屋の前に臨時の篝屋《かがりや》（番所）を置き、番役を常駐させること。
一、事件に関しては厳重な捜査をおこない、犯人をすべて捕らえること。
一、捕らえたら重刑に処すこと。
事件の速報は、滝郎の耳へも入った。滝郎は戦慄した。

（うちも、来る）

すぐさま手を打った。たまたま例の小屋にいた商品十二名のうち成人男子九名をえらんで竹槍を持たせ、倉の前へ立たせて、

「神輿を担いだ者が来たら、大声で人を呼べ。そうして命をすてて戦え」

このさい命をすててとは、士気鼓舞のための激励ではなく、逆に冷酷な虐待でもなく、ただただ自然の使用法だった。滝郎は彼らを金で買っている。つまり所有者である。彼らはここでは道具なのだ。針は折れることがある。鍋は割れることがある。それだけの話だった。

ことばのもっとも純粋な意味での「私兵」である。彼らは職務に忠実だった。夜も番をしろと言ったらそのとおりにした。二晩も三晩も眠らない。立ったまま腰をおろして休むこともしない。生来の勤勉さというよりは、

――怠けたら、飢える。

その耐えがたい恐怖があったのにちがいなかった。実際、滝郎は、この私兵たちにはやや多

めに米を食わせた。惻隠《そくいん》の情からではない。いざ無法者と戦うとき力が出るようにという合理的な判断の結果である。滝郎はその後、人を足して、ぜんぶで私兵を十四人にした。倉の番も昼夜交替制にして、いちおう眠れるようにした。

この防備は、結局のところ無駄に終わった。誰も襲いに来なかったからである。滝郎および「柿鍋」にとってはまことに幸いなことだった。六条大路の木原屋のほうも新たな事件に遭うことはなかったけれども、そのかわりと言うべきか、店の前の篝屋も、一カ月後には撤収されてしまった。六波羅による特別警戒期間はあっさり終了したのである。

もともと六波羅は、捜査に乗り気ではなかった。ほんとうに犯人をつかまえる気だったのか、それすら、

(あやしや)

と滝郎は見たほどである。実質的な被害が米二俵にすぎなかったからか。それとも犯人は、神輿を担いでいたことから、

――石清水《いわしみず》社か、祇園社の神人《じにん》あたり。

その可能性があったからか。神人というのは原則として聖職者でも何でもなく、神社に所属するそれこそ私兵のようなもので、神威《しんい》を笠に着てあちこちで乱暴をはたらく上、取り締まろうにも捜査拒否権を持っている。六波羅としてはもっとも相手にしたくない、いわば公然たる反体制分子だったのである。

そんなこんなで六波羅は手を抜いた。事件は未解決に終わったのである。木原屋惣兵衛はよほど不満だったのだろう、滝郎のところへ来るたびに、

「六波羅の濡《ぬ》れ葉《ば》侍《ざむらい》ども、あれほど賄賂を取っておきながら、けしからん。ひとりの首も取らんとは。はなはだけしからん。この世に法はないのか」

滝郎は毎度、

「まったくです」

心の底から同意した。もっとも、その後も襲撃は起こらなかったので、滝郎は十四人みな売り払ってしまった。滝郎もまた特別警戒を終了したのだった。

梅雨があけ、夏が来ると、洛中の食糧事情は好転した。

米の収穫はまだ先ながら、黍《きび》、蕎麦《そば》などの雑穀や豆類が出まわったため、道や辻には餓死体があらわれなくなった。地方でもやはり好転したのだろう、食いものをもとめて京へ来る者もなくなったから、京のみやこは、街そのものが平穏を取り戻したように見えた。鴨の河原あたりでは、子供たちが水遊びではしゃぐ声すら聞かれたのである。

滝郎の日常も、このことで大きく変化した。

神崎屋がだんだん人を持って来なくなったのである。八人のつぎは五人、そのつぎは三人……来る間隔も、間遠《まどお》になった。そうしてとうとう或る日には、からっぽの舟に乗って来て、

「ことしの人商いは、おしまいや。もう誰も自分を売りよらん。よう励んだなあ」

行ってしまった。

滝郎は、

(やった)

その晩は、鳥助とともに祝杯をあげた。ふたりして川っぺりに座りこんで飲みに飲み、明け

方には立って踊り狂った。

「やった。やったぞ。烏助」

「やりましたなあ、ご主人様」

自分は橋を渡ったのだ。滝郎はぐらぐらの過熱した頭でそう考えた。この人身売買という危険きわまりない橋を、当局の摘発を受けぬうちに、

(渡りきった)

あとに残ったのは、巨額の利。京のような銭で何でも買える都会でなら一生あそんで暮らせるほどの財産。

もちろんこれは、中休みのようなものかもしれない。滝郎はそう自分をいましめる。いったいに世間では、

——飢饉は、二年つづく。

と言いならわしている。一年目で就農人口が激減して、種籾も食いつくされるので、二年目にはどうあっても収穫はあがらない。明快で残酷な経験則。

おそらくことしも秋が来て、冬が来ればまた飢餓が来るだろう、地方の農民はみずからの身を売って米に換えるだろう。そうなれば神崎屋はまた彼らを引き連れてこの梅津の湊に来ることになるし、滝郎はそれを拒否できない。とりあえず目の前の虎口《ここう》は脱したとはいえ、およそ飢饉あるかぎり、滝郎はこの危ない橋とは縁が切れないのである。

ところが。

その秋が来てみると、京においては、飢饉の影響はさほどでもなかった。

少なくとも一年目ほどの深刻さはなかった。日本全体の作柄を見ると、なるほど西日本では例の「二年つづく」、すなわち就農人口の激減および種籾の不足によって凶作に近い結果が出たけれども、東日本では思いのほか気温が上がったため、豊作になったのである。

滝郎の「柿鍋」にはそこそこ米が入荷しはじめたし、他の津の問丸も同様らしかった。米価の値上がりも昨年ほどではなく、このぶんなら京には餓死者は出ないだろう、出ても昨年よりはるかに、

――少ない。

それが、人々の観測だった。ということは人身売買も、

(しなくて、すむ)

滝郎は、元気が出た。やっとこの商売と絶縁できるのだ。神崎屋の顔を見ずにすむのだ。そのぶん稼ぎは減るけれど、心の負担にくらべれば大したことではない。もともとそれがなければ暮らしが立たぬわけでもなかったのである。

滝郎は、日々の仕事に精を出した。船をむかえての荷揚げ、荷下ろし。問丸本来の地味な業務がこんなに楽しいとは知らなかった。滝郎は或る日、烏助に言った。

「おぬしにも、そろそろ嫁の世話をしてやろう」

「はい」

烏助は顔を赤らめ、肩をすくめた。そのしぐさの意外なかわいらしさに、滝郎もなぜか、

「そろそろな。ふふ」

照れ笑いしてしまった。

彼岸をすぎると、梅津の湊に、

「おうおう」

榊能盛が来た。あの六波羅の役人である。二十人ほど兵をつれている。太い二の腕をもちあげて、

「あれは、何じゃ」

「ああ」

二ノ倉のうしろの小屋を指さした。

滝郎は腰を低くして、にこやかに、

「あれは前にも申したとおり、うちの店員《こども》の休み所で。うふふ」

「ちがうな」

「え？」

「人商いに使っておったのじゃろう」

「いやいや、榊様、何を申されますやら。うちの店員の休み所ですよ。ああ、そうか、ちょっと破《や》れておりますかね。この季節はことさら仕事が多うござる故、なかなか使う機会《とき》もありませぬで……」

まくしたてるあいだに、烏助がそっと背後へ来る。

「ご主人様。ご主人様」

ささやいて、小さな布袋を差し出して来る。よく心得たものだ。滝郎はそれを右手でつまんで、

「それ、お役目ご苦労のことにて」

榊の腰に押しつけた。だが榊は、このときは、

「ならぬ」

手の甲で、打ち払った。

布袋は、弧を描いて地に落ちた。布がやぶれて米がとびだし、地にひろがる。

滝郎は、事態がのみこめない。榊の顔をまじまじと見て、

「あ、な？」

「商人《あきゅうど》め、武士を甘《あま》う見るな。いまごろは六条大路の木原屋にもわれらの手が入っておるぞ。人買い人売りの罪により、あらいざらい店をしらべておる」

「な！」

息がとまった。榊はつづけて、

「三か月ほど前、神輿を担いだ連中があそこを襲うたであろう。あの事件の捜査《しらべ》のさなかに、われらは或るものを見つけておった」

「或るもの？」

「割符《さいふ》じゃ」

（割符）

一種の手形決済。木の札のまんなかへ印を捺して、ふたつに割って、振出人と支払人がべつべつに持つ。その木の札を押収したと言うのである。なるほどその札には木原屋の名も、その取引相手の店の名も、ともども裏書きしてあるにちがいないし、その取引相手が、

――人買いの決済に使いました。

とでも自白するようなことがあれば万事は休する。木原屋は罪をまぬかれぬ。だがしかし、

「それならば、わしは関係ありませぬ」

滝郎は、胸を張った。

(証拠《あかし》がない)

こっちは割符など用いたことがない。取引のたびにあの宋銭のつまった大きい重い銭袋の受け渡しをおこなっている。かりに木原屋が自分の名を口にしているとしても、言い抜けは、

(できる)

それにしても木原屋惣兵衛、いったい何をしているのか。滝郎はむしろそっちに腹が立った。あんまり不用心がすぎるではないか。

もちろん木原屋の取引は、滝郎とはくらべものにならぬほど複雑かつ広範囲におよぶ。遠隔地とのやりとりも多い。現金決済では間に合わぬ局面も多々あるにちがいないことはわかるのだが、それにしても、ほかならぬこの人身売買というもっとも危険なところで面倒を省くのは単なる懈怠《けたい》ではないか。心がゆるみすぎではないか。

榊は、

「関係ないか、『柿鍋』」

「むろんに」

「どうかな」

にやりと笑うと、腰に下げた小箱をとりあげ、ふたを外して、なかから一枚の板きれを手で

つまんで出して、

「木原屋には、こんなものもあったぞ」

滝郎の顔につきつけた。滝郎は、

「え」

割符の札の片割れだった。おそらく札の裏側なのだろう、そこには決済期限日を示すこまごまとした数字が書いてあったが、問題は左はしだった。

漢字四字が記されている。ただし漢字全体ではなく、その右半分だけ。あとの左半分は、いまここにないもう片方の札に記されていて、必要なときに照合するわけだが、それでもその右半分が、おおむね、

毎聿市咼

であることは見てとれる。もしも左半分の札をくっつけたならば、

梅津柿鍋

になることは明らかだった。榊は薄気味わるい笑顔のまま、

「これを見い、おぬしの店の名じゃ。札の表側《おもて》に印を捺すかわり、こうして裏へ墨書したのであろう」

「まさか！」

滝郎は横ざまにつかみ取ろうとしたが、榊はひょいと手をひっこめてかわし、

「奪う気じゃな」

「そんなことせえへん。よっく見たい。身におぼえがない」

「木原屋が勝手におぬしの名を書きこんだと？」

「そうは申しませぬ。申しませぬが、何しろ割符ですからな。これだけでは不十分でしょう。どこかで左の半分《かたわれ》をさがしだし、その取引の相手にお尋ねあらねば……」

「そのお尋ねの結果、木原屋のしわざと知れると」

「う」

滝郎は、ことばを呑みこまざるを得ない。なかなか巧みな訊問だった。これでは滝郎か木原屋か、どちらかの罪が確定する。榊はなかば歌うように、

「だとしたら、木原屋もそうとう後ろめたかったと見えるのう。自身の名を書かず『柿鍋』に罪を押しつけるとは」

「いや、あの方は、そんなお方ではありませぬ。そんな卑怯な……」

「観念しやれ、『柿鍋』」

と、榊はその札をふたたび腰の小箱へ入れてしまってから、

「どっちにしろ貴様と木原屋との深い仲は、つとに天下《てんが》の知るところじゃ。それこそあの神輿の襲撃《うちこみ》の前からのう」

と最後に付け加えたのは、これはやや失言だったか。滝郎はすかさず、

「ならば、なんで最初から来《き》ませせなんだか」

「何と申す」

「襲撃の前から知っていたのなら、榊様は、そのときわしを追捕《ついぶ》に来ればよかった。ほとぼりもさめた今日《こんにち》になって来られるのは解《げ》せませせぬ」

「証拠がなかった」

「いまも、ありませせぬ」

「ええい」

榊は片方の足をもちあげ、どんと滝郎の腹を蹴った。

「うっ」

滝郎は体を折り、二、三歩あとじさりする。榊の顔から笑みが消えた。よほど内兜《うちかぶと》を見すかされた気がしたのだろう、目をつりあげて、

「ええい、ええい。そんなことはどうでもよい。つまりは人売り、人買いじゃ。人身売買《ひとあきない》は天下の大禁。おぬしはそれをしておった。割符があろうがなかろうがな。あれが」

と、もういちど二ノ倉のうしろの小屋を手で示して、

「あれが店員の休み所などと、こざかしや、嘘いつわりの申しよう。まことは買うた奴婢《どひ》の一時置場であることは火を見るより明らかじゃ」

滝郎は、

（ぐ）

言い当てられて心がゆれたのと同時に、

(奴婢)

その語のひびきの強さに衝撃を受けた。はるか古代にほろびたはずの、ほとんど物体《もの》への呼称であろう。自分が世界最悪の人間のように思われたその反動で、

「何を、いまさら」

口に出してしまうと、もう止まらなかった。全身の血がぞわぞわと両眼《りょうめ》のうしろに集まって鉄のにおいを立てるのを感じながら、

「さっきの問いに答えてください。なんでいまさら来たのです? 追捕ならもっと早うに来ることもできたでしょうに、わざわざ飢饉が去ってからここに来た理由《わけ》はいったい何だったのか」

「何を申す」

と榊は声を勇ましくしたけれど、腰が引けている。これ以上言われることを、

(恐れている)

滝郎はいよいよ舌がなめらかになって、

「榊様」

「何じゃい」

「はばかりながら、見たところ、少しお太りになったのではありませんか」

榊がはっと息をのんで腹の前に手をあてたこと自体、

——太ったよ。

と答えたも同然だった。滝郎はにわかに胸をそらし、大声で、

「なるほど、なるほど。近ごろは米の出まわりが悪くないですからな。わしに賄賂をねだる必要もないわけじゃ」

「おい」

「ちょっと前まではあんなに何度もここへ来て、そのたびあの小屋を見たはずなのに何もせず、何も言わぬまま、ふところで布袋をあたためながら帰途に就いていた榊様でしたがなあ。いやはや『武士を甘う見るな』とは恐れ入った。人様《ひとさま》に米をめぐんでもらえば商人ならば感謝して、どうにか恩を返すものじゃが、武士はむしろ罪を着せるのであるぞと、そういう意味だったのですなあ」

破滅への雄弁だった。榊は、

「貴様」

腰の太刀へ手をかける。滝郎は、

「うるさい!」

一喝して、榊の身の動きを止めてから、

「木原屋さんのほうもおなじじゃ。六波羅の役人はたいてい木原屋さんの賄賂米《しのびごめ》を食うたではないか。手入れが何だ、割符が何だとさわぐ前にまずきちんと礼をせい」

「米の話をしているのではない。人売り人買いの話をしておるのだ」

「ああ、そうでしたか。お役目ご苦労様ですなあ。ならばその高潔な頭で少しお考えいただけませんか。わしがもし——もしもですが——人売り人買いに手をそめていたとしたら、その悪行が、どれほど大勢の命を救ったことか」

「命を、救う？」

「あなたがた行政《まつりごと》の徒がなすすべなく放置した人々の口へ、あたたかい粥を押しこむ契機を、どれほど多くあたえたことかと申しておるのじゃ。天下の大禁で腹がふくれるか。そんなこともわからんのか」

「こやつ」

榊は、すらりと鞘から太刀を抜いた。銀色の刃《やいば》を滝郎の鼻先へつきつけて、

「いま自白したぞ」

それを機に、

「おう！」

声とともに、うしろの兵がいっせいに足をふみだして、滝郎をかこんだ。

滝郎にとっては、二重三重《ふたえみえ》の鎧の壁にかこまれたにひとしい。だが口は動きつづけて、

「ひい、ふう、みい、二十人ですか。ずいぶんご念の入ったことで。わしごとき一介の商人に……」

言い終わらぬうち兵たちの輪がちぢまり、手がのびる。それらは前後左右から滝郎の肩をつかみ、腕をつかんだ。

巨大な蛸が無数の脚で獲物を抱き取るかのようだった。滝郎は身をよじって、

「何をする。無辜《むこ》の民に」

「来い」

「いやじゃ」

「来い来い。六波羅で詮議を受けろ」

「いやじゃ、いやじゃ。痛い！」

と顔をゆがめたのは、右腕を背中へねじりあげられたのである。つづいて左腕も。滝郎はうなじのところで左右の手首を重ねられ、縄でしばられた。不自然きわまる体勢だった。

「痛い。痛い。縄をとけ」

滝郎の声に、

「助けて！」

と、烏助のさけびが重なる。烏助はぐじゅぐじゅ泣きながら、まわりの人々へ、

「助けてください！　誰か。誰か。ご主人様が」

まわりの人々は、みな見て見ぬふり。梅津の湊の船仕事の風景はおどろくほど静かである。

「ああ、『奥山《おくやま》』はん！『播磨』はん！『八穂蓼《やほたで》』はん！　ご主人様から仕事をもらったやありまへんか。うちでもおなじ商売やらせてくれ言うてたやありまへんか。前の冬が越せたのは誰のおかげです？　儲けが出たのは誰のおかげです？『播磨』はん！　こっちへ顔を向けてください。お願いだ。恩知らず。意気地なし」

滝郎は、

「烏助」

抵抗をやめた。

腕は取られたままながら、心がきゅうに軽くなった。われながら優しい声で、

「ありがとう。もうよせ。みな連座を恐れておるのじゃ。あんまり言うとおぬしも罪人《とがにん》にな

る」

「連座？」

烏助がぴたりと動きを止めた。滝郎のほうへ首を向け、それっきり何も言わなくなった。滝郎はにっこりして、

「それでいい。烏助よ、おぬしはただの雇われ人じゃ。達者でな。いい嫁をもらえ。子を生《な》せ」

「ご主人様……」

烏助が口をへの字にして、涙をこらえているらしいのへ、

「興ざめな顔をするな。笑って送り出せ。わしの心はさっぱりしたのじゃ」

強がりではないつもりだった。滝郎自身やはりこの人身売買という行為を心のどこかで荷重《におも》に感じていた。その荷はもう負わなくていいのだ。

滝郎は、みずから足をふみだした。

東のほうへ。六波羅のほうへ。兵たちが付き添うようにして歩きだす。滝郎は立ちどまり、ふりかえった。最後にもういちど梅津の湊の風景を見たかったからだが、たまたま兵の群れが左右に割れて、地面が目に入った。

地面には、くったりと布袋が寝ていた。さっき榊に渡そうとして拒まれたもので、その口からは米がこぼれ出ている。

反射的に、

（勿体《もったい》ない）

と思い、つぎの瞬間、そう思う必要はもはやないのだと気づいた。にわかに他人行儀になったからか、滝郎の目には、それがまるで白い血だまりのように見えはじめた。

†

六波羅ですみやかに詮議がおこなわれ、滝郎は人身売買の罪により、

——火印の刑に処す。

と決定した。

火印、すなわち顔面へ焼印を捺す。即日執行。滝郎はひたいと左右の頬、計三か所に熱い鉄鏝《ごて》を押しつけられた。

その場で昏倒し、牢屋へ入れられ、三日三晩うめき苦しんだあげく釈放された。

それから「柿鍋」滝郎が梅津の湊へ戻った形跡はない。どこへ行ったのか、何年生きたのかもわからない。寛喜の飢饉はそれからも断続的につづき、全国各地で農民の逃亡《ちょうもう》が増加した。田畑をすてて都市部に流入した、つまりは難民の増加である。鎌倉幕府はついに方針を変更して、

——非常時にかぎり、人身売買を公認する。

その声明を出したけれども、滝郎の刑の執行から数えて八年後の延応《えんおう》元年（一二三九）、ようやく飢饉がおちつくと、

——人身売買は、あらためて禁じる。

厳重に通達した。多少のうしろめたさがあったのだろう。

除灰作業員

宝永四年富士山噴火

宝永四年（一七〇七）十月四日午後二時ころ、地震発生。

地震の規模はマグニチュード八・四（推定。以下おなじ）、震源は東海から四国にかけての沖合の海底、いわゆる南海トラフ付近と見られ、そのゆれは北海道をのぞく日本全域におよんだ。列島の反対側というべき北陸、山陰地方にもおよんだのである。

一時間後、津波が来た。

これもまた房総半島から伊勢湾、紀伊半島、四国、九州までの広い範囲に襲来し、ことに土佐沿岸へは大きな被害をもたらした。浦戸《うらど》湾の入口にあたる種崎《たねざき》村では波の高さが十五メートルに達し、多くの人が、まるで米粒がさらわれるようにして海へさらわれてふたたび陸《おか》に上がることをしなかった。

全国の被害をまとめれば、この地震および津波により、

死者　三万人

倒壊家屋　六万戸

流失家屋　二万戸
船の大破または流失　三千艘
これはもちろん、こんにちの試算の一例である。実際の数字とは大なり小なり差があるにちがいないが、いずれにせよ、これは日本史上最大の天災のひとつだった。その後もながく余震がつづいた。

伊予の道後《どうご》温泉では百四十五日間にわたり湯の出《で》が止まったというが、これも地殻変動の結果だろう。人々の不安は去ることがなく、死者の霊はねんごろに慰められることがなかった。

が、しかし。

本編の主題は、地震にはない。津波にもない。それから四十九日後、すなわち同年十一月二十三日午前十時ころに発生した富士山噴火のほうにある。

富士山はもちろん、地震に刺激されたのだろう。にわかに鳴動をはなはだしくし、この山特有のなだらかな斜面の南東方《がた》をやぶり、血のような火柱《ひばしら》でもって天を突き刺したのである。火柱はつまり、マグマである。上空でひやされて灰となり、ふたたび地表へふりつもった。噴火の正味はそれだけだった。溶岩流はなかったし、火砕流もなかった。ただその「それだけ」が、途方もない量だった。

おりしも真冬である。西から強い風がふく。大量の灰はその風に乗り、東へ東へとひろがった。

富士山の山すそを覆い、小田原を覆い、横浜を覆い――横浜はこのころ寒村だったが――、あっというまに江戸まで覆ってしまったときの様子は、儒学者・新井白石《あらいはくせき》が、自伝『折たく柴

の記』に、

——昼にもかかわらず空が暗く、蠟燭《ろうそく》をともして講義をした。

と記したことで有名であるけれども、この物語のきっかけは、そんな都市よりも遥かに火口に近い、

須走《すばしり》

大御神《おおみか》

の二村にある。どちらも現在は静岡県駿東郡小山町《すんとうぐんおやまちょう》。このうち須走村などは、あんまり火口に近すぎるため、最初のうちは灰どころか鞠《まり》のような火山弾がふりそそいだ。火山弾は、高温である。それこそ鞠のように屋根ではずみ、家々を燃やした。村には約八十戸の家があったが、半分は全焼し、のこりの半分は、つづいて来た灰のおもみで倒壊し埋没した。

降灰は高さ三メートルにも達したため、その上へ顔を出したのは、浅間《せんげん》神社の石鳥居の笠木（最上部の横木）のみだったという。須走村は、文字どおり全滅したのである。

もうひとつの大御神村は、須走村の東どなり。

距離の差はほんのわずかだったのに、大御神村のほうは、火事の被害はなかった。ここまで飛ぶには火山弾はあまりにも重すぎたのだろう。降灰も、およそ二メートルにすぎなかった。

もちろんこれでも人の背よりは高い。それこそ遥か百キロ離れた江戸では三センチ前後だったことを考えると、深刻な被害にはちがいないが、須走村とくらべれば、少なくとも、全滅しなかったとは言うことができる。

噴火前は三十九戸だった家の数は、噴火後は、二十戸になったという。二メートルでは或る程度以上の規模の家屋は埋没もせず、倒壊もしなかったわけである。

こんにち、私たちは、この噴火のあとを生々しく見ることができる。

噴火から十数日後、噴火がすっかり止《や》んだあと、その斜面には小さな山頂がひとつ生じたからである。

——宝永山。

と呼ばれる。

その山頂のかたわらには巨大な菓子皿にも似たマグマの噴出口もあり、やはりこんにち、

——宝永火口。

と呼ばれている。逆に言うなら、それらはたかだか三百年前にあらわれた地形にすぎず、それこそ古瀬戸の菓子皿あたりより、はるかに生乾きといえるのである。

なお宝永四年というのは、江戸時代である。

第五代将軍・徳川綱吉《とくがわつなよし》の治世の末期にあたり、五年前には江戸でいわゆる赤穂《あこう》浪士の討ち入りがあった。

九年後には、徳川吉宗《よしむね》が第八代将軍に就任している。そういう太平の世の話である。

†

噴火から五か月後。

ということは宝永五年（一七〇八）三月のなかば。火口の南西、遠州浜松《えんしゅうはままつ》の地に、与助《よすけ》という二十二歳の男がいる。

浜松は、松平《まつだいら》家七万石の城下町である。

東海道の宿場町にもなっているからだろう、街はなかなか拓《ひら》けている。もっとも与助は、城下にいるのは朝晩のみで、日中はその南郊まで出かけて行って、土運びの仕事をしていた。来る日も来る日も、それだけをするのだ。この日も与助は朝早くから、もちぬしの顔も知らぬ田んぼへ行く。もっこへ土を入れてもらうと、

「よっ」

立ちあがり、棒をかつぎ、足音を立てて海への道を駆け下りる。海へすててもどり、もっこへ土を入れ、また海に行く。

が、この日は、

「あっ」

海への道の途中で、石につまずいた。

石ではない。視界のすみっこを掠《かす》めたのは地蔵の頭である。与助はザザッと激しい音を立てて道へうつぶせになった。身を起こすと、
わあっ
と、左右の林から汚いなりの子供が三、四人ずつ出て来て、

「転《まろ》びよった。まろびよった。被災者《おわれもん》がまろびよったあ」

手を打ってよろこんだ。地蔵の頭は、この連中がころがしたのにちがいない。与助は何か言

から。

むごいほど正確なことばである。たしかに与助は、ごく最近、ふるさとを追い出されたのだ

その語のひびきに、息がつまった。

（追われ者《もん》）

い返すよりも先に、

与助のふるさとは、ここから北東へ百キロほど。須走村で生まれ育った。このたびの噴火の火口にもっとも近く、あんまり近いため、灰よりも先に、まず火山弾の飛来を受けたことは前述した。与助の生業《なりわい》は馬引きだった。よその地方では「馬追い」「馬方」「馬子《まご》」などとも呼ばれるが、要するに貨物の陸運業者である。

須走村はもともと、駿河《するが》と甲斐《かい》の国境《くにざかい》に位置する。甲斐方《がた》の山地はたいへん物生りが悪く、米や塩など、人間の生命維持に必要な物資はみんな駿河側より運びこむしかないが、その運びこみが、与助のおもな仕事だった。

米、塩、みそ、大豆など入れた箱状の籠をあるいは馬の背にのせ、あるいは左右にぶらさげて甲斐国でおろす。かわりに郡内《ぐんない》（甲斐産の絹織物）、木材などを積みこんで駿河のほうで配ってまわる。

もちろん他の荷駄、他の道のりもあるけれども、これが基本の仕事だった。どうということのない商売のようでいて上手下手があり、与助など、近隣の同業者から、

——百貫与助。

などと呼ばれるくらいの上手だった。

ひとりで一度に百貫（約三七五キロ）もの重さの荷駄が運べるという意味で、もちろん誇張だが、その百貫与助がちょうど空荷《からに》の馬を四頭つれて村に帰って来たところへ、例の、火山弾が来たのである。

与助はそれらが家々の屋根へ落ちるのを見、ばんばんと音を立てるのを聞き、屋根が炎でつつまれるのを見た。

足もとの地面はぐにゃぐにゃ波打っていて、立っているだけで吐きそうだった。その上へさらに灰がふりはじめて視界が灰一色になるのだから、与助はもう、

「わっ」

馬たちの手綱をはなし、頭をかかえた。

その姿勢のまま村にくるりと背を向け、ばたばたと走りだした。ただただ、

（こわい）

それだけだった。村のなかには馬引き仲間もいるだろう、名主も住職もいるだろう。名主はまた、

——御師《おし》。

とも呼ばれ、富士山へのぼろうとする人々へ食事と寝床を提供する一種の旅館経営者でもあるのだが、彼らはどうなるのだろうか。

炎に巻かれて息絶えるのか。それとも灰に、

（埋まるか）

与助はその生き埋めの様子をありありと脳裡に思い浮かべながら、それでも足がとまらなか

った。幸いにもというべきか、与助には守るべき家族はなかった。両親はとっくに病死しているし、兄弟姉妹もいない。妻も子もいない。

いってみれば本能のままに逃げたわけだが、そのわりには、その経路は、あとで考えると合理的だった。

はじめは南へ向かったが、ほどなくして、風にさからうよう西へ向きを変えたのである。灰というのは風に乗って来るのだから、こうすれば、いずれ降灰はなくなるにちがいない。

与助の予想は、的中した。富士の山すそを半周し、浜松の街に到達すると、そこは雲ひとつない青々《あおあお》たる冬晴れ。

道にはひとつぶの灰もなかった。須走村は駿河国に属するし、浜松は遠江国《とおとうみのくに》に属するのだから、本来ならば国境越えのとき役人の人改《ひとあらた》めにひっかかってしかるべきだったが、ここでもまた幸いというべきか、番所はのきなみ役人がいなかった。彼らもそれどころではなかったのだろう。浜松でも、与助はことごとに、

「須走から来た」

と正直に言ったけれども、それで誰かに咎《とが》め立てされることはない。どころか、

「須走か。あそこは村ごと埋まったそうじゃ」

「え」

「かわいそうじゃが、お前さんは根なし草だ。この浜松に根を生やせ。人は多いし、仕事も多い。食いしろなら何とかなる」

にこにこと、仕事まで斡旋《あっせん》してくれる男もいた。

どうやら口入れ屋か何からしい。その男の紹介により、与助はこうして、もう三、四か月も土運びの日々をすごしているのである。

すなわち与助は、故郷を追われた。富士山に追われた。だがその反面、与助のほうが、

(村を、すてた)

その引け目もある。悪童どもがなお、

「やあい、被災者《おわれもん》。被災者」

とか、

「はよう立て、はよう立て」

などと囃《はや》し立《た》てるのを耳にして、

「おい」

道の上にあぐらをかき、自分でも想像もしなかった行為に出たのは、あるいはこの引け目への過剰な反応かもしれなかった。

「あっ」

悪童どもが、目をまるくした。

与助はもっこの藁網《わらあみ》へ手をつっこみ、濡れ土をつかんで、ぼた餅でも食うように口へ入れたのである。そうして悪童どものうち領袖格とおぼしき、特にひょろりと背の高い八、九歳の子へ、

「しょっぱい、しょっぱい。べろがちぢむ」

顔をしかめてみせつつ、二つかみ、三つかみ。口中がたちまちふくれあがった。

もっこは、二人用の道具である。土を入れた藁網に棒を通し、その棒の、前のほうを与助はかついでいた。うしろは仲間の十一《といち》というやつで、

「ほっ」

「エエ」

「ほっ」

「エエ」

声あわせつつ、ここまで来たのである。その十一があわてて駆け寄り、

「ばか。よせ」

与助の手首をつかんだ。与助はそれを振り払い、

「しょっぱい。しょっぱい」

食いながら、涙が出た。なぜ俺が、俺だけが、

(こんな目に)

悪童どもはようやく、

「こいつ、泥ぉ喰《は》んじょる、泥ぉ喰んじょる」

囃すことを思い出したが、そこへ、

「何してるの?」

女の声がした。

声は坂の下のほうから来た。そちらを向くと、青い海の、ゆらゆらと朝霞《あさがすみ》につつまれたのを背景にして、一組の夫婦が歩いて来る。

夫婦は、年齢差がある。

夫のほうは五十くらいで、有髪《うはつ》だが、袈裟《けさ》をかけているので僧侶とわかる。このあたりでもっとも規模が大きく、かつ権威がある浄土真宗・永法寺《えいほうじ》の住職。

名前は、たしか佐橋永忍《さはしえいにん》といったか。その顔を見るなり、悪童どもが、

「和尚《おしょう》……」

絶句し、棒立ちになったのは、たった今やらかしたばかりのいたずらが、よりにもよって、いちばん知られてはいけない人に知られてしまったというところか。

永忍和尚が、彼らの前で立ちどまり、

「これこれ。お前たち、お地蔵様をなぶってはならぬ」

と存外おだやかにたしなめると、悪童どもは、

「はあい」

「ちゃんと据えなおすのじゃ。首なし仏は、夢に出るぞ」

「はあい」

例のひょろりとした領袖格が服をぬぎ、地へ敷いた。ほかのみんながその上へ地蔵の頭を載せ、風呂敷のようにつつんで、よいしょよいしょと坂の上のほうへ行ってしまう。従順きわまる態度だった。子供というのは発想や行動が奔放なようでいて、じつは宗教的権威にもっとも弱い。世の中のことを合理的に考える習慣も能力もないせいだろう。

住職と子供がこんなやりとりをしているあいだ、住職の妻は、与助のかたわらへしゃがみこみ、

「何してるの？」

と、もういちど聞いた。

与助の五つ年上だから、二十七のはずである。街《まち》めかしているが、そのことばは、

（山の、なまり）

与助はあぐらをかいたまま急いで涙をぬぐったが、その手はすでに土まみれである。あっと気づいたときには遅く、右の目じりが黒くなった。女は、

「あら」

高い声でつぶやくと、背後へつつましく立っていた年老いた寺男へ、

「ねえ喜作《きさく》。手ぬぐい出しとくれ」

「へい」

寺男がうなずき、ふところから手ぬぐいを一枚とりだして女にわたした。女はそのすみっこを右手の人さし指にくるりと巻きつけて、

「じっとしなさい」

歌うように言いつつ、その指を、与助の顔へ近づけてきた。与助がうしろへ両手をつき、尻でザリザリとあとじさりして、

「よせ。おとき」

きっぱり言ったのは、夫の住職をはばかったせいもあるけれど、それ以上に、小さな世話でも、

（焼かせるか。この女に）

自尊心の問題だった。与助とおときは、ずいぶん前からの顔見知りなのである。

おときも、やはり被災者である。

須走村のひとつ東側の、大御神村に生まれ育った。この村には火山弾は来なかったものの、降灰は激しく、百姓たちは次から次へと田畑をすてて村から逃げ出したという。

短時間で、人口が半分になった。だがおときの父親、孫左衛門《まござえもん》は、

「わしは、のこる」

宣言した。

ふたりは、家の庭にいた。豪雪のような灰のなか、父はおときの肩をつかんで、

「おとき。わしは村をまもる義務《つとめ》がある。死ぬなら村とみちづれじゃ。おぬしは逃げろ。風上へまわれば灰のない街に出るじゃろうから、そこで街人《まちびと》にこのありさまを語れ。なさけにすがれ。そうして一刻もはよう助けをつかわしてくれるよう乞うてくれ」

「助け？」

「何でもええ。人。米。金子《きんす》」

「わかった」

おときはあっさりうなずくと、体の向きを変え、駆けだした。

路上に出、村を出て、ふりかえることをしなかった。父は村の組頭だった。代々、孫左衛門の名を襲い、村長にあたる名主《なぬし》を補佐する。

いってみれば副村長である。先代、先々代の孫左衛門は、もともと林業くらいしか産業のなかったこの狭い土地で、百姓たちをみちびいて用水路をきりひらき、新田《あらた》をひらいた。

一種の農業指導者だった。当代の孫左衛門も、甲斐国に画期的な築堤技術があらわれたと聞けば、それっとばかり現地へ行き、教えを乞い、みずから現場を見学した。おかげで村人たちは米や麦が食えるようになり、年貢の支払いが楽になったが、その年貢の取り立てもいまや役人のかわりに当代の孫左衛門がやっている。

すなわち彼の言う、

――村をまもる。

というのは、この期におよんでもなお既得権益にしがみつく支配者の保身の心理であり、同時にまた、ひとりでも村にとどまる百姓がいるかぎり保護しなければという可憐な責任感でもあった。そういう保身ないし責任感のなかにちらりと芽生えた私情こそが、ひょっとしたらこの、救援依頼にかこつけて娘をひとり落ちのびさせるという決断なのかもしれなかった。

いっぽう、おとき。

元来が、品行方正な女ではない。実家《いえ》にいたのも出戻りだった。五年前にはおなじ村内の、べつの組頭のところへ嫁いだものの、夫の弟とねんごろになり、離縁された。孫左衛門はこれを恥として、外出をゆるさず、いわば長いこと半監禁下に置いていたのである。

もしもこの天災がなかったら、彼はたぶん、娘を家から出さなかっただろう。とにかくおときは言われたとおり、

「風上へ、風上へ」

つぶやきつつ、飛ぶように走ったという。いっときは自分の手も見えぬほどだった降灰は、或る地点まで来ると、うそのように消え去って、かわりにあたたかな陽光がふりそそいだ。

空は、きれいな青だった。その陽光のなか浜松へ入り、たまたま飛びこんだ先がすなわち浄土真宗・永法寺にほかならなかったのである。

寺の住職は、佐橋永忍。先妻を亡くして独身だった。ふつうならば山のなまり丸出しの、どこの馬の骨とも知れぬ若い女など受け入れるべき事情はないのだけれども、そこはそれ、地獄ののろしと見まごうばかりの噴煙はその境内《けいだい》からも仰ぎ見られたし、住職自身、その火柱の高かったときは、夜でも本が読めるという生々しい経験がある。

火口のそばの村から来たという女ひとりに、

「ふるさとが、灰に」

などと言われれば、ことに僧侶ならば、受け入れることが聖なる義務だったのだろう。あるいは世俗のよろこびだったのだろう。ふたりは生活をともにするようになり、親密になった。五十代の住職と二十代の被災者は、こうして夫婦《めおと》になったのである。与助はこのことを、

(ふしだらな)

そう感じたひとりだった。

何しろ、もう何年も前からこの女を知っている。与助は馬引きだったから、荷駄の積みおろしや積みかえのため大御神村にしばしば立ち寄ることがあり、組頭の家へも行ったのである。行けば当主の孫左衛門とはもちろん会うし、おときとも口をきく。おときは横柄な少女だった。とどけた荷駄のうち郡内の反物《たんもの》に、いや反物の軸に、

「傷が、ある」

と、その程度のことで与助に罵声をあびせたりした。そのくせ機嫌がいいときは、

「与助、与助」

むやみやたらと名前を呼んで、脇だの、内腿《もも》だのを手でなでる。特別な感情があるわけではない。一種の愛玩にすぎないのだろう。その後、富士山の噴火があり、浜松に来て、おときと再会したときはびっくりした。たまたま永法寺の前を通りかかったとき、山門から、おときが出て来たのである。

(ふしだらな)

向こうは住職の妻、こっちは一介の人足。しかし与助がほんとうに、

(差が、ついた)

気が沈んだのは、さらに一月《ひとつき》ほどが経ったとき、風のうわさで、

——須走村は、ほろびた。

と耳にしたときだった。

(死のう)

与助は、本気でそう思ったほどだった。それに対して、おときの大御神村のほうは、やはり降灰は激しかったものの、

——せいぜい家の軒先にしか上がらんじゃった。百姓たちは村を出たが、もどる者もたくさんで、いまはみんなで田畑の灰をとりのぞいてる。

おなじ被災者にも、勝ち組と負け組があるのである。

ともあれ与助は、路上で尻をついている。

目じりを泥で黒くしている。その泥をおときが手ぬぐいの指でぬぐおうとしたので、うしろへ両手をつき、尻でザリザリとあとじさりして、

「よせ。おとき」

拒絶したのは、そんなわけだから、まことに自尊心の問題だった。相手のほうが年齢も上、社会的地位も上、そうして故郷の被害も軽いときては、もはや自尊心のほかには与助が与助でいられる理由は何もないし、それともうひとつ、この場合には、

(こんな、猫かぶりに)

その感情もあるようだった。

おときの本質は横柄さである。仏顔《ほとけがお》して与助ごときの泥をぬぐってやるなどはもちろん芝居にすぎぬ。いくら夫婦になったとはいえ、おときは、この名誉も金もある夫の前ではまだまだ慎ましくあらねばならぬというところか。そんな猿芝居の端役をつとめさせられるなど、

(堪忍ならん)

永忍和尚が、

「おとき」

声をかけて、

「その人は、お前の知り合いかね。何か土を食ったとか……事情でもあるかね」

と、こちらの口調はおそらく生来の親身なもの。おときは立ちあがり、

「ええ。この人も、私とおなじ被災者なもので」

「噴火のか」

「ええ」

「おなじ村か」

「いえいえ、おとなりの」

「あわれな」

和尚が手を合わせようとしたのへ、

「だいじょうぶですよ。この人は、むかしは腕ききの馬引きだった。強い人なんです。ちょっとやそっとじゃ心がくじけたりしません。それにしても」

と、おときは右手の手ぬぐいをほどき、その手を目の上のひさしにして、

「あの子供たち、ちゃんとお地蔵様をもどしてさしあげたかしら。ばちが当たらないといいけど」

与助は内心、

(死ね)

が、おときのこのせりふは、どうやら芝居以上の目的があったらしい。永忍和尚がつられて、

「どうかなあ」

はるかに目を坂の上に向けた刹那、狡猾な目になり、与助の耳もとへ口を寄せて、

「明朝」

「え?」

「あすの朝さ、夜あけ前に。せんげんさんの境内で」

おときはそう早口に言うと、背すじをのばして、

「和尚様、そろそろ参りましょうか」

「お、そうじゃな」

僧侶とその妻は、いや、寺男も加えた三人は、品のいい草履の音を立てて坂の上のほうへ去って行った。もっこ仲間の十一が、

「けっ。楽坊主《らくぼうず》が」

つばを吐いて、

「あの女に何を言われた、与助」

「あ……いや、べつに」

「耳打ちされたろう。俺は見たぞ」

十一は地元浜松の、どうしようもなく博奕《ばくち》ずきな中年男だが、博奕ずきの習性なのか、こまかなことを何かと見ている。与助は、

「………」

ことばにつまった。せんげんさんとは、ここではもちろん、城下（厳密には浅田村《あさだ》）の浅間《せんげん》神社のことだろう。境内のまわりは杉の木が多く、拝殿の陰が広いため、夜あけ前や日の入り後といったような明暗朦朧《もうろう》たるころあいに男女がしばしば感心できぬ用に使うという。

与助はようやく、

「何でもない。さあ仕事だ」

と強引に返事し、立ちあがって、にわかに胸がむかついた。

両ひざをつき、腹のなかの土をぜんぶ吐いた。口のなかが生あたたかい塩気でいっぱいになったが、そのせいで、

「おい与助、だいじょうぶか」

十一の気は、ひとまずそらすことができた。

†

翌朝、夜あけ前。

浅間神社の境内には、人の姿はなかった。

まだ太陽は出ていない。世界は茄子色《なすびいろ》のうすあかり。どこぞの男女がひょっとしたら拝殿の裏あたりにひそんでいるとしても見えないだろう。与助は境内を横切り、杉林へ足をふみいれた。

なかば手さぐりで木立を進む。のどがみょうに渇きはじめる。と、

「与助。与助」

左のほうから、声がした。

足をとめ、目をこらす。

朝もやが少し流れると、地味な服を着た女が、一本の木にもたれかかるようにして立っているのが見えた。

(おとき)

与助はほとんど動物的な反応で、女の左右へ目を走らせた。例の寺男はいないらしい。

「お、おとき……」

ふらふらと、吸い寄せられるように近づいた。おときは鼻を鳴らして、

「逢引きじゃないよ」

ぴしゃりと言う。与助はむっとして、

「わかってる」

「どうだか」

「この季節」

と与助はつい目をそむけて、

「お日様はなかなか顔を出さんが、出したと思ったら明々《あかあか》だ。俺は仕事に行かなきゃならん」

「時間《ひま》がないって言いたいのかい？　人足ふぜいが笑わせるな。こっちはね、あいつの寝てる隙に来てるんだ。年寄りは眠りが浅いんだよ」

あいつ、とは永忍和尚のことだろう。きのう路上ではつつましやかな妻を演じていたが、夫がいなければ結局これだ。おときはやっぱりおときだった。与助はため息をついて、

「なんで呼んだ」

「たのみがある。村の様子を見て来てほしい」

「村？」

聞き返すと、杉の木から手をはなし、じれったそうに身をよじり、

「村って言ったら、大御神村にきまってるだろ。あたしのふるさと。あんたのじゃないよ。お

父《と》っつぁんに、これを、とどけてくれ」

帯のあいだに右手を入れ、むぞうさに出したときには手の上にちんまりと袱紗《ふくさ》のつつみが載っている。

「さあ、与助」

こちらへ突き出してくる。つまみあげると、案外ずっしりとしていた。

「おとき、これは……」

「七両」

と、おときは顔色ひとつ変えずに言う。

「あいつは吝《しわ》ん坊《ぼう》でさ。夫婦になって一か月、これだけ尽くしてやってるのに、金櫃《かねびつ》のありかも教えてくれやしない。だからあたしは四日前の夜、こっそりあとをつけたんだ。そしたら何とまあ、ばちあたりめ、本堂へ上がって、本尊のお厨子《ずし》のうしろへまわって、阿弥陀様の床下《ゆかした》へ隠してたのさ。ごていねいに床板を上《あ》げ蓋《ぶた》にして」

「ぬすんだのか」

「吝ん坊でさ」

与助は、つい笑いそうになった。ばちあたりはどっちだろう。きっと和尚はこの女の素性を或る程度まで見やぶっていて、それで金櫃のありかを教えないのではないか。が、それはそれとして、

（ふむ）

おときを見なおしたことも事実だった。おときはこの浜松での何不自由ない暮らしに満足し

て、もう故郷になど興味がないどころか、いっそ何のかかわりも持ちたくないのだと思いこんでいたけれども、

（どうして、どうして）

ふたたび離縁されかねぬ窃盗の罪までわざわざ犯してまで父への送金を……。

「ちがうよ」

と、おときが口をはさんだ。与助は、

「え？」

「あんた、いま、あたしを見なおしただろう。お父っつぁんのために危ない橋を渡る孝行娘とか何とかさ。ばか言うな。これはつまり縁切り金さ」

「縁切り……」

「何しろあたしは、村からの逃げぎわ、そりゃあきつく言われたからね。人なり、米なり、金子なりの助けをつかわしてくれるよう乞うてくれって。一度はちゃんと果たさなきゃ、冥利が悪い。あんな芥子粒《けしつぶ》みたいな村でもさ。一度っきりだ」

与助は、あいた口がふさがらなかった。要するに故郷を放棄した上、その放棄したことの罪悪感も、

（たった七両で、帳消しに）

朝もやが、にわかに晴れた。

周囲がぐっと明るくなった。木々の幹のわずかなうろまで洗ったように見てとれる。日の出はもうじき。与助は、

「いやだ」

金のつつみを突き出したが、おときは手のひらで押し返して、

「旅費《ろぎん》には、ここから少し使っていいから」

「いやだ、いやだ」

「与助」

「何だ」

「あんたの村が、じつは死んでなかったと言ったらどうだ」

「え?」

「須走村は、ほろびてない」

と、おときは嚙んで含めるように言うと、

「うちの檀家に小間物屋がいてね。そこへ櫛《くし》をおさめる問屋が甲斐山中《やまなか》村の出《で》なんだ。その問屋が少し前、病気の母親の見舞いのために村へ帰ったとき聞いたっていうんだが、須走村は、あのとき死人はほとんど出なかった。あんまり噴火《ひばしら》が間近だったから、村人ははじめから逃げるほかに何もできず、かえって逃げ遅れなかった。その連中が、しばらくして、みんな帰って来たんだってさ」

「おいおい」

与助は、呆然とした。その櫛の問屋とやらの出身地の山中村は、須走村からは峠ひとつ越えたところにすぎぬ。

与助自身、馬引きの仕事で何度も行った。話自体は、

(信じられる)

おときは憐憫《れんびん》まみれの顔になり、

「あらあら、そんなに息を荒くして。よっぽど胸が高鳴ってるんだねえ。どっちみち降灰《すなふり》でまるごと埋まっちまったんだ、人が住める村じゃないだろうに。家屋敷を掘り出すだけでも何年かかるか」

そう言われると、与助はますます、

(帰りたい)

いや、

(帰らねば)

いますぐにでも体の向きを変え、走りだしたい衝動に駆られた。旅費はこの手がつかんでいる。とにかくみんな生きているのだ。馬引き仲間も、住職も。

御師と呼ばれる名主たちも。彼らはさだめし与助を罵倒しているにちがいなかった。ひとりだけ村のたてなおしに参加することをせず、浜松の都会暮らしを楽しんで省みぬ薄情者。いつまでもこの浜松にいたら、それこそ、

(冥利が、わるい)

与助の置かれた情況は、或る意味、おときのそれとおなじなのだ。与助は、足の裏のかゆみをがまんする子供のように小さく地団駄をふみながら、

「すぐ帰りたい。帰りたいが……」

「きょうの仕事が、か？」

「ああ」

「仕事が何だい」

おときは腕を組み、乞食《こじき》でも見るような目になって、

「しょせん除染作業《けがればらい》だろ。きたないもっこで、しょっぱい土を運んで日が暮れる」

「だ、だが……」

「誰でもできる。あんたのかわりはいくらでもいる」

歯に鉄漿《かね》をつけた口でそう言われると、

(たしかに)

与助は、口をつぐまざるを得ぬ。しかし同時に、この仕事は、

(俺が、やらねば)

その矜持《きょうじ》があることも事実だった。

今回の噴火は、その四十九日前にまず地震が起きている。

何しろ北海道を除く日本全域におよぶという激甚なものだったから、浜松にも、もちろん来た。

城周辺の武家地および町人地こそ潮をかぶることはなかったものの、その南方、より遠州灘に近いところでは、船も、家も、いくばくかの人も、はるか海のかなたへと引き波のために持って行かれた。

田畑の土も、持って行かれた。かろうじて陸《おか》にしがみついた土も潮まみれになり、あらたに何かを植えたとしても収穫は無理にちがいない。そこでこの地域における再起の第一歩は、こ

の汚染された泥土を、

——海へ、すてる。

という作業にほかならなかった。

復興というのは、いつも土木から始まるのである。すなわち、おときの言う「けがればらい」にほかならないが、その仕事の実際は、やはり彼女の言うとおり「誰でもできる」仕事である。その証拠にと言うべきか、土運びは、与助がみずから選んだ仕事ではなかった。故郷の村をのがれ、浜松の街にたどりつき、あてもなく歩いていたところを口入れ屋らしき男に、

「お前さん。お前さん」

と斡旋された、それだけの話なのである。

始めてみると、その仕事はつらかった。もっこをかついで一日におなじ坂道を何十ぺん往復するだけでも首がぎいぎい軋みを立てる、腰の骨肉《ほねにく》がけずられる。手足に無数のすり傷ができ、そこへ土の塩気がしみる。とびあがるほど痛い。

ときには除灰の作業もした。この浜松でもやはり風向きによっては他所から大量の火山灰が飛んで来るので、城や家老屋敷などに積もると、そっちへ行かされるのである。

いや、それもまだましだった……おなじ仕事に従事する男どもとの人間関係の厄介さと比べたら。まともな職業の者はひとりもおらず——いたらこんなところへは来ない——みんながみんな何かしら後ろ暗いものを持っている。

博奕狂いの十一のごとき、一種の性格破綻者も少なくなかった。それでも与助は、地元《ところ》の百姓たちに期待の目で見られる瞬間のあるのを思い出すと、

（帰れん）

百姓たちは翌年の収穫をどう得るか、翌年の年貢をどうおさめるかで体も頭もいっぱいで、土除《つちよ》けにまでは手がまわらない。彼らもまた無力な被災者なのである。

もっとも、おなじ被災者でも、おときは別種の人間らしく、

「なあ与助、たのむよお」

と、きゅうに甘やかな口調になり、こちらへ一歩、近づいてきて、

「あたしのふるさとへ行っておくれよ。そうしてそのお金をお父っつぁんにとどけて、それから須走へ行けばいいのさ。あんたもいますぐ出立したいんだろ。いますぐ」

白い手をひらめかせ、むかしのように脇をさわり、内腿をさわりしはじめた。どういう気まぐれなのだろう。与助は、

「…………」

声が出ない。

体がなぜか動かない。耳がその衣《きぬ》ずれの音を、それだけを意識してしまう。視界のすみっこに木々の葉が入った。

葉のなかには、はっきりと白いものがある。東の空に陽《ひ》が出たのだ。与助はようやく、こじあけるように口をひらいて、

「きょうは、土運びに」

「ばか」

おときは手を引き、蛇のような目で与助を見あげて、

「あすは？」

「わからん」

「出立しろ」

それだけ言うと、きびすを返し、あらあらしく木の根をふんで行ってしまった。

†

結局。

出立は五か月後、蟬《せみ》もそろそろ鳴きおさめという八月になった。

土運びの仕事が、思いのほか長くつづいたのである。海水がそうとう地中ふかく浸みこんでいたせいもあるけれども、もうひとつ、他の地域にまで駆り出されたことが原因だった。復興事業というのは担い手が少なくなりがちなだけにその担い手には過大な負担がかかるのである。

むろん与助には、

——途中で、脱《ぬ》ける。

という手もあったわけだが、とうとうそれをしなかったのは、われながら、

(損な性格《たち》だ)

苦笑せざるを得ない。もっこ仲間の十一のほうは、小金が貯まって、気賀《けが》に割のいい賭場があると聞くや、さっさと行ってしまったのである。気賀とは浜名湖北岸の地名である。与助は

この間《かん》、おときから預かった七両を、びた一文、使うことをしなかった。おときのほうも、長屋の畳を剝《は》ぎ、床下の土を掘り、油紙につつんで埋めておいた。

「返せ」

と言わなかったのは、これは与助の人物に対する信頼が篤《あつ》かったわけではないだろう。もともと七両という金自体がおときにはさほどの大金でもなかったという、それだけの話にすぎぬ。逆に言うなら、おときには、故郷の村は七両程度の関心の対象でしかなかった。

ともあれ土運びの仕事がおおむね片づいたところで、与助は長屋の畳をふたたび剝ぎ、七両のつつみを胸にしまい、浜松の街をあとにしたのである。

まずは、

（大御神へ）

浜松を出て、東海道を東へ行く。

沼津《ぬまづ》で方向を北に変える。富士山東麓を巻くようにして、

下土狩《しもとがり》

神山《こうやま》

御殿場《ごてんば》

と北上するのは、現在のＪＲ御殿場線とほぼおなじ道のり。坂は、ひたすら登りである。登りつつ、左右へちょこちょこ曲がる。その曲がり具合によっては富士山が正面に来るのだが、与助はそのたび、

「う」

足をとめ、口をおさえた。吐き気をおぼえたのである。

雪をいただく山頂の手前、少し右の中腹で、巨大な穴がくろぐろと天を向いている。

十か月前の、噴火時の火口である。その手前には小さな山頂がもうひとつあった。こんにち宝永山と呼ばれる山頂で、やはり噴火で生じたもの。おさないころから当たり前だった、左右対称の、うつくしい裳裾《もすそ》のひろがりは、ここでむざんに食い裂かれた。

富士ですら、その山容を変えるのである。この世に変わらぬものが、

(どこに、ある)

ゆうべ泊まった旅籠《はたご》のおかみの話では、昨年の冬は、その穴のまわりだけ雪がつもらなかったとか。地が熱を持ちつづけたのだろう。与助はようやく吐き気をおさえ、先を急ぐ。御殿場の街に着く。そこから先は、道がふたつに分かれている。

右へ行けば相模国《さがみのくに》、左へ行けば甲斐国。

むろん与助は左を採り、さらに進んだが、ここでひとつ問題が生じた。このまま行くと、

「……須走に、着いちまう」

須走は、与助自身のふるさとである。さらに行けば籠坂峠《かごさか》をこえて甲斐国に入ってしまう。まずは何より、大御神へ行くという、おときとの約束をたがえることになる。たがえたところで知られはしないし、実害もないのだが、迷った末、

「約束は、約束だ」

舌打ちして、須走へ入る前のところで右の山道へつっこんだ。大御神村への道だった。

土が、とたんに黒くなった。

噴火時の灰だった。これまでの道はわりあい大きな街道だったから、人の往来がとだえると、地元の経済にかかわる。と懸念した沿線住民がほかの何よりも優先して除灰《すなよけ》したと聞いたけれども、この山道はその必要もなく、人手もなく、おそらくは噴火時のまま放置されているのだった。その灰の道を、

さく

さく

と草鞋《わらじ》の音を立てて歩きつつ、与助は、その固さが意外だった。噴火時はふわふわと真綿のようだったにちがいない火山灰の堆積も、雨がふったり、雪のおもみが加わったりを経て、いまは案外ちゃんと大地になっている。

もっとも、農耕には適さないだろう。大御神村へ入るや、与助は、

「ああ」

その場に、片ひざをついてしまった。

大御神村は、大げさに言うと五穀豊穣の地である。山村《さんそん》ながら富士山のもたらす清涼かつ多量の地下水にめぐまれて、田んぼの米にしろ、畑の野菜にしろ、毎年かなり収穫量が安定していた。

もちろんその安定には、例の、組頭・孫左衛門による代々の農業指導があるわけだが、品質もよかった。とりわけ芹《せり》はこの村の特産であり、よその地域へ売ることで現金収入にもなった。その五穀豊穣の地が、いまや、

（黒い）

火山灰ですっかり覆われている。百姓たちはそれを鋤《すき》や鍬《くわ》で掘り起こし、もっこで運び、近くの水路へすてていた。

水路は、農耕用のそれである。透明なせせらぎが闇色《やみいろ》になった。それにしても噴火からもう十か月がすぎたというのに、まだこの程度しか除染が進んでいないとは。

なぜなのか。与助の見るところ、人手の少なさは言うまでもないとして、それ以上の問題は、おそらく水路にあるのだろう。田畑のあいだを縫うようにして数本がこちらへ走って来ているのだが、いずれも人ひとりぶんの幅しかなく、少しずつしか灰をながしこむことができないのだ。

一度にたくさんぶちこんだら、水路自体がつまってしまう。この村は浜松とはちがう、そう思わざるを得なかった。人をあつめる口入れ屋はなく、灰をすてる海はないのである。

もちろん、除灰がすんだ場所もある。稲の植えられた田んぼもある。しかしながらその稲は、もうじき収穫の季節というのに老人の髪のようだった。生え方がまばらで、茎が細く、はかなく風に吹かれている。ふつうの黒土《くろつち》のように見えて、火山灰はやはり痩せた土なのだ。

与助は、なかなか立ちあがれなかった。大御神でさえこれなのだ。これよりもさらに火口に近い、降灰量のはるかに多い、

「俺の……村は」

と、百姓のひとりが、

「お」

疲れた顔でこちらを見た。

名は知らぬ。が、顔なじみではある。ことばを交わしたら、

——お前も、手伝え。

と言われそうな気がして、そうして言われたら明日も明後日も手伝ってしまいそうな気がして、与助はあわてて立ちあがった。

「お、おう、がんばれ」

逃げるように去った。薄情なやつと思われただろう。そのまま道をまっすぐ行けば、組頭・孫左衛門の屋敷の門前を通る。

おときの実家である。門をくぐり、庭へまわると、ここは除灰はすんでいた。まっさきに百姓たちにやらせたのだろう。座敷のあたりの障子戸を見あげて、

「孫左衛門様。孫左衛門さーま」

カラリと障子戸がひらき、あらわれた男が、

「百貫与助！」

その名で呼ばれたのは、いつ以来だろう。与助は胸が熱くなり、

「孫左衛門様！」

と言おうとしたが、しかしそいつは孫左衛門ではなかった。孫左衛門の顔をやや小さく、白くして、火熨斗《ひのし》でしわを伸ばしたような……。

「小源太《こげんた》さん！」

孫左衛門の長男である。おときの兄でもあるわけだが、妹とちがって読書が好きで、絵に描いたような善人だった。これまでも何かの用でここへ来ると、会うたび菓子やら欠き餅《かきもち》やらを

くれたものである。

小源太は、濡れ縁へ出た。顔じゅうを太陽にして、

「与助、与助。生きていたか。もっとこっちへ」

と手まねきする。与助のほうも、これだけで、

(生きてて、よかった)

そんな気になる。

「孫左衛門様は？」

と聞いたのも、やはり安否を確認したのだが、小源太は横を向いて、

「ああ、父か、ちょっと他行していてな。きょうは戻るかどうか……」

ことばをにごした。ふだんの与助なら、即座に、

——深入りは、いかん。

遠慮するところだが、このときは、

(やっぱり、生きてる)

その感動が深すぎた。感動のまま、

「さだめしご苦労なのでしょうね。この村のありさまじゃあ」

小源太はみるみる顔をくもらせて、

「見たな。田畑《でんぱた》」

「ええ」

「このままでは、百姓はみんな冬に飢え死ぬ。いまも麦しか口にしておらぬのだ。藩主《とのさま》にも見

すてられた。この村を手ばなされたのじゃ」

「はあ？」

与助は、目を見ひらいた。徳川時代の社会では、領主がいないということは、ただちに政府がないことを意味する。

「どういうことです」

とさらに問うと、小源太はその場にあぐらをかき、ため息をついて、

「あげちだ」

「あ、あげち？」

「ああ」

小源太は淡々と説明した。漢字では「上知」と書く。大名や旗本が、領地を幕府にさしだすことをいう。

大御神村はもともと小田原藩の支藩である荻野山中藩《おぎのやまなか》一万一千石の支配するところだったけれども、この藩主が、というより本藩のほうの小田原藩主・大久保忠増《おおくぼただます》が、この年の一月、領地の半分を差し上げると決めたのである。

具体的には、本藩・支藩あわせて全十二万石のうちの五万六千石あまり。前代未聞の大面積だった。要するに降灰の特に深刻な地域について、藩では救済しきれぬので、

——肩がわりを、お願いします。

と泣きついたわけだ。大御神村は、その五万六千石へまっさきに含まれることとなった。

幕府は。

これまでのところ、この「上知」という制度を、処罰としておこなったことは何度もある。行政上の調整措置としておこなったことも。しかしながら災害復興という理由で、しかもこれほどの規模でおこなった前例はなく、にもかかわらず結局のところ受納した。今回の噴火をそれほどのものと認めたのである。幕府二百六十年の治世中、ただ一度きりの措置だった。

もちろん、臨時措置である。ゆくゆく復興が成ったときには小田原藩へ全域返還されるだろう。その意味では、小田原藩とその支藩はかならずしも大御神村を「見すてた」わけではないのだが、その後、幕府が任命した復興対策担当大臣というべき関東郡代・伊奈忠順《いなただのぶ》は、この時点では、ろくろく視察にも来なかった。

おもに江戸で政務を執った。その政務もひとまず種麦《たねむぎ》代を支給しただけで、かんじんの年貢の減免はなかったから、取りようによっては、

――村から逃げず、灰を除《の》けろ。麦作をやれ。

と強要していると言える。それでなくても噴火前は三十九戸だった家の数は、いまは二十戸になっている。人手が圧倒的に足りないのである。

そんなわけで、とどのつまりは、

「まあ、見すてられたにひとしいさ」

小源太はそう言い、へっへと笑った。自嘲の笑いなのかどうか。小源太は組頭の長男である、ということは次期副村長の立場なので、

――俺の一生は、今後どうなる。

そんな不安も、つよいのだろう。

与助には、政治のことはわからない。深く考えず、

「それじゃあ孫左衛門様は、いま江戸へ行っておられるのですね」

と口にしたら、小源太はびっくりしたような顔になり、

「江戸？」

「ええ、ええ。ご公儀（幕府）のすじへ、年貢をまける談判をしに」

この推測は、よほどとんちんかんだったらしい。小源太は苦笑して、

「それができたら、苦労はせんが」

「すみません」

与助は赤面して、それでもやはり気になるので、

「孫左衛門様は、どちらに」

「いや、それは」

と、小源太はまた横を向いてしまった。与助はばつが悪くなり、話題を転じようとして、

「あ、これ」

ふところから袱紗づつみを取り出した。おのが両手にちょこんと載せて、うやうやしく差し上げて、

「七両あります。おときさんから」

「おとき？」

小源太は、にわかに不審そうな目になった。

「おときとは、わしの妹の？」

「ええ」

「どこにおる」

「浜松の、ご城下に」

与助は、つつまず事情をあかした。もっとも、ただひとつ、おときが、

――故郷への援助は、これ一度っきり。

と宣言したことは伏せたのだけれども、小源太はしゃがみこみ、袱紗を三本の指でつまみあげて、

「要するに、縁切り金か」

「あ、いや、そんな」

「気を使うな、与助。おぬしも知っているだろう。そういうやつなのじゃ。お寺の後添えへおさまって飽食暖衣しているなら」

と、そこまで言って、小源太は小鼻をふくらました。怒りを押し殺しているのだろうが、こういうときの顔の動きが兄と妹でそっくりなことに与助はむしろ興趣をおぼえた。

「与助」

と、小源太はふいに口調を軽くして、

「とにかく礼を言う。おぬしのことだ、横領《よこどり》などせず七両まるごと持参してくれたのだろう。これからどうする。おぬしも浜松へ帰るのか？」

「わかりませぬ。ひとまず長屋は引き払いましたが……さしあたり須走へ」

「須走？」

小源太はぴくりと頬《ほお》をうごかして、

「ああ、そうか、おぬしの故郷はそっちだったな」

そっち、という言いかたの他人行儀さが気になったが、

「ええ、父母《ちちはは》の墓も気になるし……」

「達者でな」

小源太は、とつぜん立った。

こちらを見おろすまなざしが、初霜のように冷ややかである。与助は、

(どうした)

何か粗相をしたのだろうか。

(ちがう)

思いなおした。きっと須走のほうが火口に近く、さらに困窮の度が激しいので、

——かかわり合いに、なりたくない。

あるいはいっそ、

——俺を、たよるな。

そう言いたいのだろう。気持ちはわかるが、おなじ被災者ではないか。

(妹が妹なら、兄も兄だ)

目がさめたような気分だった。与助もすっくと立ちあがり、

「お邪魔をしました」

ぼそりと言うと、体の向きを変え、走って屋敷を出てしまった。こんなところ、

「二度と、来るか」

走りつつ毒づいた。故郷の村までは、ほんの一里である。

†

十一日後。

与助の姿は、これをふたたび浜松城下に見ることができる。ようやく西へ沈もうとしている太陽の、とろりと枯れ葉めいた光のなか、与助は浄土真宗・永法寺の門をくぐった。

境内は、ひろい。

本堂の手前の、石灯籠《いしどうろう》のところで老いた寺男を——喜作という名だったか——つかまえて、

「奥方は、おられまするや」

「ああ、庫裡《くり》（台所）で……」

「庫裡はどこです」

と問うたけれど、その答も得ぬうちに、当の奥方の声がきんきんと本堂の奥から聞こえてくる。与助はぐるりと本堂をまわり、別棟の家をみとめ、その家のさらに裏へまわった。

杉戸が、ひらいている。頭から飛びこんで、

「おとき」

「はあ」

こちらを見たのは、おときではなかった。べつの寺男だった。向かって右側の台に立ち、青

物をざくざく切っていたのである。

青物は、蕪《かぶら》の小菜《こな》か。晩めしの支度をしているのだろう。そいつの背後、つまり与助の目には左のほうの土間の上に、おときは腕を組んで突っ立っていた。

直前まで、

——葉についた虫は、念入りに取れ。

というような説教を高声《たかごえ》でしていたのだろう彼女は、与助の姿を目にするや、

「何だ、あんたか。藪《やぶ》から棒に何のつもりだ。強盗《おしこみ》じゃあるまいし……」

「七両」

「はあ？」

「七両、たしかに手わたしたぞ」

おときは、目をしばたたいている。

あきらかに、何のことだかわからないという顔だったが、つぎの瞬間、くちびるに指を立てて、

「しーっ。しーっ」

本堂のほうへ目を走らせた。本堂には永忍和尚がいるのだろう。ようやく半年前のあの阿弥陀様の床下の窃盗行為について思い出すところがあったのだ。

「和尚の耳に入ったらどうするんだ。お前もよけいなこと言うんじゃないよ」

と、最後の部分は、蕪の寺男へ向けたものだった。与助はいよいよ気が昂ぶり、

「孫左衛門さんは、留守だった。そのかわり小源太さんに……」

「気やすく呼ぶな」

「え？」

「ゆくゆく組頭になる人だ。あんたとは血がちがう」

その尊い血の実家《いえ》へあっさり縁切り金をたたきつけたのは誰だと、これまでの与助なら軽蔑をいっそう深くするところだが、この日は、

「ああ、そうだった。すまん」

笑みがこぼれた。われながら頬のほてりが心地いい。おときは、

「何だい、あんた、さっきから薄笑いして。うちの村はどうだった？」

「それが」

と、与助は、見たものを隠さず伝えた。村がまるごと火山灰でくろぐろと覆われていたこと。百姓たちがそれを掘り起こし、もっこで運び、水路へちょっとずつ流していたこと。除灰の終わった田んぼでも、稲の育ちはよくないこと。このありさまでは元どおりになるのに何年、いや何十年かかるか……。

「もういい」

と、おときは、こめかみのあたりで手をふった。はっきりと安心顔《がお》をしているのは、やはりもう永遠に故郷とはかかわりを持たぬつもりなのだ。

（ふん）

与助は、ひどく残忍な心持ちになった。寺男が青物切りをやめ、こちらを見ているのに気づいていながら、わざと大声で、

「須走は……」

「うるさい」

「俺の故郷は、元どおりだぞ」

「え？」

「まるっきり傷が癒えた。ぴかぴかの村だ。むかしとおなじ、いや、これからは、むかし以上になる」

これにはおときも目を見ひらき、

「まさか」

「じつは」

与助は、雀躍《こおど》りしつつまくしたてた。

十一日前、小源太に「お邪魔をしました」と別れを告げ、一里の道を疾駆して須走村に入ったとたん、

「ああ」

与助は、足がとまった。

信じられぬものを見た思いがした。道の左右のすべての家が、とまでは言わないにしろ、奥のほうの十軒ほどは再建がもう始まっていた。

白木の柱が、林のように立っている。そのあいだを縫うように大工たちが行き交う。与助の耳は、木材どうしを組み合わせるギイギイという音や、それへ木槌《きづち》をうちこむトントンという音をやかましく聞いた。

あまりにも頼りになる、母の声のような響きたち。

ことに道のいちばん奥、この村でいちばん大きい屋敷のひとつである浅間神社神主・小野《おの》大和守《やまとのかみ》のそれなどは、壁もすっかり塗り終わり、いますぐにでも家具や手道具をはこびこんで住めそうなほどだった。

それにしても大工たちは、ほとんどが見たことのない顔だった。ということは他地域から金で雇ったということなので、この激甚災害地のどこに、

（そんな、金が）

首をひねったのと、家々のあいだから男がひとり道へ出てきたのが同時だった。男はこちらへ向きを変え、地を擦《す》るような足どりで来る。与助は目をみはり、

「孫左衛門さん！」

思わず駆け寄った。大御神村の組頭、孫左衛門その人ではないか。おのれの顔を指さしながら、

「孫左衛門さん。俺です、俺です、馬引きの与助です。さっきお屋敷へ行って、小源太さんに会って」

孫左衛門は、無反応。

聞こえぬはずがなく、与助の姿が見えぬはずがないのだが、足をとめることをしない。地面でも空《そら》でもない一点へぼんやりと目を向けつつ与助の横をとおりすぎた。

気もそぞろ、という感じである。与助はうしろへ首を向け、その背中をなすところなく見おくった。そもそも大御神村の組頭が、どうして、

（須走《ここ》に）

と、

「おお、与助」

声がした。家なみのほうへ顔を戻せば、

「あ」

道の上には、べつの男。

孫左衛門よりも少し若い。左右にひとりずつ下男をひきつれている。たちまち与助はなつかしさに孫左衛門をわすれて、また駆け寄り、

「ご無事でしたか、茂兵衛《もへえ》さん！」

肩を二、三度たたいてしまった。

本来ならば、こんな親しいまねができるような相手ではない。茂兵衛は須走村の組頭なのだ。与助は一介の馬引きにすぎず、身分差がある。

が、茂兵衛のほうは意に介さず、

「おぬしも無事だったようじゃなあ、与助。あの火の海をよくも逃れた。これも浅間様《せんげんさま》のおぼしめし。ありがたや、ありがたや」

と肩をたたき返し、それから、

ぱん

ぱん

と高らかに柏手を二度打った。やや唐突な行動だった。与助は家なみのほうを手で示して、

「このありさまは、何としたことです。この村が、こんなに早く返り咲きするとは。俺はてっきり、もうだめだと……」

「だめだったよ」

茂兵衛はあっさりとうなずき、左右の下男とふくみ笑いを交わしてから、

「ただそれは、かりそめのあいだ村が無人《ひとなし》になったというだけの話だ。何しろ、こーんな」

と、背のびをして手を頭上へかざして、

「こんな降灰《すなふり》の分厚さだったしな。わしもそのひとりだったが、降灰の前にあの雨のような火山弾《やけいし》に家を焼かれた者も多かった。だが結局、それがむしろ幸いだったのじゃ。あんまり噴火《ひばしら》が間近だったから、わしらは逃げるほか何もできず、かえってみんな逃げ遅れることなく……」

「ええ、ええ」

与助は、首を縦に動かした。そこまではおときに聞いている。その先が、

(どうした)

茂兵衛は、じらすような口ぶりで、

「噴火がおさまり、みんなとともに帰って来たときは、そりゃあ途方に暮れたもんだ。あれほどの降灰をわしらだけで片づけるなど、最初から考えられもしなかったからな。そこでわしらは、救村のすじを、お上へうったえて出ることにしたのじゃ」

「救村の、すじ……」

「ああ、そうじゃ。小野様（浅間神社神主・小野大和守）および名主二人、組頭二人が名をつ

らねた。わしも入っておる。おぬしも知ってのとおり、この村は、じつのところ小野様が村長《むらおさ》のようなものじゃから……」

「存じております、存じております。で、で、それから？」

「まあ待て」

と茂兵衛は苦笑し、ふたたび説明をはじめた。陳情の相手は、はじめは荻野山中藩主だった。しかし支配者が江戸幕府に代わったため関東郡代・伊奈忠順へあらためて陳情書を出したところ、伊奈はほどなく、

——須走は、復興させるべし。

ということで、あっさりと一時金の給付を決定したのである。給付の名目は、家作御救金《おすくいきん》というものだった。

「金額は？」

と与助が問うと、

「村全体で、千八百両あまり」

「千八百両！」

「ああ、そうだ。算出の根拠もちゃんとある。わしのような焼失《やけうせ》の家については建坪一坪あたり金一両、灰でつぶれた家には同じく金二分、それを合算して」

「…………」

この村には、

（過分な）

与助は、そう思わざるを得なかった。実際、となりの大御神村はひとまず種麦代が支給されただけという。金額は聞きもらしたけれども、種麦代というからには、村全体でせいぜい五、六両だろう。

あんまり待遇がちがいすぎる。なるほど被害は深刻だったにしろ、それにしても伊奈忠順はろくろく視察にも来ぬうちに、そんな丼《どんぶり》勘定みたいなやりかたで、

(なんで、金を)

その疑念が、顔に出たのだろう。茂兵衛はにやにやしながら、

「特別あつかいが、そんなに不満か」

「あ、いえ」

「はっはっは、気持ちはわかるぞ。だが引け目に思うことは何もないのじゃ。特別あつかいの理由はただひとつ、わが村が特別だから。あるいは地の利よろしきを得ているからと、こう言えばわかるであろう?」

「あ、そうか」

与助はまるで従順な生徒のように、立ったまま、ひざを打って、

「甲斐方《がた》への、気くばりか」

須走村は駿河と甲斐の国境に位置する。甲斐方の山地はたいへん物生りが悪く、米や塩など、人間の生命維持に必要な物資はみんな駿河側より運びこむしかないことは前述した。もしも須走村がこの世から消えれば、それはただちに荷駄の中継地の消滅である。

甲斐の人々には、生きる方法そのものの消滅になる。

——だから。

と与助は答えたのである。茂兵衛は首をふり、

「馬引きらしい考えじゃ。さすがは百貫与助じゃのう。だがその程度では、江戸の偉い人は動かぬよ」

「はあ。それでは……」

「富士じゃ」

と、家なみの向こうの空高く、雪をいただく独立峰の頂上をちらりと見てから、

「わが村が、富士にいちばん近い村だからじゃ」

古来、富士には、

——登拝《とはい》。

と呼ばれる独特の習俗がある。

平安王朝の世のころからのものである。道者たちが白装束をつけ、結袈裟《ゆいげさ》をつけ、鈴と数珠と金剛杖をたずさえて富士にのぼる。

山頂の日の出、いわゆる御来迎をおがんだりもするけれど、それよりもまず登山自体が修行であり、霊験取得の課程なのだ。

登山の前には、当たり前だが、彼らはしっかりとめしを食わねばならぬ。めしを食い、よくねむり、心身の調子をととのえねばならぬ。そこで登山口には一種の宿場町が発展することになるが、須走という海抜八五〇メートルに位置する村は、そういう宿場町として駿河一だった。

まさしく地の利よろしきを得ていたのだ。そうしてその須走における宿坊（旅館）の経営者こそが、

——御師。

と呼ばれる人だったのである。

須走では、おもに名主がつとめている。ところでこの登拝の習俗は、鎌倉・室町期をすぎ、徳川期になると登山道の整備にともなって仏教修行者のみのものではなくなった。

一般市民も、参加できるようになった。ことに江戸の人々は、富士講などともっともらしい名目を立てて要するに観光登山に来るようになったから、須走の御師も、いよいよたくさんの人を世話することになる。

「富士講は」

茂兵衛は胸をそらし、なおつづける。

「富士講は、いまや江戸のご府内では大流行のきざしを見せているというぞ。家康公による開府このかた約百年、それだけ平和な世がつづき、人々の暮らしに余裕が出たということじゃろう。ご公儀も、伊奈様も、いまやそういう俗受けを無視できんのじゃ」

「……なるほど」

与助は、ようやく声が出た。登山の季節は夏である。幕府としては今年はもう無理にしても、来年の夏にはふたたび人がとどこおりなく泊まれるようにしたいのだ。補助金の名目は、

（だから「家作」御救金か）

須走のためというよりは、

（江戸のため）

だから江戸で決定された。視察もなしに。与助は茂兵衛へうなずいてみせると、もういちど、ふるさとの家なみに目を向けた。

建てかけの家々は、ことごとく黒い土の上にある。

黒い土とは火山灰である。噴火時はふわふわと真綿のようだったにちがいないその堆積も、雨がふったり、雪のおもみが加わったりを経て、いまはただの土地になってしまった。つまりは除灰という基本作業すら、

「俺たちの村には、いらなかったのさ」

と与助はおときへ言い、そこでいったん口をつぐんだ。さすがにしゃべり疲れたのである。

おときは、何も言い返せぬ。

うつむいて、どうやら唇を噛んでいるらしい。ひらきっぱなしの杉戸からさしこむ夕日の束が、その体をながながと土間へ映しこんで黒い影としていた。黒い影は、ぴくりとも動くことをしなかった。

与助は、気分がいい。またすぐ舌をひらめかせて、

「いやあ、これまで俺は『焼け太り』ということばは聞いたことがあるが、ほんとに見るのははじめてだったよ。それも自分の村でさ。いやいや、この世はわからんものだなあ。これも浅《せん》間《げん》様のおぼしめし。ありがたや、ありがたや」

ぱんぱんと柏手を二度打った。それでもまだ言い足りず、

「そうそう、孫左衛門さんのことだ。俺が須走に着いたとき、はじめに孫左衛門さんに出会っ

たろ、お前のお父っつぁんの。あのとき孫左衛門さんはぼうっとして、気もそぞろに俺の横をとおりすぎたが、あとで聞いたら、何とまあ、おなじ組頭のよしみで金を貸してくれって茂兵衛さんへ頼みに来てたんだそうだ。茂兵衛さんが断ったもんだから、ああして魂を抜かれたように……。気の毒なことさね。たった一里の差の村が、ずいぶん差がついちまった。どうりで小源太さんも俺にみょうな仕打ちを」

「……な」

と、おときが何かつぶやいた。

与助はおしゃべりをやめ、

「え？」

「気やすく呼ぶな。あんたとは血がちがう」

「おい」

と、与助が言い返す前におときは顔をあげ、体の向きを変えて、蕪の台へ駆け寄った。

寺男を押しのけ、蕪をばさりと投げつけてきた。与助の顔にぶつかった。痛くも何ともなかったが、蕪が落ち、ふたたび視界がひらけたときには彼女は目の前にせまっている。腹のあたりでキラリと夕日を照り返したのは、左右の手ににぎられた、大ぶりの菜切り包丁だった。

「きゃあっ」

大上段にふりかぶり、侍のように斬りつけてきた。与助は反応が遅れた。あわてて身をねじったが、左の二の腕から血がふきだし、おときの顔をぬりつぶす。

おときは、気にしない。

ぬらぬらと赤黒い顔のなか、目だけが白くぎょろぎょろしている。唇《くちびる》のはしに桃色の泡をためて、

「そんなに人の不幸がうれしいか。たまたまじゃないか。お前の手柄がどこにある」

ぶんぶん包丁をふりまわす。与助はそのつど後退した。斬られた左腕がしびれている。右手でおさえても血があふれる。傷はたぶん、

(骨まで)

何度目かの攻撃をかわした拍子に、かかとが手桶につまずいた。

「あっ」

与助はどさりと尻もちをついた。尻だけで後じさりしたけれども、背中がトンと止まったのは、どうやら壁にぶつかったらしい。

おときの顔が、

「ひい」

驚喜にまみれた。ためらうことなく肉薄してくる。

「お前の手柄じゃない。あたしのせいじゃない。江戸がそんなに大切か。ばか。死ね。江戸江戸江戸江戸江戸」

わけのわからぬ叫喚とともに、包丁を頭上にかかげ、ふりおろそうとした。西瓜《すいか》でも割るような動きだった。そこへ背後から、

「おとき」

「奥様」

ふたつの影が、左右から女の腕にしがみついた。さっきの蕪の寺男と、もうひとりは、

「和尚」

与助は、目をみはった。

寺男が呼びに行ったのだろう。永忍和尚は有髪の髪をふりみだして、

「おとき。やめい。寺で殺生《せっしょう》はまかりならぬ」

坊主くさく説教した。おときは包丁を離さなかったが、いまだ頭上にあるうちに与助は立ちあがり、がらあきの腹をおもいっきり蹴る。おときは、

「うっ」

体がくの字に折れた。と同時に和尚が手首をひねったので包丁はぽろりと土間に落ち、ごろんという存外おもい音を立てる。与助は、それを遠くへ蹴りとばした。

おときは、なおも暴れた。与助が手桶をとり、甕《かめ》の水をくんで顔へぶっかけてやると、抵抗をやめ、大の字になり、声はりあげて泣きじゃくった。

黒髪が、綾をなしつつ血の顔をべったりと覆う。おときは翌日から異常のふるまいが多くなった。境内の石灯籠のかげにひとり立ってぶつぶつ何か言いつづけたり、見ず知らずの参拝者へつばを吐きかけたり。髪の手入れもしなかったので、

――あの寺には、鬼がいる。

などと噂《うわさ》されたという。

与助は、浜松を去った。

腕の傷も癒えぬうち須走に帰り、ふたたび馬引きの仕事をはじめた。

馬を買う金は、ひとまず茂兵衛に立て替えてもらった。じき返したことと思われる。例の、百貫与助の異名も近隣へふたたび響くことになった。荷駄をとどけたり預かったりのため、以前のように大御神村の孫左衛門邸へ出入りすることもときどきあったが、与助はおときを見ることがなかった。

すなわちおときは、実家には帰らなかったらしい。あのまま和尚の世話になっているのか、それとも離縁された上、

（べつの土地に）

死んだのかもしれぬ。むろん、

「おときさんは、その後どうなりましたか」

と孫左衛門なり小源太なりへ聞けばいい話ではある。だが与助はつねに無言だった。この件だけではない。与助は帰村後すっかり口をきかなくなり、きかぬまま仕事をしつづけた。妻《めと》を娶ることもしなかった。享保十九年（一七三四）、四十八歳で病死するころには、百貫のかわりに、

——だんまり与助。

の異名が定着していたという。あのときの饒舌《じょうぜつ》を悔いたのかどうか。人間の運命そのものへの諦観がそうさせたと言うと格好はつくが、これは少々、解釈が近代的でありすぎるようである。

囚人

明暦三年江戸大火

からっ風。

と、その風は呼ばれる。

起源は、大陸である。冬になると中国やロシアの上空から南東向きの空気が吹きつけて来る。

日本海を通過するため、風はぬれる。雲を抱く。そのまま日本列島の背骨をなす脊梁《せきりょう》山脈にぶつかって出羽《でわ》、越後《えちご》、越中《えっちゅう》、越前《えちぜん》などの北陸諸国へ雪を落とし、雲は消える。

雲は消えても風そのものは消えないので、山脈をこえて上野《こうずけ》から武蔵《むさし》国へと吹きおろすことになる。すっかり乾燥している上に強風である。

音が、凄い。

うおおおおお、ひいいいいいいい、と鬼の哭《な》くようである。権右衛門《ごんえもん》は、

「からっ風だあ」

大声を出した。

いや、出そうとして、かろうじてこらえた。ここは牢屋のなかである。三方を一尺（約三十センチ）の厚さの土壁でかこまれ、のこりの一方も木製の格子でしっかり封じられている脱出不能の空間。

あまり陽がささないので昼も暗く、土間がむきだしで、六十ちかい権右衛門にはただ単にあぐらをかいているだけで体が弱る。わざわざ大声を出すなどは純粋に労力の問題において正気の沙汰ではないのである。

が、

（出したい）

それほど、うれしい。期待に胸がふくらんでいる。横でひざを抱えて座っている若い男へ、

「おい。巳之吉《みのきち》」

「…………」

「おい。おい」

巳之吉は、返事しない。無言のまま背をまるめ、顔を脚のあいだに埋めてしまった。権右衛門はその耳へ口を寄せ、むりやり声を送りこんで、

「聞いたろ、風音。ここまで聞こえるほど強いと来りゃ、出ねえかなあ。火ィ出ねえかなあ」

「…………」

明暦《めいれき》三年（一六五七）一月。江戸幕府第四代将軍・徳川家綱《とくがわいえつな》の治世であるが、このころの江戸では、大規模火災というのは人災ではない。

ほぼ自然災害である。もちろん直接のきっかけは燭台を蹴倒しただの、たばこの火の不始末

だのいう人間の側の過失にあるわけだし、ときには放火もあるのだが、しかしふつうはぼやで終わるか、せいぜい家なり長屋なりを数軒焼くだけですんでしまう。

何ぶん侍にしろ、町人にしろ、すっかり慣れっこになっているから、よってたかって周囲の建物をこわしたりして早いうちに鎮火してしまうのである。彼らも手がつけられないほどの大火となると、まず冬季、それも晴天つづきで空気が乾燥しきったところへからっ風が吹くという条件のかさなった日にしか起こり得なかった。江戸の大規模火災というのは、いってみれば台風や渇水などとおなじ季節性の現象なのである。

このため江戸の市民のなかでも、近郊に実家や親類がある者はわざわざ冬だけ妻子を避難させたくらいで、つまり権右衛門の期待は、そういう天変地異が起これば、

（この牢も、切り放しになる）

その一事にある。切り放しとは臨時の釈放のことなのである。

はかない夢、などではない。

前例がある。二年前は火元が神田大工町《かんだだいくちょう》だった。この日本橋小伝馬町《にほんばしこでんまちょう》の牢屋敷からはほんの十町（約一キロ）ほどの場所であるし、風もこっちへ吹いていたため、牢屋奉行は七百人の囚人を牢から出し、何人かずつ腰縄でつなげて避難させた。

結局その火は鎮火され、牢屋敷までは来なかったという。権右衛門はまだ娑婆《しゃば》にいたので話を聞いただけだけれども、しかし今後もし同様のことがあれば同様の処置が取られることは容易に想像することができる。

場合によっては、腰縄をつなげる暇もないかもしれぬ。権右衛門はなお巳之吉の耳へ、

「火ィ出ねえかなあ。ここまで来ねえかなあ」

いつのまにか、やっぱり大声になっていたらしい。

木格子に近い壁の手前には畳が十枚も積んであるが、その上でひとり肘まくらで寝そべっている牢名主の丸兵衛《まるべえ》が、

「権右衛門」

「何です」

「そんなに待ち遠しいのかえ。奉行様の難局が」

「へっ」

と権右衛門があわてて手で口をふさいだので、ほかの囚人がわっと笑った。二十畳ほどの広さの部屋のなかに、いまは三十七、八人か。

追従笑いだから響きが大きい。権右衛門は正座して、ずりずりと畳の山のふもとまで、ひざで這って行って、

「そりゃあそうでさ、名主様。俺は遠島《えんとう》を申し付けられたんだ。恩赦はまずねえ。三宅島《みやけじま》、八丈島《はちじょうじま》、神津島《こうづしま》、どこへ流されようが死ぬまで娑婆には帰れねえ。船出の前にどうでも牢を脱けなきゃあ」

「未練くせえ野郎だな。お前は六十だ。じゅうぶん生きた」

「五十七です」

「なんではっきり言えるんだ。親の顔も知らんくせに」

「五、十、七です」

「どっちにしろ」

と応じると、丸兵衛はきゅうに視線を上げて、

「巳之吉」

「はい」

巳之吉が指ではじかれたように背すじをのばし、正座した。丸兵衛は寝そべったまま、

「殴れ」

「え」

「この老いぼれを、殴ってやれ」

丸兵衛もまた囚人である。が、えらばれて牢名主という一種の役付となっている以上、房内の秩序に対して責任がある。もしくはそれを口実にした支配権がある。

巳之吉は、ためらったのだろう。丸兵衛を見あげたまま硬直した。が、ほどなく立ちあがり、権右衛門の横へ来て、こぶしをかため、それを権右衛門の肩にぶつけた。

「もっと」

二発目、ひたい。

三発目、左の頬。どっちも大したことはなかったが、奥から別の若いのが、

「俺もいいかな。名主様」

「いいよ」

これは本気だった。ひざを少し曲げたかと思うと、正面から鼻っぱしらへ打ちこんで来た。

ゴッと鈍い音が立ち、権右衛門はのけぞり、後頭部が土間に落ちた。

口のなかに、鉄くささが充ちた。急いで身を起こし、赤い痰を吐いて、

「何しやが……」

また鼻っぱしら。権右衛門はあおむきになり、手足に力が入らず、もう起きられなかった。ほかにも四、五人が来て、権右衛門をかこみ、足をたかだかと上げて踏みはじめる。

「何する。やめろ。痛っ。てめえら関係ねえだろう」

なかには跳び上がって両足で来るやつもいた。丸兵衛の声が、

「鳩尾《みぞおち》はよせよ。吐《は》かれたら穢《きたな》い」

要するに、みんな暇なのである。どんな道具もあたえられず、日に二度のまっ黒なもっそうめし以外にどんな楽しみもあたえられないこの囚人という動物にとって、最高のおもちゃは囚人なのだ。

さわぎが耳に入ったのだろう。木格子の外へ牢番が来て、

「何ごとだ。やめろ。やめろ」

牢番は三人。みな月代《さかやき》をきれいに剃り、背の高さほどの樫の寄り棒を手にしている。丸兵衛がのっそり起きあがって、

「ぬけぬけ物騒なことを申したので、こらしめております。文句あるかね」

「あ、いや」

「行きな、行きな」

と、犬でも追うように手をふったので、牢番たちは行ってしまった。あっさりしたものだった。丸兵衛はもう七年もここにいて、どの牢番より古株で、つよく出る呼吸を心得ている。

何のことはない、行政が公然と私刑を黙認しているのだ。権右衛門はその後もしばらく踏まれ、蹴られ、さーっと音を立てて潮が引くように遠ざかる意識のなかで、

(ゆるさん)

そればかりを繰り返した。

(ゆるさん。ゆるさん。みんなゆるさん。火が出ても助けてやらん)

囚人に日数の感覚はないが、それでももう長いこと雨ふりがないことはわかる。権右衛門は失神し、白目を剝いて動かなくなった。丸兵衛は鼻を鳴らして、

「寒いな」

とたんに囚人たちが権右衛門から去り、丸兵衛のまわりにあつまり、腰をかがめて畳の下へ手を入れた。

丸兵衛ごと畳をもちあげ、木格子から離れたところへ置きなおす。距離にしてほんの三、四尺(約一メートル)である。高窓から入る陽の光が移ったのに合わせたのだ。この軽労働は毎日十度ほどおこなわれるが、夏には逆に、陽の光を避けるよう動かすことになる。丸兵衛はまた寝そべった。ほかの囚人はちりぢりになり、権右衛門は動かず、当座の屍でありつづけた。

†

江戸時代の牢屋敷は、こんにちの刑務所ではない。

刑務所というのは懲役、すなわち制裁としての監禁および強制労働のための施設であるが、

こちらは制裁うんぬんとは法理上の関係はなく、未決囚および刑の執行を待つ既決囚を収容するにすぎぬ。

つまり拘置所である。したがって権右衛門たちも厳密には囚人ではなく被告人、または被勾留者と呼ばれるべきなのだが、しかし実際には未決であっても無罪が決まって釈放されることは少なく、環境は劣悪で、そこに収容されること自体が強烈な肉体的、社会的制裁になる。囚人にきわめて近いとしていいだろう。権右衛門がそれになったのは、つまりこの小伝馬町の牢屋敷へ押しこまれたのは半年前、明暦二年（一六五六）夏のことだった。

殺人は、犯していない。

放火もしていない。強盗も窃盗も詐欺も傷害も強姦も誘拐も人身売買もやっていない。だが権右衛門は、当時の一般的な道徳感覚では、それをぜんぶ足したより悪いことをした。キリスト教を信じたのである。

生まれは、肥前《ひぜん》国のどこかの農村だったらしい。

らしいというのは、ものごころついたときには農家の米搗きや水汲みをやらされていたからで、少しでも仕事の出来が悪いと主人に殴られ、

「しくじり子が、しくじりおって」

などと罵倒された。しくじり子というのが孤児とか私生児とかいう意味の酷薄な差別語であることは、大きくなるまで知らなかった。

何かでその家を追い出されてからは、寺の世話になったり、港の荷運びの仕事をしたりした。

どういう伝手《つて》をたどったのかはいちいちおぼえていないけれど、おおむね円満な転職でないことは、そのつど名前が変わったことでわかる。ついにその伝手も絶えたのは何歳のときだったか。季節は、冬のさなかだった。

銭もなく、食うものもなく、仲間もなく、向こうが見えるほど擦り減った一枚の麻布のほかには着るものもなく、大野《おおの》の砂浜をとぼとぼ歩いていた。誰かに見つかれば石を投げられるので、町や村をのがれたのだろう。

いくら南国肥前でも、冬は寒い。

しかも夕暮れどきである。万策つきた。夜になれば凍え死にするか、飢え死にするかにちがいなかった。歩くのをやめる口実がほしい。

と。

波打ちぎわに舟が一艘《そう》、打ち上げられていた。

小舟である。漁《いさ》り舟の残骸なのだろう。船腹にしがみつき、蛇のように内部へずるっと這いこむと、やはり底がやぶれて砂が見える。あおむきになり、天を見た。太陽も月も星もなかった。

見えるのは、いちめんの墨色の雲だけ。それがあたかも天井が落ちるように、ぐんぐんこっちへ下りて来る。うまそうだった。むしって食えるかと思って手をさしのべたが、つかんだのは空である。二、三度やって腕をホタリと胸へ落とすと、体がにわかに冷たくなった。

これまで感じたことのない、骨から氷になる感覚。ああ死ぬのだと思った。この小舟が俺の柩《ひつぎ》か。

せめて目をあけたまま死んでやる。そう思って、まぶたに力を入れてみると、雲から光の雨がふりだした。

雨は尾を引きながら、しかし直線的ではなく向かって来た。蝶がふらふらと迷うような、ひどくゆっくりとした墜落。

(こいが)

涙が出た。

(こいが、弥陀《みだ》の来迎)

が、舟の外から、

「何してるの?」

彼はまた、その声も弥陀のものと思いこんだ。滑稽にも、

「ああ、俺《おい》……たのんます」

何をたのんだのか自分でもわからない。彼は念を押すように、

「まばゆか」

「ええ?」

「ひかり。ひかり」

蝶の一匹が頬にぺたっと貼りついたのを指でつまんで、相手に示した。相手は、

「ひかり?」

「阿弥陀様」

「ちがう」

言下に否定して、

「ゆき」

「え？」

「これは、雪」

ようやくわかった。少女の声だ。わずかに首をもちあげて、

「何ね、そいは」

「それは」

少女の声は、説明した。雪というのは冬ごとに空から来るもので、雨に似て雨より粒が大きく、かたちが明確で、色が白く、しかし地へ着けば雨のように水になってしまう。

「水に」

問い返したが、たしかに指のあいだにはもう透明な膜があるだけ。舌を出して一なめしたら、そのとおりだった。

が、こんなささやかな動作が、彼の体を変化させた。舌がひんやりとし、のどが動いて、腹の奥がひくひくした。

全身の肌が、わずかに熱をとりもどした。身を起こし、首をまげると、そこにはやはり少女がひとりいる。

舷《ふなばた》の上に、あごをのせている。顔つきからして十四、五だろうか。そのぬれた赤い唇がまろやかにひらいて、

「あんまりたくさんだと、水になる前に新しいのが積もる。だから白いまま」

「積もるとや。雨が」

ありえない、という顔をしていたのだろう。少女はゆっくり首をふって、

「雪が」

「見たことなか」

「あたしも。ここでは」

「ほかに、どこで」

「みやこで」

「京の、みやこか」

「うん」

その土をふんだことがある、そう思うだけで少女がきゅうに貴人に見えだした。彼自身はこれまで肥前から出たことはないのである。

少し息をととのえて、思いきって、

「何歳？」

聞いてみた。少女はそれに答えず、逆に、

「何歳？」

「十八」

即答した。ほんとうは知らない。親の顔を知らないのだから知るはずもないのだが、以後、彼は、自分の年齢はこの返事をもとにして正確に数えることになる。少女はつづいて、

「名は？」

「権右衛門」

これまた一種の詐称だった。これまで呼ばれたことのあるどの名でもない。彼は単純に、反射的に、この自分にも京での在住経験と張り合えるだけの威厳があると示したかったのである。それには音がひとつでも長いほうがいい。

「名は？」

と、彼も聞いた。こんどは少女は顔をこわばらせて、

「かたりな」

「え？」

「カタリナ。あたしの名前」

「きりしたんか」

権右衛門は、さすがにのけぞった。

なるほど阿弥陀の功徳を否定したわけである。こんなところで話しこんでいるのを役人に見られたら自分も即座に刑場へひっぱって行かれる、一般人に見られたら密告される。

（逃ぐっぞ）

一瞬そう思ったけれども、どのみち死んだ命である。いまさら惜しむのもおかしいし、何よりすでに帰依してしまっていた。

キリストの教えに、ではない。このカタリナという純粋な日本人であろう、しかし森の奥のように深い色の目をした少女のたましいに対して。

あるいは存在そのものに対して。これまで迂闊にも気づかなかったが、彼女もまた、この寒

風のなか、まわりに保護を乞うべき誰をも持たないらしいのである。

（愛《かな》しや）

日本にキリスト教が伝来したのは、七十年ちかく前だった。

天文《てんぶん》十八年（一五四九）にイエズス会の宣教師であるフランシスコ・ザビエルが鹿児島で布教しだしたのがきっかけで、以後、急速にひろまった。

畿内の歴代政権も、室町幕府将軍・足利義輝《あしかがよしてる》、織田信長《おだのぶなが》、豊臣秀吉《とよとみひでよし》、みんな基本的には——例外の期間もあるにせよ——布教をみとめたため、信徒はいよいよふえ、その傾向は特に九州において顕著だった。最盛期には十万人をこえていただろう。それが徳川の世になると一変した。

江戸幕府は神父や宣教師を国外追放し、キリスト教の禁止を言いわたした。追放に応じぬ神父や宣教師はすべて処刑または投獄され、棄教に応じぬ信徒もやはり処刑された。

その措置は、殲滅《せんめつ》的だった。キリスト教徒は日本から消え去った、ように見えた。しかしそれは表面上のことにすぎなかった。何しろザビエルの来日から五十年以上が経っている。初期の信徒に子が生まれ、孫が生まれれば、その子や孫は生まれながらの信徒なのである。

彼らにとって信仰とは血であり肉であり、棄てろと言われても着た服をぬぐようなわけにはいかない。敬虔さとか、意志の強さとか、政権への反抗とかいうものとは完全に別の次元において、物理的に棄教は不可能なのである。

彼らは、おもてむき棄教に応じた。役人に聖母マリアの絵を「踏め」と言われれば両足で踏んだし、仏に手を合わせもした。だが幕府は、あるいは直接的な領主である肥前大村《おおむら》城主・大村純頼《すみより》とその役人たちは、警戒を解くことはしなかった。

棄てたと見せてじつは棄てていないかもしれない。かりにほんとうに棄てたとしても、手をゆるめれば崇拝を再開するかもしれない。そう思ったのだ。信徒たちはいわば再犯予備軍と見られたわけだが、実際、彼らは棄てていなかった。世間の目がある。もはや人里に住むのは無理なので誰もいない山中に集落をつくり、斜面をほそぼそと切り拓いて稲をつくり、雑穀を育て、畑のものをこしらえた。

いわゆる隠れキリシタンである。その隠れ里が、

「ここ」

と、カタリナは言う。

さっきから、こん、こんと舟が低い音を立てるのは、彼女のひざが当たっているのか。権右衛門は目をこすって、

「ここ……こん砂浜?」

「ううん」

カタリナは首をふり、

「あそこ」

権右衛門から見て右へ手をかざし、山のほうを示した。

(そうか)

権右衛門は、納得した。つまりはそういう地なのである。肥前国大野。こんにちでいう長崎

県の西彼杵《にしそのぎ》半島にある。

西彼杵半島は、南北に長い。西側を東シナ海（角力灘《すもうなだ》）に、東側を大村湾にはさまれていて、権右衛門はその西側の砂浜にいた。これしきの砂浜では漁村も成り立たず、すぐうしろの山もいかにも物成りが悪そうで、それだけに世を避けたい人々には恰好の地。

もちろん自分のような者にも。だがそれはそれとして、

「カタリナ、お前、なんで俺にそいば言うとや」

「なんでって？」

「悪かやつば見つけましたって役人んとこへ訴え出たら、俺は、いくらか粥ばもらえるとぞ」

密告は奨励されているのである。カタリナは、

「ううん」

「そもそもなんでこん浜におるとや」

「ううん」

ゆっくり首をふって、手をさしのべて来て、

「行こう」

「どこへ？」

「お寺」

にっこりした。会話にも何もなっていないけれど、とにかくそう言われれば、そのお寺とやらが釈迦や阿弥陀のそれでないことは権右衛門にもわかる。

「さあ。行こう」

少女の手は白く、小さく、草の茎のような骨が浮かんでいた。それを握り返すことはただちに入信を意味し、死ぬまで一般社会への復帰が不可能になることを意味するのだろう。

「うん」

権右衛門は、うなずいた。

口をあけて上を向き、手あたりしだいに雪をつかんで放りこんだ。それから少女の手をつかみ、立ちあがった。

舟がごとんと一ゆれした。舷をまたいでサクリと砂をふむ音を立てた瞬間にはもう、その寺で何を食わせてもらえるのか、何の仕事をあたえられるのかしか頭になかった。

†

小伝馬町の牢内で踏む蹴るの私刑を受けてから四日後、一月十八日。

未《ひつじ》の刻というから午後二時あたりである。権右衛門はとつぜん身を起こし、

「来た」

目をかがやかせた。

ほかの囚人は、反応しなかった。おおむね寝そべるか、あおむきになるかして静止したままである。寒くて口をきく気がしないのだろう。少し間があって、

「何が」

問うたのは牢名主の丸兵衛だった。

丸兵衛は、例によって陽のあたる畳の山の上にいる。権右衛門は立ちあがり、そっちを見あげた。そうして、

「火が」

言おうとして、口をつぐんだ。

四日前のうらみが、情報を出し惜しみさせた。へへっと笑って、

「こりゃすみません。うとうとしてて犬が来た夢を……」

「火だな」

丸兵衛は目を左右に走らせ、鼻をうごめかして、

「近くだ」

ものの焦げるにおいなら、めずらしくもない。厨《くりや》で下男が米を炊きそこねたとか何とかで普段から牢内に流れて来る。だがこのときの濃度はそんなものではなく、その焦げたものをむりやり鼻の奥へ突っ込まれるようだった。

ほかの連中も、気づいたらしい。ひとり、ふたりと怪訝《けげん》そうに首をもたげる。もう隠す必要はない。権右衛門は小声で、

「来た来た来た来た来た」

木格子の向こうへ、牢番がふたり来た。みんな立ちあがり、蟻が蜜玉にたかるように集まって、

「火だ。火だ」

「こりゃ大火だ」

「どこです火元は」

「近火か、遠火か」

「付け火ですか」

牢番たちは木格子をがんがん樫の寄り棒でたたいて、

「おちつけ。すぐ鎮まる」

「こら！　詰め寄るな！　格子から離れろ！」

と叫んだ声がどちらも裏返っている。権右衛門は歓声をあげた。遠火ならわざわざ彼らは来ない。そもそも娑婆の条件はそろっているのだ。十日も二十日も雨がふっていない上に、いまは壁が鳴るほど風が吹いている。からっ風。

「あっ」

悲痛なさけび。

「なんで」

「見すてるのか」

「蒸し焼きになる」

人の群れで見えないけれど、どうやら牢番たちが行ってしまったらしい。ほどなく高窓から黒い雪が舞いこんで来て、

「あっ」

「灰だ」

「おしまいだ」

たからである。

騒ぎはしかし、ぴたっと止まった。牢番がふたたび来て、りっぱな身なりの武士をつれていたからである。

権右衛門も、このときは木格子のはしっこにしがみついている。武士は口をひらいて、まるで判決を言いわたすような口ぶりで、

「わしは牢屋奉行・石出帯刀《いしでたてわき》である。うぬらも気づいていようが、本郷へんより出火した。火はたいへんにふくらんで風にあおられ、この屋敷にせまっている。このままではうぬらはすべて焼け死ぬであろう故、しばらく解放するものとする。うぬらはめいめい足の向くまま逃げて、鎮火したら浅草の善慶寺《ぜんけいじ》へ出頭せよ。脱獄は本来、死に値する罪であるが、この場合は、わしが命にかえても助けてやる」

「その寺へ、来なかったら?」

と誰かが聞くと、石出はそっちを向き、信じられぬほど大きく目を見ひらいて、

「雲の果てまでもさがしだす。当人はもちろん妻、子、親きょうだいに至るまで厳罰に処されるものと思え。わかったな?」

「わかった!」

「わかった!」

権右衛門も、

「わかった!」

「死んじまう」

「死ぬ」

叫んで、左右の頬を手でかきむしった。こめかみから汗が滝のように落ちている。牢内の気温は上昇している。

「よし」

石出は、鍵役に目で合図した。

鍵役は腰にさげた鍵をつかんで持ちあげ、鉄製の海老錠《えびじょう》にさしこんだ。

海老錠は、信じられないほど軽い音を立てて口をあけた。鍵役はそれを木格子から抜き去り、引き戸を横にすべらせた。ちょうど襖をあけた感じで出口があらわれたとたん、ほう、と囚人たちの息がそろったのは、誰もが一度は夢みた光景だからでもあるだろうか。

牢名主の丸兵衛が畳から下りて、

「はじめは、俺だ」

と宣告すると、囚人たちが左右にわかれて道をつくった。丸兵衛はその道を悠々と歩いて身をかがめ、牢外へ出たまではよかったが、石出に向かって馬鹿正直にも、

「腰縄は？」

「その暇もない。とっとと行け」

この瞬間、囚人たちが殺到した。まるで漏斗に酒をそそぐように出口めがけて、

「俺だ。俺が先だ」

「おちつけ。おちつけ」

彼らは意外に冷静だった。いっぺんに出るのは無理とわかると、いったん退いて、ひとりずつ出たのだ。

鍵役が丸兵衛をみちびくので、あとの者もつづく。その背中へいちいち、

「善慶寺だぞ！」

「浅草の！　浅草の善慶寺！」

明暦三年一月十八日、いわゆる明暦の大火における囚人解放はこのようにしておこなわれたのである。権右衛門も十何人目かに出た。みんなで蟻の行列よろしく中庭を突っ切り、お白州の砂をじゃらじゃら踏んで玄関前へまわったときには髷《まげ》が浮くほどの突風が吹いている。からっ風、ではなかった。それよりもはるかに風速が大きく、風向きがめちゃくちゃ。東も西も北も南もあったものではない。大火にともなう火事旋風だった。

誰もが、足をふみださない。

丸兵衛でさえも、

「てめえら、俺について来い」

と口では言いつつ腰が引けている。旋風の恐怖もそうだけれど、それよりも門を出てからどっちへ行けばいいのかわからないのだ。牢番が、

「さっさとしろ」

と囚人の背中をつぎつぎと蹴り飛ばしたのは、全員出なければ自分が逃げられないからにちがいなかった。

おもしろいもので、こうなると誰も丸兵衛に近づかない。

権右衛門のまわりに集まって来る。これまで牢内でさんざん火を待ちのぞむ発言をした事実が、彼らをして、権右衛門を予見者のような専門家のような、とにかく頼れる存在と見させた

のだろう。

「なあ、権右衛門、お前はどこへ行く？」

「やっぱり浅草かな」

「火はどっちへ向かうんだ」

などと学僧みたいに神妙な顔で質問をあびせて来る。どいつもこいつも、四日前、

(俺を、踏んだ)

権右衛門はぷいと横を向いて、

「知らん」

巳之吉の面をさがした。あのとき権右衛門を殴るよう最初に丸兵衛に命じられ、しかし本気で殴ることをしなかった若いやつ。

見つけた瞬間、その手首をひっつかんで、

「来い」

むりやり引っぱって門を出た。出てまず右へまがり、

「浅草は、こっちだ」

わざと大きな声を出すと、あとから囚人がどっと来て、ためらわず左への道をえらんだ。かねがね脱獄を公言していた権右衛門がまさか素直に浅草へ向かうはずがないと見たのだろう。

権右衛門と巳之吉は、ふたりきりになった。

ふたりのまま、どんどん走って行く。巳之吉のほうが足が速い。速度を落として、権右衛門の横に来て、

「どこへ？」

「もちろん」

権右衛門はうしろを向いて、火のあるほうを確かめてから、

「もちろん、浅草さ」

「善慶寺かい」

「そんなわけねえだろ」

「じゃあなんで」

「めざすのは浅草門だ。そこを抜けて外濠をこえりゃあ千住の橋がある」

「ああ、あれ……」

「その橋をわたれば江戸の役人の手はおよばん。俺たちはまた人間になれるんだ」

権右衛門のいう千住の橋とは、千住大橋のことだった。この時点では隅田川《すみだがわ》にかかる唯一の橋である。いったいに当時の社会はまだまだ戦国の余風が濃厚で、江戸の都市計画はもっぱら軍事的利害を基準として策定されていたため、隅田川は外敵をふせぐ防衛線とみなされて架橋がゆるされなかったのである。

対岸とのあいだの人や荷物の往来は、すべて渡し舟でおこなわれていた。千住大橋がその例外だったのは、これはもちろん河口から遠く、城から距離があり、要するに江戸ではなかったからだろう。そこが権右衛門の目のつけどころだった。

「橋をこえたら、千住の宿《しゅく》だ。あそこにゃあ林三《りんぞう》っていう馬引きがいる。俺がむかし世話してやった人足あがりだ。あわれにも江戸を焼け出されましたって顔をしてみせりゃあ先々の路銀

も貸してくれるだろう」

巳之吉は感歎の声で、

「すげえ。おやじ。すげえ」

「おやじじゃねえ」

と言い返しつつ、権右衛門もちょっと得意になって、

「きのうやきょうの思いつきじゃねえぜ。牢のなかで何度もやってたからな、心の稽古を。これがいちばん間違いねえ」

「うん、うん」

「命ってのはなあ、無駄にしたらだめなんだ」

「でも」

と巳之吉はきゅうに声を落として、

「戻らなかったら厳罰って。当人はもちろん妻、子、親きょうだいまで」

「ねえよ」

「え？」

「俺にはねえんだ。それ、ぜんぶ」

巳之吉は意外そうな口調で、

「嬶《かかあ》も？」

「巳之吉」

「何だい」

「そこ、まがるぞ」

ふたりはなお走っているのである。左へまがり、鼠のように細い路地へとびこんだ。路地がまた広い道へ出る。権右衛門は足をとめた。半年間の牢屋生活でろくろく動かしもしなかった体があっさり限界に来たということもあるが、それよりも、

「ひでえな」

つぶやいた。

憎らしいほど青く澄んだ空の下、道そのものが社会の混乱を凝縮していた。

道の上には、人はいなかった。灰が雨のように降っているからである。ただしまだ道ぞいの建物は焼けていないため、人々はその軒下で右往左往している。

文字どおり右往左往だった。何しろ乳のみ子を抱く者、たんすを積んだ荷車を引く者、米俵をかかえる者、すっぱだかの者、絹の羽織を身につけた者などなど、逃げる方向がばらばらなので、

「どけ！」

「ばか！」

衝突し合い、怒号を飛ばし合う。権右衛門はまた、

「ひでえな」

その口調は、われながら浮き浮きしている。念のため通りかかった老婆をつかまえて、

「おい、あんた」

「何じゃい」

「浅草門は、どっちだい」

老婆はどういうわけか左右の手に一本ずつ黄色い沢庵漬けを持っていて、その一本をふりかざして、

「あっち」

権右衛門から見て右のほうを示した。火とは反対のほうである。巳之吉が、

「あんたは？」

と問うと、こんどは、

「あっち」

火のほうを示した。そうして、

「はやく逃げなよ」

と言うと、やっぱり火のほうへ行ってしまった。権右衛門はくっくっと笑って、

「たったいま伝馬町から出て来たばっかりだって知ったら、婆様、こんなに親切にしてくれたかね」

ふたりはいまや、見た目には一般人とおなじなのである。この当時の囚人は囚人服のようなものはなかったし、ひたいに焼印を打たれることもなかった。

腕に入れ墨をほどこされることも、基本的にはなかった。いわゆる前科者の累犯処罰のために幕府がそれをやりはじめるのは、もう少しあとの時代である。巳之吉は老婆の背中へ、

「おい、そっちは……」

「よせ」

権右衛門が割って入って、

「あれが正しい」

「えっ」

「かもしれん。火が出たら風上へ逃げろって諺もある。なるほど火へ向かうことにはなるが、うまく抜けりゃあ王道楽土さ」

「じゃ、じゃあ……」

「俺たちは、こっちだ」

右のほうへ走りだして、

「こっちは下り坂、あっちは上り坂。婆様はじき足がとまって焼き栗になる」

結局、こっちも誤算だった。浅草門に着いたことは着いたのだが、たいへんな渋滞なのである。

門の屋根は見えるのに、その十間（約二十メートル）も手前まで人、人、人の海。ただの一歩も進むことができない。

「おやじ。おやじ。これは一体どういうことだ」

と、巳之吉がほんとの子供みたいに泣き顔になるのへ、権右衛門は、

「役人が、門を閉めやがった」

「俺たちが切り放されたから？」

「そりゃあねえ。そんなにすぐに牢屋の出来事が伝わるわけがねえ。たまたまだ」

「たまたま……」

「ただ恐くなった。それだけだ。役人ってのは臆病だから、人が動くと止めたくなる」

「閂《かんぬき》は？　門には閂があるじゃねえか。前のやつら何してる。勝手に抜いちまえばいい」

「この人波だ、うしろから押されて門扉にぎゅうぎゅう押しつけられてるのかも」

「じゃあ、じゃあ、おやじ、どうする」

「わかんねえ」

権右衛門は、親指の爪をかんだ。ほんとうにわからない。別の門へまわる手もあるけれど、その門があいている保証はないのである。権右衛門はつい、

「……こんな稽古は、してなかったな」

「おやじ！」

「黙ってろ。考えてんだ」

火は、背後にある。あとからあとから人が来る。このままでは焼け死ぬより先にこの群衆につぶされて、野いちごのように血を散らして、

(死ぬ)

親指の爪どころか、いつしか指そのものへ歯を立てていることも権右衛門は気づかなかった。

†

肥前大野の砂浜の舟でカタリナと出会い、彼女の手を取り、キリスト教に入信してから権右

衛門の人生は一変した。

権右衛門はジェロニモになり、カタリナはその妻になった。子供もひとり授かった。男の子だった。生まれたその日に受洗させてパオロという名をあたえたが、あのとき神父などはいなかったから、たしか山でいちばんの年寄りに沢の水をぽたぽた赤ん坊の顔へたらしてもらっただけなのではないか。そう、権右衛門とカタリナは、その後も大野の山で暮らしたのである。

生活は、思いのほか安定した。権右衛門はもっぱら木の根を掘ったり、石を除けたり、土を起こしたり、いわゆる開墾の仕事に従事した。

あんまり体力的につらいので、ほかにやる者がいなかったのである。畑ができたら誰かに渡して、野菜や穀物をつくらせて、収穫のうちの一定量を納めさせることにしたから食うものには困らなかった。

原始社会の地主である。ときにはあのカタリナと出会った浜にも下りて行って、自作の竿でいろいろの魚を釣ったりした。

春の鯛、いさき、烏賊《いか》などは特によく釣れた。とうとう干物まで自分でこしらえるようになったくらいである。もっともこれは、釣れるとわかると他の村から人々が――ふつうの神仏の信者が――こぞって押しかけて来て、舟を出し、網を投げ、あまっさえ侵入者（！）の取り締まりさえしはじめたので権右衛門はすごすご山へ引き返した。

カタリナは、

「仕方ないよ」

権右衛門も、

「うん」

山にはときどき役人が来た。宗門改である。しかし彼らももう事を荒立てる気はないらしかった。和紙にちょいちょいと墨の線で描いた聖母子像、この場合は聖母マリアが赤ん坊のイエス・キリストを抱いている絵を置いて、こちらが足の先でちょっと押さえつけただけで、

「よし」

紙を巻いて帰ってしまった。踏み絵は儀式になったわけで、この小康は長くつづいた。

権右衛門は、気になることがあった。ときおりカタリナに、

「なんで」

と聞いた。

「なんであんとき、お前はあん砂浜におったとや。たったひとりで。こまか女ん子が」

カタリナはそのたび首をひねって、

「忘れた」

とか、

「子供のことだし」

などと話をそらした。逆にいえば、この時期には、この程度しか気になることはなかったのである。

ところが、とつぜん厳しくなった。

宗門改がである。入信から十九年後、権右衛門が三十七——自分で決めた年齢にしたがえば

――のときだった。

きっかけは天草《あまくさ》で奇跡が起きたことだった。天草とは大野から見ると南東のほうの海に浮かぶ島々の総称で、そのどこかに天の使いが降り立ったというのである。

その名は、四郎。

天草の四郎。一見すると人間とおなじ十四、五歳の男の子の姿をしていて、習ったことがないにもかかわらず仮名や漢字をすらすら読み、説教をおこない、この世はキリスト教徒の世になると主張した。そうして信じられないことを次々としてみせた。彼は海の上を歩いた。盲目の少女の目を治した。彼が空中へ手をさしのべると鳩が舞い降り、手のひらの上にぽとりと卵まで生み落とした。

たちまち周辺の地から信者があつまり、彼をあがめた。彼の予言にしたがって神の世をむかえるべく一揆の準備をするとともに各地へ人をやって、

「おぬしらも、仲間に入れ。その身を捧げよ。もはや世をしのぶ必要はない」

その勧誘者が、つまりは大野の山にも来たのである。

村人は、驚愕した。

そうして論が二分した。参加すべきだという者と、このまま静かに暮らそうという者と。権右衛門は後者だった。

「そがん奇跡ば、信じらるっわけがなか。嘘撒いたに決まっとう。命ば無駄にしたらだめとぞ」

が、ほとんどは前者だった。彼らはむしろ権右衛門のほうを稀代の嘘つきのような目で見る

と、荷物をまとめ、目立たぬよう数人ずつにわかれて村を出てしまった。権右衛門はカタリナの手を取って、

「行かんぞ。行かんぞ」

われながら、どうしてそこまで大野の地にこだわるのかわからなかった。例の、開墾地を介した一部の村人とのあいだの主従関係のようなものが惜しかったのだろうか。まあ実際には、どっちにしろ権右衛門たちも出て行かなければならなかった。ここまでたくさんの謀反人、逃散人《ちょうさんにん》を出したとあっては、いくら何でも役人ももう儀式ひとつで見て見ぬふりはしまい。

「どがんする」

権右衛門が途方に暮れると、

「京へ出よう」

そう言ったのはカタリナだった。カタリナはおさないころ大人につれられて京で暮らしたことがある。どういう事情だったのか、権右衛門は知らないのだが、彼女がつづけて、

「京のみやこは、人が多い。人が多いと隠れやすい」

と言いきったところを見ると、どのみち何かを避けて暮らしていたのにちがいない。

権右衛門は、

「よし」

ありったけの干し豆、干しきのこ、干し柿のたぐいを籠に入れた。

親子三人、三つの籠をそれぞれ背負って、乳を流したような朝もやのなか、ひたひたと山を下りたのである。

権右衛門にはそもそも肥前国を出ること自体がはじめてだったが、旅は上手だった。わざと海ぞいの道を歩いたのだ。歩行距離の面では得策ではないけれども、そのかわり籠のなかには干し豆、干しきのこ、干し柿……海では取れないものが入っている。

みちみち有利な条件で物々交換ができる。人目をはばかる旅にもかかわらず宿泊先にこまらなかったのは、この行軍よりも補給のほうを優先する、勇気ある気長さが功を奏したかたちだった。

親子は九州を出て、本州に入り、但馬《たじま》国で海を離れた。

山中の街道をえらんで遠阪《とおざか》峠をこえた。北から京へ入ろうとしたのである。北から入れば少しは自分たちの体から九州臭がぬぐわれるのではないか。

が、その入口、鞍馬口《くらまぐち》と呼ばれるあたりの道には大木戸が設けられていた。

木戸の手前に、旅人の列ができている。

（やっぱり）

権右衛門は、カタリナと目で合図した。キリスト教徒の取り締まりである。

そのころ肥前では天草の乱まっさかりだった。例の一揆の連中がついにあの四郎とかいう救世主をかついで旗をあげ、島を支配する富岡《とみおか》城を攻め立てて落城寸前まで追いつめたのだ。有明海をはさんだ対岸にある島原の地でも反乱が起こっていて、両勢合流して原《はら》城とかいう廃城を占領した。

その総勢、あわせて三万とも十万とも。何ぶん人のうわさだから正確な数であるはずもないが、少なくとも徳川の世になって最大の民衆蜂起であることはまちがいなく、京でも幕府は準戦時体制を敷いている。この大木戸も、つまりはその戦争の一環なのだ。

権右衛門たちは、列にならんだ。

尋問の順番が来て、木戸の番人が、

「どこから来たか」

「九州から」

と正直に言えばもちろん疑われる。権右衛門はすらすらと、

「出雲《いずも》国から参りました権助の一家にございまする。われら一同、故地《こち》では長らく細い藁縄《わらなわ》を綯《の》うて国 造《くにのみやつこ》の北島《きたじま》様にお納めしておりましたが、このたびお役御免となり、北島様の紹介をたよりに羽林《うりん》家の四 条《しじょう》様のもとでご奉公させていただくべく……」

「キリシタンじゃな」

「え？」

「うしろにおるのは、肥前大村のあさ女であろう。いや、年頃より見てその娘か」

高声で言う門番の視線は、権助には、いや権右衛門には向いていない。権右衛門はふりかえった。カタリナがうつむいて切り髪の先をふるわせている。

うつむいていても、その顔色は、これまで権右衛門も見たことがないほど蒼白と知れる。権右衛門は愕然とした。番人はその手にしている棒のようなもので地面をどんと突き鳴らし、鼻を鳴らして、

「あさは、かつて京におったのう。何しろ熱心な信者じゃったのう。わしが捕らえたわけではないが、事前の内偵で、何度もことばは交わしたわ。あのころはわしも市中の警備が掛りでの

う。たしか夫もお仕置きされたのだったか。そうかそうか、あれに娘がおったかのう。こうまで顔がそっくりでは見誤りようもなかった。みやこの水が忘れられなんだか。それとも天草のために仲間をあつめに参ったか」

この時代には、ジャーナリズムがない。出版も放送もないしSNSもない。つまりは顔写真がない。このため人々は他人の顔をつねに動くものとして見ているし、その見る数も、こんにちと比べると大したことはない。

おのずから、一度見た顔に対する記憶力は強くなる。約二十年のあいだを経て母をたよりに子の顔をそれと気づいたこの門番の認知能力は、この時代としては決して特殊ではなかったのである。権右衛門はわけがわからなかったが、要するにカタリナの両親は、

(京でつかまって、京で死んだ)

そのことだけは、はじめてわかった。誰からも聞いたことのない事実。番人は、その場で権右衛門たちを拘束した。

親子三人、人の目のなかで縄を打たれた。

近くの屋敷へつれて行かれるや否や、妻子と別れさせられた。女囚には女囚用の牢屋があるのだという。権右衛門はひとりで中庭へ引き出され、尋問を受けることになった。

まずは、ここでも踏み絵である。やっぱり和紙に墨の線で、しかしかなり念入りに描かれた聖母マリアと赤ん坊のイエス・キリスト。権右衛門はそのマリアの鼻の上へ土足で立って、

「ああ、お奉行様、申し訳ありません」

縁側を向いて正座した。

縁側の上には、武士がいる。糊のきいた裃をつけ、袴をつけ、威儀を正してこちらを見おろしているあたり、どれほど事態を重視しているかがうかがえる。ここでの「事態」とはもちろん権右衛門の捕縛ではなく、天草の乱である。

口をひらいて、

「わしは奉行ではない。その配下の同心じゃ」

権右衛門はそれでも、

「お奉行様、お奉行様」

正座したまま猫のように背をまげ、頭の上で手を摺《す》り合わせながら、

「申し訳ありません。俺は嘘をつきました、出雲大社うんぬんと。じつは門番様のご指摘のとおりキリシタンだったので、ばれたら死罪と思うて、恐ろしくなって。ええ、ええ、ほんとうは肥前西彼杵より参りました。村人がみんな天草に加勢すると言いだして、わしら一家は反対したのですが、どのみち村にいられなくなって。ええ、ええ、棄てます。棄てます。泥足でも踏みます。え？　その村人の名ですか？」

権右衛門は、すらすら答えた。おおよそ三十人にも及んだろうか。洗礼名から、世をしのぶ俗名から、顔かたちの特徴から乱以前の暮らしぶりまで。

この情報を、武士は良質と見たらしい。ぜんぶ真実なのだから当たり前ではあるのだが、にわかに立って、ものものしい口調で、

「権助とやら」

「は、はい」

「本来ならば死罪に処するところなれど、奉行にはわしが取り成す。棄教に免じて刑を減じていただこう。しばらく寺のあずかりとする故、よくよく仏の功徳のありがたさを身に沁ませよ」

二日間の入牢ののち権右衛門は、寺町丸太町の、やたらとむつかしい字の名の曹洞宗の寺へ送られた。

朝から晩まで座禅とかいう座りっぱなしの修行をさせられて、

(こんなのが、功徳か)

内心で毒づきつつ、カタリナとパオロを待った。これまでの経験からして、彼女たちもあの偉そうな組頭殿の前でおなじように絵を踏むだろう、おなじように故郷の村を売るだろう。そうしたらこの寺にひっぱられて来て、座禅をやって、

(京の街中で、三人、侘び暮らしだ)

三日後、来ない。

十日後、来ない。

十五日くらい過ぎたところでとうとう、

「まだ来ませんか」

若い修行僧に聞いた。僧はにんまりして、

「火あぶり」

「えっ」

「大木戸付の牢から三条河原へ送られて、火あぶりになったそうじゃ。わしも見たかった。さ

だめし見ものじゃったろうのう」

「え、な、なんで」

「それはな」

得意そうに明かした。何でも彼女たちは組頭の前に引き出され、最初は例の絵を踏んだものの、その後、権右衛門が故郷の村人の名前その他を白状したと聞いたとたん態度を変えた。絵から足を離し、ひざまずいて絵を手で撫でて、胸の前で十字を切ったのだという。

「十字を」

権右衛門は、絶句した。キリスト教徒の祈禱のしぐさ、信仰のあかし。自殺行為そのものではないか。

「権右衛門、おぬしはまことに幸運じゃったのう。おぬしが世の真の姿に目ざめ、正しいことをしたからこそ邪教の母子は追いこまれた。もはやこれまでと覚悟したのであろう。おぬしは心の牢から切り放されたのじゃ。まこと幸運、幸運」

若い僧の目はきらきらしていた。心からの好意で言っていることは明らかだった。

胸中に、無数の疑問符があらわれた。カタリナもパオロも、なんでいまさら？　カタリナが両親の何かを思い出したのか？　ここで助かっても京での生活は無理だと思ったのか？

それとも、

（これか）

これが生まれながらのキリスト教徒と、自分のような後付けのそれの差なのか。わからない。わかる必要ももうない。事情はどうあれ、妻と子が死んで自分ひとりが生き残った事実は動かないのである。

（命汚い）

権右衛門は、若い僧をぶん殴った。寺を出た。もはや京にはいられない。西国や九州へも戻れない。生きようと思えば誰ひとり自分の顔を見たことのない土地へ行かなければならない。

江戸へ。

自然に心が決まった。これまでの旅でいろいろ話は聞いていた。江戸はついこのあいだ——三、四十年前——徳川家康《いえやす》が城をかまえたばかりなので、街そのものが建設の途上にあり、仕事ならいくらでもあるという。

行ってみると、そのとおりだった。流れ者をも排除しないどころか、何とまあ普請現場へ送りこむ周旋屋まであった。もっともこれは、ひょっとしたら古来あらゆる政権が禁じたあの、

（人身売買、では）

権右衛門は警戒したが、周旋屋というのはあくまで紹介業であり、労働の上前をはねるだけなので、本人の所有権を本人から引き剝がすようなことはしないのだという。

権右衛門には、これだけでもう江戸の街は文明国だった。さっそく人足として城の南東へ派遣してもらった。毎日まいにち京橋川や隅田川のまわりを埋め立てる。ぐずぐずの湿地へ土を入れる。純然たる肉体労働である。つらいと言って辞めて行く者もいたけれど、権右衛門には、むしろこんな楽な渡世はなかった。

かつての大野の山での開墾とくらべれば道具も人もそろっているし、その日のうちに給金がもらえる。日雇いという制度の先進性である。働くうちに年があらたまり、人足仲間から、

「島原の乱が、鎮まった」

と聞いた。幕府はさんざん手こずったあげく、結局は江戸から「知恵出づ」と人に呼ばれる、松平《まつだいら》伊豆守《いずのかみ》信綱《のぶつな》という特に切れ者の老中をじきじきに原城へ出張らせたところ、たった二か月で片をつけてしまったという。

「ちえいづ？」

と権右衛門が首をかしげると、その仲間は、

「伊豆守だから、出づってわけさ。うまいこと言うよ」

「で、その原城の一揆は……」

「ほとんど全員、討ち死にだとさ」

これを聞いて権右衛門は、

「そうか」

「たったひとり山田なんとかっていう絵師が生き残ってたんだが、これは棄教させて、江戸へ連れて帰ったらしいがね。よっぽど絵がうまいんだろうな」

「うん、うん」

ほっとした。

心の底からの笑顔になった。絵師に知り合いはいない。これでもう自分の顔を知るキリシタンは世にいないのだ。そのちえいづとやら、何とりっぱな仕事をしてくれたことか。

その後も権右衛門は、江戸で人足をやりつづけた。日本橋横山町の裏店《うらだな》に住み、せっせとあちこちの現場へ行きながら本願寺の末寺の住職に近づき、少ない給金からたびたびお布施をし

た。

そうして寺手形を奉行所へ提出してもらった。奉行所はこれを受理したので、権右衛門は、ここにおいて真摯な仏教徒であることが公的に認定されたのである。

世間晴れての江戸市民。ようやく手に入れた「ただの人」の境遇。こうなったら、

（もう一生、牢には入らん）

それが権右衛門の信条になった。このまま一生を大過なく送ることが、そうして畳の上で死ぬことが何よりの復讐なのである。あてつけがましく死んで行ったカタリナとパオロに対してのの。この世のあらゆる善良な人々に対しての。

権右衛門、このとき三十八だった。年齢だけは忘れなかった。

†

浅草門は、ひらかない。人々の、

「あけろ！」

「火が来た」

「殺す気か！」

怒号にもかかわらず、死んだ貝のようでありつづけた。

これらのさけびは、門番の耳には届いているのか。いや、そもそも門番がいるのかどうか。いなければ貝は永遠に殻を閉ざしたままである。

巳之吉から、

「おやじ！」

何度目かに呼ばれて、権右衛門はようやく指から歯を離した。指は血でぬれぬれとしていた。巳之吉へ、

「ああ」

「おやじ。おやじ」

「よし。決めた」

「どうするんだ」

「八丁堀《はっちょうぼり》へ行く」

「はあ？」

巳之吉は、権右衛門の肩をゆするのをやめた。ぽかんと目をしばたたくのへ、

「ここはもう埒が明かん。百年経っても開門はねえ。ならもう火元から遠ざかるほかねえじゃねえか。火元は本郷だ。風は南東へ吹いてる。となりゃあ南西方の海ぎわの八丁堀まで」

「気でも狂ったか？　おやじ。俺たちぁ罪人なんだぞ。あそこは近ごろ町奉行の与力や同心どもの組屋敷ができて……」

「つかまりゃしねえよ、こんなときに」

「でも」

「あの堀はその名のとおり八丁（一キロ弱）の長さしかねえんだが、案外、底が深いんだ。なかへ入ってじっとしてりゃ火は上を通り過ぎる。蛸壺《たこ》の蛸みてえなもんだ。え？　何？　ばか

だな、濡れたりしねえよ。この季節はからからに干上がっちまうんだ。ほんとうさ。あそこは俺が江戸へ来てはじめて当たった現場なんだが、掘る前に高く土を入れたもんだから、雨がないと水の引き込みが悪くって」

「…………」

「さあ行こう、巳之吉。ここが正念場だ」

「行かねえ」

「は？」

「俺はここで待つ。門のあくのを」

「ばか」

権右衛門は横っ面をひっぱたいて、

「ここはもう見込みがねえんだ。機転をきかせろ」

「うるせえ」

と巳之吉も権右衛門の頰桁《ほおげた》を張り返して、

「そっちこそ落ちつけ。八丁堀なんか。千住大橋って言ったじゃねえか」

「しょうがねえだろ。次善の策だ」

「男なら初志貫徹だ。機転なんか犬に食わせろ。ころころ戦法を変えたら負けるって偉い兵学の先生も……」

「兵学なんか知んねえだろ」

「いや、じゃあ、よく言うじゃねえか、『からっ風と日雇いは日暮れまで』って。夜になりゃ風はやむ。火もおさまる」

「それまで保たねえ」

「保たなかったら、あきらめるさ」

「勝手にしろ」

権右衛門は頬を手でおさえながら体の向きを変え、足をふみだした。その着物の袖を巳之吉がとらえて、

「おやじ！」

「何だ」

足をとめ、ふりかえると、巳之吉は真剣な顔で、

「なんで俺をえらんだ」

「……え？」

「あのとき」

巳之吉は訥々《とつとつ》と、しかし早口で述べ立てた。さっき小伝馬町の牢屋敷を出たとき、囚人たちはみな権右衛門と行動をともにしたがった。しかし権右衛門は巳之吉を目でさがして、巳之吉ひとりの手首をつかんで引っぱり出した。

「なんでなんだ、おやじ。三日前のいじめで俺だけが本気で殴らなかったからか」

「四日前だ」

「なあ。なんで」

巳之吉は、目がぎらぎらしていた。火の映り込みもあるにしろ、よほど知りたい理由がある

のだろう。権右衛門は袖の手をふりほどき、

「じゃあな」

巳之吉に背を向けて駆けだした。そんなのは自分でもわからない。あとはもう夢中だった。人、人、人があふれんばかりに向こうから来た。まるで川をさかのぼるようだった。

いや、これは比喩にはならないかもしれない。ほんものの川。ほんものの奔流。実際、権右衛門は腕を交互にさしのばし、上を向いて息継ぎしなければ前へ進むことができなかった。権右衛門は背が低いので、人の川の水位のほうがおおむね高かったのである。

権右衛門は、浅草門から遠ざかった。

遠ざかったとしかわからなかった。方角をすっかり見失ったのである。人波に揉まれたせいもあるけれど、それ以上に、火を避けたのが原因だった。

大きなものが目に入ると、つい体の向きを変えてしまうのである。その場しのぎはよくないと頭では理解しているのだが、恐怖には逆らえなかったし、また火はあちこちにあらわれた。何度も飛び火したせいだろう、江戸にはいわば燃えさかる巨人が複数あらわれて、てんでに暴れる状態になっていたのである。

彼らはみな無理無法だった。なかには思いっきり足を上げて、パリパリと長屋をふみつぶすやつがいた。なかには手をひろげて武家屋敷の瓦屋根を指でつまんで、布を剝ぐように剝ぎ飛ばしたやつもいた。またなかには、ふーっと息を吹きおろして街道の砂礫を舞い踊らせ、人々を窒息させるやつもいた。巨人はいったい何人だったろうか。彼らの上にあるのはただ太陽のみだったが、その太陽が西に落ちると、彼らはみるみる小さくなった。

風が、やんだのである。からっ風と日雇いは日暮れまで、という巳之吉のあの俗諺《ぞくげん》はほんとうだったのだ。

江戸は、夜になった。

空には星がまたたき、東の野からは月が顔をのぞかせた。だがもう権右衛門はその光景を見ていなかった。日が沈む前に運よく土蔵をひとつ見つけて、そこへもぐりこんだのである。土蔵は横長の大きなもので、よほど頑丈らしく、一日この火に耐えきったのだ。

どの街の何という商家のものなのか、権右衛門には知るよしもなかったけれど、まさに避難のためにそこにあるかのようだった。ほかにもたくさんの人々が逃げこんで来たので、暗闇のなか、権右衛門はろくに顔も見えぬ人々と体を寄せ合って休むことができたのである。

あんまり気がたかぶっていたので、眠れないかと思ったが、いつのまにかまどろんでいたらしい。つぎに権右衛門が目をさましたのは、眼球にチリチリ、チリチリと音の立つような光の刺激を感じたからである。

（火）

目をひらき、腰を浮かした。

火ではない。陽の光だった。朝になったのだ。権右衛門はまわりを見て、

「うわっ」

大声を出した。

ほかの連中が目をさました。全身煤まみれ、土まみれ、汗まみれの人体どもが腕や足をたがいに折り重ねたまま首をもたげて、迷惑そうな目でこっちを見る。みんなとにかく生きている

のだ。

「あ、いや、すまねえ」

権右衛門は、あらためて周囲へ目をやった。ここはどうやら一種の通路らしい。その奥のつきあたりには縦横《たてよこ》に組まれた角材の壁のようなものが立っていて、その縦横の黒い影をこっちの床へ——床を埋める人々へ——落としていた。

その壁は、何であるか。

権右衛門は一瞬で理解した。しないわけにはいかなかった。木格子。あの鉄製の海老錠はないし、下のほうには子供が通れるほどの破れ穴もあるけれど、それでも吐き気がするほど見なれた光景だ。太陽の光はそのさらに奥、高窓から降下していた。

そう、ここは土蔵などではないのである。きのうまで自分がいた、

「牢か」

爆笑した。こんどは他の避難民から、はっきり、

「うるせえ」

「赤ん坊が起きる」

抗議を受けたが、権右衛門は笑いつづけた。おのれの意志は関係なく、どう止めたらいいのかわからなかった。そりゃあ頑丈なはずじゃないか。いくら屈強の囚人をつめこんでも決して破壊されぬほど分厚い外壁。あらゆる外部からの襲撃を想定したあげく何度も上塗りされた漆喰という耐火材。

すきまなく葺《ふ》かれた屋根瓦も、もちろんいっそう耐火性を高めている。牢屋敷というのは土

蔵ではないが、最強の土蔵造なのである。考えてみれば権右衛門はきのう浅草門で行く手を阻まれたとき、浅草門をあきらめた。

八丁堀へ行こうとした。その終着がこの小伝馬町のなつかしき故郷だったということは、大まかに見れば、向かった先は正しかったことになる。

偶然なのか、能力なのか。しかしながらそうなると、あの牢屋奉行・石出帯刀の温情は、

(何だったんだ)

ここがいちばん安全だったのならば、そもそも切り放し自体が無意味だったわけだ。もっともそれは結果論だろう。実際もしも自分たちが釈放されず、牢内に監禁されたまま戸外の業火にさらされていたら、自分たちは狂乱のあまり何をしたかわからなかった。おたがい殺し合ったかもしれない。火事場の馬鹿力で木格子を突き破ったかもしれない。

権右衛門は、ようやく笑いがおさまった。

あらためて見ると牢番はいない。役人はいないし囚人もいない。いるのは被災者だけ。でもやはり長居したくなかった。これから来るかもしれないではないか。権右衛門はまるで自分が罪人でもあるかのように、まあ罪人だが、そそくさと屋敷の外へ出たのである。

出たとたん甘いにおいがして、

「あ」

江戸が、ない。

権右衛門は、呆然とした。

もしくは「ない」と同義だが、とほうもなく広かった。地平線までの焼け土。灰色の雲がは

るかかなたで地平線とにじみあう。建物はないにひとしく、生きた人はいないにひとしく、本来その上を網の目のように這っているはずの大小の道もどこにあるかわからなかった。

実際には、地を覆うのは土だけではなかったろう。灰や、石や、割れた瓦や食器などもあるのだろう。それらが一体となって混じり合って見たこともない色になり、きらきらしている。いったいに職業人としては半生を大地との戦いのために費してきたといえる権右衛門ですら、これを開墾しようとも、造成しようとも思わなかった。

或る意味、完成された美しさだった。あんまり何もないので風が吹くと砂塵が巻き上がり、風のかたちが明瞭に見える。

「こりゃあ、まあ……やっちまったな」

心がやや落ちついて来ると、ほかのものも見えだした。

何より顕著なのは死体だった。ところどころで山になっている。人間の大人や子供のみならず、犬猫のそれもあるように見える。

甘いにおいの正体はこれなのか。まさか風で吹き溜ったわけでもあるまいに、どういうわけか地面へのばらつきかたが均等ではなかった。その死体をねらっているのだろう、空では黒い鳥がぎゃあぎゃあ鳴き交わしていて、ときに一羽、また一羽と翼をたたんで急降下する。足をのばして着地する。

死体のほかには、そう、ときどき土蔵が残っていた。ほんものの商家の土蔵である。

やはり火に強かったのだ。さだめし内部は、いまこのとき、どれも避難民でいっぱいなのだろうと権右衛門は思った。財産を守れるくらいだから人間などは容易に守れる、そういうことなのだろうか。

　ふと思いついて、北東のほうを見た。

　これだけ地上に何もなければ浅草門が見える。そう思ったのだが、それらしきものは見えなかった。方角は合っているはずだから、門ごと焼け失せたのにちがいない。

「巳之吉」

　口に出した。

　まず、だめだろう。あの場で死んだことは確実だった。名前からして巳の年の生まれ、だとしたら享年十七。

（かわいそうに）

　天変地異、ということばがある。

　天災とも呼ばれる。この世のあらゆる現象をすっぱり自然のものと人間のものとに分けて、そのうち自然のほうに起因するものという。

　人間は、その前では無力だという。

（だが）

　と、権右衛門はこの光景の前で考えるのである。そもそも純粋な天災などが存在するのか。

　権右衛門はかつて、大野の山で開墾の仕事に従事した。畑のないところに畑をつくり、人の住めないところに人を住まわせた。その経験があるからわかるのだが、人のいないところに天災はない。

　火が出ようが、地震が起きようが、鉄砲水が押し寄せようが、日照りつづきで草木が枯れようが、それ自体はただの自然である。それ以上でも以下でもない。当たり前ではないか、それを天災とみとめる人間の目がないのだから。

今回の火事だって、きのうの朝までここに江戸があったからこそ火事なのである。江戸が巨大だったからこそ大火なのである。これから江戸が立ち直るのか、それともこのまま土に還るのか、権右衛門には知りようがないけれども、どっちにしろ人はまたどこかで体を寄せる。

密集の度を高め、支配と被支配の関係をつくり、ものを売りまたは買い、それらのための建物をこしらえて、いわゆる街を成り立たせる。そうしてその街がまた灰になるのだ。

すなわち人は、この世に自然のあるかぎり、この世に人であるかぎり天災にかならず追いつかれる。人のいるところに天災がある。逃れるすべはなく、あるのは逃れかたの上手下手だけ。または運だけ。

むろんこんな感傷は、しみじみと、

（助かった）

その安堵と一対である。

俺はあの火を生きのびた。才覚と運で生きのびた。俺はまちがってなどいなかったのだ。今後も目標はおなじである。牢には戻らん。一生を大過なく送る。

命汚かろうが何だろうが、畳の上で安らかに死んでみせる。そのためにはまずどこかで、

（水を）

権右衛門は、ふたたび前を見た。きょろきょろ左右へ首を向けて、体を動かしかけたとき、

どこかから、

「火だっ」

権右衛門は、

「まさか」

ほんとうだった。権右衛門は、体を左へ向けた。千代田のお山をかすめるようにして、空でさかんに煙が湧き出している。

煙の色は、黒と灰色のまだらである。太い。小火《ぼや》などという話ではない。小石川あたりの武家地だろうか。なるほど本郷からすれば風上にあたる場所なので、きのうは焼けなかったのだろう。火事も人間とおなじだった。ただ夜寝て朝起きただけ。

とたんに風が吹きはじめた。からっ風である。きょうも、きのうとおなじ一日。権右衛門は急いで建物のなかへ首をつっこんで、

「火が出た。小石川だっ」

いちおう教えてやったのち、体の向きを変え、焼け土の荒野へ身をおどらせた。やはり江戸の外へ出なければならない。そのためには結局、

「千住大橋。千住大橋」

ぶつぶつ言いながら権右衛門は駆けた。最短距離をたどるなら浅草門をめざすべきだが、やめるほうがいい気がして、正反対の方向をえらんだ。つまり南。江戸城の南から西へ。西には四谷門がある。これは扉があいていた。四谷門から西へ出て、北へ折れ、折れつつ東へ向かう。

江戸の郊外を大迂回したのである。あとはもう東へ東へ。嘘のように平和な冬の農村風景の

なか、権右衛門は巣鴨《すがも》村を抜け、田端《たばた》村を抜けた。

途中、二、三度、小さな川に行く手をさえぎられたが、これはそのつど渡し舟を雇った。船頭に渡し賃を要求されたが、

「すまねえ。焼け出された」

手を合わせたら、みんなあっさり、

「そりゃあ難儀な」

乗せてくれた。どこからでも江戸の火は見えるのである。空は灰色の雲に覆われていたので、火のかがやきは、その雲にちかちかと稲妻のように照り返った。

しかし何しろ長距離だった。足が言うことを聞かなくなった。前日の疲労にさらに空腹が重なったせいである。きのう牢を出てから何も口にしていないのだ。日が暮れかけるころ、権右衛門はようやく千住大橋にたどりついた。

これを渡れば、千住の宿である。そこにはむかし世話をしてやった人足、いまは馬引きをやっている林三というやつがいる。先々の路銀も貸してくれるだろう。だが権右衛門は、

「…………」

その橋を、渡ることをしなかった。

というより渡れなかった。体が動かない。限界だった。かろうじて橋の手前で河原へ下り、黒い土の上に両ひざをついて、川面にじかに口をつけて水をごくごく飲んだ。飲んでも飲んでも止まらなかった。

腹がふくれて、ますます体が動かなくなった。その場であおむきになる。きのうより寒い。

息が白い。

視界の左半分を橋の裏が占め、右半分を夜空が占めた。

夜空には、月も星もなかった。あるのはいちめんの墨色の雲だけ。

「……ああ」

頭がぼんやりする。ひどく眠いようである。腹のなかで何かがたぷたぷしているようだが、それが何なのかはもうわからなかった。

雲から、雨がふりだした。

光の雨だった。長い尾を引きながら、蝶がふらふらと迷うように権右衛門の顔へ落ちて来て……。

「あれ？」

唇をわななかせ、つぶやいた。雨ではない。どこかで見た光景だ。

「ああ、ゆき」

つぶやいたとたん、

（なぜ）

その疑問が、脳裡に降臨した。

なぜカタリナは、あの砂浜にいたのか。

四十年、いや三十九年前。自分が十八歳になったとき。破れ舟のなかで息絶えようとしている自分に声をかけ、キリスト教徒だと告白し、そっと手をさしのべて来た。

あれで自分は救われたのだ。しかしカタリナはなぜそこにいたのか、なぜ危険を冒してまでキリスト教徒だと告白したのか、彼女は聞いても言わなかったし、死ぬまで言わなかった。聞いても話をそらすだけだった。

その「なぜ」が、権右衛門はいまわかったのだ。

（奇跡）

かんたんな話だ。カタリナは奇跡。それだけの話だった。あの天草の四郎とかいう胡散くさい一揆勧誘の偶像みたいなやつよりも、はるかに本物の天の使い。神の化身。そうだ、あの雪もきっとカタリナがふらせたのだ。俺を救うため。俺を信仰にめざめさせるため。

してみると、この川べりの雪もまたおなじだ。カタリナが。どこから。きまってる。キリスト教徒のいう神の国、正しい魂だけが入ることのできる桎梏《しっこく》のない世界、真に解放された世界。あの天国というところからだ。

そうして奇跡には、かならず予兆というものがある。

たしかに、あった。権右衛門は思いあたった。半年前だ。あの小伝馬町の牢屋へ入れられたのがそれだったのだ。きっかけは日本橋横山町の裏店に役人が来て、土間に聖母子像を置いて、

「踏め」

と言ったことだった。

権右衛門はそのとき、よく働く人足だった。むろん仏教徒でもあった。ちゃんと本願寺の末寺の住職にたのんで奉行所へ寺手形を出してもらっている。しかしながら元キリシタンという理由からか、それとも役人によくある仕事の上での惰性からか、その後もたまにこういう機会

があったのである。

このときは、たしか五年ぶりだったか。権右衛門は踏む気だった。草履をはいたまま右足を上げた。あとはそれを下ろすだけ。かつて何度もそうしたように。

が、

「どうした。権右衛門」

顔見知りの役人が首をひねり、けげんな顔をしたものだ。

権右衛門は、右足を上げたままだった。

下ろそうとして、下ろしかけて、しかし見えない茨にでも触れたかのように足をはねあげた。

何度くりかえしてもおなじだった。その絵はなぜか、そのときばかりは、和紙ではなかったのである。

杉か何かの板だった。いや、それはいいのだ。問題は絵だった。もしもその上に描かれているのが従来どおり墨の線で描いたものだったなら、伝統的な東洋の画法によるものだったなら、権右衛門に躊躇はなかっただろう。だがその聖母マリアの顔は、赤ん坊のイエス・キリストの顔は、色がついていた。

赤、青、白、黄、いろいろな色で塗り分けられ、その塗り分けによって顔になっていた。特にマリアの頬のあたりの、まるで湯から上がったばかりのように朱のさした肌の色など、その肌のにおいまで立ちのぼって来る。

それだけではない。聖母の顔には、赤ん坊の顔には、奥行があった。眼窩《がんか》はくぼんでいるとしか見えず、鼻はもりあがっているとしか見えなかった。光のあたるところを白っぽく、陰影になっているところを黒っぽくしているのが秘密かと目をこらしてみてもどうにもならない。こんなのははじめて見た。これは絵などではない、人間の肉そのものではないか。

（人間の）

そう感じたとたん、それはもう聖母子ではなくなっていた。

カタリナとパオロになっていた。死んだはずの妻と息子がいまにも板から抜け出して来る。そうして笑顔になり、唇をひらいて、何かゆっくり語りはじめる。

これほど恐ろしいことがあるだろうか。権右衛門は踏めなかった。とうとう右足を下ろしてしまった……絵の手前の土間にである。それから号泣して両ひざをつき、手をさしのべ、ふたりの顔をなでた。

真っ平らだった。あっと我に返ったときにはもう遅かった。権右衛門はその場で捕縛され、町奉行所で吟味を受け、遠島刑を言いわたされた。そうしてその執行を待つべく小伝馬町へ送られて、魚の頭でも投げるようにして牢に放りこまれたのである。

これが奇跡の予兆だった。権右衛門は囚人になった。あとはもう脱出を夢みるだけの日々。そのさい脱出のきっかけとして江戸の大火に期待したのは、ひょっとしたら、妻と息子の死にかたが頭にあったのかもしれない。彼らは火あぶり、すなわちキリスト教徒に対する特別の極刑に処されたからである。結局、この期待は現実になった。これもまた奇跡の一部なのか。江戸では火が荒れ狂い、善良な市民を焼き、権右衛門は牢をのがれた。

二日間かけて、ここまで逃げることができた。だが、

「……ここまで」

権右衛門は、つぶやいた。

あいかわらず橋の下であおむきである。背中の土がつめたかった。畳ではない。いや、そんなことはどうでもよかった。いまはもう奇跡に身をゆだねることしか考えられなかった。

空からは、雪がふりつづいている。

静かに、やわらかく。橋も雲もわからなかった。やがて視界のすべてが羅《うすぎぬ》をかけたようにぼんやりして、そのなかで雪が、雪だけが、輝きを増して星そのものになった。

何だかこっちのほうが宙に浮きだしたようである。もう背中はつめたくない。権右衛門はまばたきした。見えない雲がゆっくり近づいて来る。まわりが昼のようになる。

右手は、胸の上にある。指が動く。ほんのわずか。だが確かに。権右衛門はこの天災のように自分の人生を襲って来た信仰への挨拶のようなものとして、指一本で十字を切った。

†

明暦の大火は明暦三年一月十八日に発生した。火元は本郷丸山の本妙寺。火は三日間にわたり鎮火と出火をくりかえして江戸のほぼ全土を焼き、江戸城までも灰にした。

焼失した武家屋敷は約千、寺社は三百五十あまり。町家にいたっては数えきれず、死者は十万人を超えたという。大部分は焼死だったが、なかには川での溺死、人の密集による圧死、夜間の低い気温による凍死も少なくなかった。徳川約二百六十年を通じて最大最悪の火災だった。

鎮火後、江戸復興の陣頭指揮をとったのは幕府老中・松平伊豆守信綱である。通称「知恵出づ」。本編では島原の乱をたった二か月で片づけた一種の軍人として登場したが、その「知恵」は、じつは乱後のキリシタン取り締まりでも発揮されている。原城から連れ帰った絵師・山田右衛門作《やまだえもさく》を自邸に住まわせ、聖母子像を描かせ、踏み絵の道具にしたなどはその顕著な例である。

山田右衛門作は、いわゆる南蛮絵師だった。まだ日本にポルトガル人やスペイン人の宣教師がいたころ、彼らに学んで、陰影法や透視遠近法を駆使する西洋画法をわがものにした。

山田の絵はあんまり迫真的だったため江戸の人々は驚嘆し、キリシタン取り締まりにも効果をあげたという。もっとも、画材が足りなかったのか、それともほかに理由があるのか、彼の「作品」の数は少なかった。踏み絵に使う聖母子像などは、その少ないものをあとあとまで使ったのだろう。

小学校教師

昭和三十八年裏日本豪雪

お正月は、まだ土が見えてましたね。

ええ、あの大雪の話です。私の実家は新潟《にいがた》県の山間部、西吉谷《にしよしだに》という集落にあります。信濃《しなの》川を河口から九十キロほどさかのぼったところ。家を建てたのは祖父です。祖父は植木師で、庭木を育てて造園会社へ卸す仕事をしていたんですが、家の庭に築山をこしらえたり、そのてっぺんに五葉松《ごようまつ》を植えたりと、ちょっと風流好きでした。

その松のまわりが黒い土だったんです。ほかの芝生の部分もまず白い紙を敷いたくらいのもので、近所のおじさんが、

「スキー場は、経営だいじょうぶだろっかね」

なんて言うのが聞こえました。私も葉書を出しに行ったんです。元日の朝、年賀状のお返しを。ちゃんと郵便ポストの差出し口へ入れられましたよ。

父もおなじ元日の朝、やっぱり家の外へ出ました。毎年のならわしで近所の共同井戸へ若水《わかみず》を汲みに行ったんです。

たしか長靴もはいてなかった。調子がよかったんですね。じつを言うと父は少し前から体のふしぶしが痛い、折れるように痛いって言うようになっていて、日によっては朝も起きられなかったのですが。

お医者の見立ては、慢性関節リウマチ。私が帰省したのもその看病のためだったんです。それでなくても母ひとりじゃあ年の瀬のお客さんの接待と、大そうじと、お正月の支度だけでも精一杯だったし、お医者からは人にうつる病気じゃないと言われていましたから。久しぶりに私の顔を見て、お父さんの体もほっとして、痛みもどこかへ行っちゃったんだよなんて話してました。

若水は仏壇に上げて、それからお屠蘇のかわりにしました。父はのっぺ（のっぺい汁）を四杯もおかわりして、お酒も飲んで、それがいけなかったのかもしれません。一月三日の朝になるとまたたいへんに苦しみはじめました。

寝床のなかで海老のように体が反《そ》ったり、丸まったり。三十八度八分の熱も出るし、両ひざは木の瘤《こぶ》みたいに腫れあがるし、お医者に来てもらったら、

「ふつうは女しょがかかる病気なんだがんに」

なんてぶつぶつ言いながら、結局は痛みどめのお注射を打っただけ。打った当座はおさまったけれど、切れたら痛みだしました。お医者は何度も呼べません。飲み薬はお注射ほどには効きません。おろおろしているうちに母まで床に伏してしまって。

関節の痛みこそないものの、体がくたびれたって言って、はっ、はって息が浅くなって。お医者を呼んだら、またかっていう顔をされましたが、

「過労だっや」

つまり働きすぎ。母はまるで譫言《うわごと》みたいに、

「先生かんべんね。何度もかんべんね」

お医者が帰ると、こんどは、

「かんべんね、お父さん。かんべん」

父はべつの部屋で寝てるのに。看病しているのは私なのに。母はそういう人なんです。

私は、迷いました。予定どおり東京へ戻るかどうか。何しろ小学校の教師をしているもので、勤め先は練馬《ねりま》区の或る小学校なんですが、どんなに遅くても始業式の前の日には間借りしている板橋《いたばし》の親戚の家へ着いていなければならないんです。

荷物もまとめてありました。母などは、例の損な性分ですから、

「仕事なんでしょう。こっちはお母さんが何とかするすけ」

って言うんですが……私は、東京の校長の家へ電話をかけました。

ええ、そうです。長距離電話なので気がさしましたが、かくかくしかじかと事情を話して、

「休ませてください」

校長の返事は、

「わかった。それじゃあ当面の措置として、君の受け持ちの四年七組は浜尾《はまお》君に見てもらおう」

案外あっさり。お小言のひとつもなし。まあ職場には組合活動に熱心な先生もいますから、そっちを気にしたのかもしれませんけれど、それはそれとして、

「浜尾先生、ですか」

私は、それが気になりました。校長の声は、

「……ああ」

「ほかには……」

「みんな手いっぱいなんだ」

嘘ではありません。校長としても苦渋の決断であることは、私にはよくわかります。でも仕方ない。あの意気地なしの新人がこのさい何とかしてくれることを祈るしかない。私は、

「わかりました。お願いします。すみません。すみません」

何度も頭をさげて電話を切り、両親の看病をつづけました。言い訳じみるようですが、何といっても私はひとりっ子で、もう二十五です。そろそろ嫁に行く年ごろなので、こんなふうに両親とすごせるのは実際最後かもって思ったことも事実なのです。きまった相手はいないんですけど、あるいはこれが一生に一度のわがままかもしれません。

そうこうするうち、父がややよくなりました。母も起きて台所に立つようになり、安心して家を出ようとしたのが十一日。

その日に、ええ、激しく雪がふりだしたんです。昭和三十八年（一九六三）のことだから三《さん》八豪《ぱち》雪と呼ばれることになる、そのはじまり。

あんまり激しいものだから出発は延ばすことにしましたが、次の日も、次の次の日も……ときどき小やみにはなるものの、灰色の雲は去る気配がない。一息ついたらまた空から落ちてくる。

父も母も私も毎日ゴム長靴をはいて、シャベルを持って、雪かきをしました。うちは道から引っ込んだところに門があります。ほんの二、三十メートルだけれども、その道と門のあいだは通れるようにしておかないとたいへんなことになります。雑貨屋へ塩、たばこを買いに行くことができませんし、新聞が届かないから天気予報がわからない。

何より薪炭屋《しんたんや》さんが来られない。うちは台所がまだプロパンガスじゃなかったので、豆炭《まめたん》がないとお湯も沸かせないんです。

そんなわけで私たちは日に一度、ときには二度も三度も、この単純労働に精を出しました。路地の左右には雪の壁ができますが、その壁は、あっというまに腰くらいの高さになりました。もちろん庭にまでは手がまわりませんから、五葉松もすっかり雪綿《ゆきわた》をかぶって。黒い土なんか見えなくて。

私は、かえって決心せざるを得ませんでした。この調子では雪かきで冬が終わってしまう。三学期の授業をまるまる浜尾先生にまかせてしまうことになる。いくら何でももう延ばせないと思って、十九日には父と母へ、

「私、行くっけ」

と告げました。

父はきびしい顔でうなずいて、

「仕事が大事だ」

母はにっこりと、

「おらちはだいじょうぶ。ドカ雪は里雪《さとゆき》だすけ」

と、この集落でよく使われる言いまわしをしました。雪が多量にふるときは日本海ぞいの平野部にふる、山間部にはふらないっていう意味です。むかしながらの経験則なのでしょうし、私も正しいと思いますが、あくまでも比較の上での話であることは言うまでもありません。実際はどっちもふるわけです、平野だろうが山だろうが。

母はつまりそう言うことで、私の気を軽くしたのです。私はただ、父と母に、

「体は、大事にね」

とだけ言い返しました。

翌日の朝、また荷物をまとめました。なるべく身動きしやすいようトランク一個とハンドバッグだけにして、玄関先に置いておいて、夕方にさあ最後のご奉公とばかり屋根へ上がったのがいけなかった。ゴム長靴の足をすべらせて、お尻から雪の山へすっぽり落ちてしまいました。

英語のVの字のように体がまがって、ひざと顔がくっついたまま出られなくなって。たまたま雪はやんでいました。目を上へ向けると、黒い長靴のつま先ごしに雲がちょっぴり切れているのが見えました。そこから焼けた青空がのぞいているのが針で刺すほどにまぶしくて。三十分ほどで父と母に救出されましたが、腰を痛めたので、

「大事を取って、あしたは家にいることにするわ。あさって発《た》つ」

と私は言いました。

青空を見たことで油断したのかもしれません。この一日が運命をわけました。予定どおり翌日に出発していたらまず通常どおりの時刻表で、あるいは少し遅れただけで、東京に着くこと

ができたのでしょう。ところが出発の日、一月二十二日は、朝早くから大雪でした。

市街では目もあけられないほどの猛吹雪だとラジオのニュースが伝えています。もう仕事は休めません。学校へ長距離電話をして、はきふるしの青いズックをはいて、傘をさして、私は家を出たのでした。

めざすは越後川口《えちごかわぐち》の駅。もちろん歩きです。距離は八、九キロメートルだから夏ならば三時間もあれば行けるのですが……思いのほか楽でした。

家からの山くだりは、何ぶん子供のころから慣れた道です。道自体もまだアスファルトで舗装していない砂利《じゃり》敷きの道だから、すべってころぶような無様《ぶざま》はしません。くだりきったら平地です。見わたすかぎり田んぼが広がっているはずですが、雪が激しくなったため、目の前しか見えませんでした。

それでも畦《あぜ》と畦のあいだの農道——やっぱり砂利道——だけは雪が除《の》けてありましたから、私は下を向きながら、くるぶしくらいの雪をふんで歩くことができました。

左右は顔ほどの高さの雪の山。例年よりも高いでしょうか。ただし歩きながら脳裡を去らなかったのは、越路《こしじ》に乗れなかったらどうしようということでした。

越後川口からは急行「越路《こしじ》」上野《うえの》ゆきに乗るつもりだったのです。急行は一日に何本もあるわけではありませんし、いくら何でも普通列車で上野までなんて考えるだけでも気が遠くなります。時刻表はあてになりません。わが新潟はもちろん近隣諸県でも国鉄のダイヤが大幅に乱れていることは、家を出るときラジオで聞きました。運休の便も出ることでしょう。この帰京が成功するかどうかは、駅に着いてみなければわからないのです。

結局、駅まで六時間しかかからなかったのは、まず想定どおりというところ。ズックはずぶぬれ。問題は急行。改札口ごしに見るプラットホームには……ああ！　急行「越路」が堂々と私を待ってくれているではありませんか。

窓口できっぷを買い、ホームに入りました。ホームは屋根があり、格段に歩きやすいので、うれしくなって先頭のほうへ行ってみました。

全体が濃い色の電気機関車。その前面で黄白色にかがやく一個のライト。たかだかとそびえる鉄骨の城のようなパンタグラフ。

そのうしろに連結された客車たち。これももちろん実際は私を待っていたわけではなく、雪で発車できなかったのでしょう。長岡《ながおか》——ここから少し新潟寄り——のような大きな駅でならともかく、こんな越後川口のようなところで足どめを食うのは、例年の冬でもないことなのですが。ことしの特別な天候が逆に幸いした恰好でした。

二等車のドアをあけてもらって、なかへ入ると、暖房がきいている。あいている座席もある。私はひどく安心しました。

ああ、現代って何ていい時代だろう。

そんなふうにさえ思いました。あとはただ座っているだけで体を上野へ運んでもらえる。誰かの看病をすることもないし、屋根から落ちることもない……このとき私は、おそらくは、いまだじゅうぶん理解していなかったのでしょう。今回の雪の深刻さを。

現代という時代の無力さを。

†

始業式の日、登校したらいきなり校長室に呼ばれて、

「浜尾君。きょうから四年七組を受け持ってくれ」

と言われたときにはびっくりしました。何でも担任の鳥井《とりい》ミツ先生がご実家で両親の看病をしなければならないのだそうで、その帰京まで、授業やら給食やら学級会やら、あらゆる面倒を見てほしいのだと。

僕は、目の前がまっくらになりました。

まだ大学を出てから一年も経ってないんです。三月まで四年生だった。いえいえ、もちろん知っています。大学なり短大なりを卒業した翌月にもう学級担任を言い渡されて、通りいっぺんの知識と、教育実習の思い出と、指導要領の文言の断片的な記憶だけをたよりに内心どきどきしながら黒板の前へ出て行く人がいることを。

というより、むしろそういう教師のほうが多いことを。僕もそうなるはずでした。じつはことしの四月に、いえ、もう去年になりますか、五年四組の受け持ちが決まりまして、教室へ行って、最初に出席を取ろうとして、

「あ、あ」

声が出なくなったのです。

頭が火鉢の鉄瓶《てつびん》さながらにカッカして、舌がもつれて。あんまり動悸が激しくなって恐ろし

くなったので、いちばん前の席の子の机へ出席簿を置いて、そのまま家へ帰ってしまいました。

これは大事《おおごと》になりました。翌日おそるおそる職員室へ入ると、ほかの先生に、

「甘ったれ」

「職務放棄だ」

などと一斉になじられましたし、教頭からも、

「いまの若者は、これだから駄目なんだ。土性骨《どしょうぼね》がすわっとらん」

まったくそのとおりと思いましたが、どうなるものでもありません。

そう、僕はあがり症なのです。子供のころからそうでした。人前へ出ると、くすくす笑う声が聞こえる。みんなが僕のいないところで悪口を言っている光景が見える。気のせいと言われればそれまでですが、高校生のとき本を読んだら「不安神経症」という病気の名前にぶつかりました。よく僕にあてはまるような気がしたのですけれども……結局、この不始末は「新任だから」という理由で許されることになり、担任は交代。学校には余剰人員がなかったので、急遽、定年退職したばかりの先生をふたたび嘱託のかたちで呼び戻しました。

以後、僕は、職員室で孤立しました。

誰も親しくしてくれない。通りいっぺんの仕事のことは話すけれど、下校後の麻雀には誘ってくれないし、居酒屋での酒盛りにも呼んでくれない。ほかの新人は呼ぶのだから心にこたえます。意地悪するのは児童だけじゃないんだなとぼんやり思い暮らす日々のなかで、ただひとりの例外が鳥井先生でした。

「浜尾先生さ、あがり症なのに、なんで教師になったの？」

なんて、ずけずけ聞いてくれる。僕はかえって気が楽になって、

「ふつうの会社に入ったら、大人を相手にしなきゃならないでしょう。そこへ行くと相手が子供なら本調子で話せる」

「と思ったのね」

「はい」

「叫んだら？」

「え？」

「ひとつ人前でうんと大声出してみるのよ、何でもいいから。そうしたら、あがり症なんて一気に吹き飛んじゃう」

乱暴な意見です。僕は静岡《しずおか》県の浜松《はままつ》に生まれて、子供のころ池袋《いけぶくろ》に引っ越して、そのまま池袋で育ちました。わりあい都会っ子のつもりなので、いやいや鳥井先生、そんな単純な話じゃないんですよって言いたかったけれども、とにかくその親身なことはありがたかった。胸にほんのり常夜灯がともったような気がしました。べつの機会には、

「あたし、二十五の嫁《い》き遅れよ」

って言ってましたから、僕よりも三つしか年上じゃない。彼女は短大出《で》で就職が早く、職歴が長いから差があるようだけれど、実際はそうでもないんだと自分に言い聞かせたりもしました。嫁き遅れっていうことは、つまり結婚してないってことですものね。

ともあれ三学期。その鳥井先生がいなくなった。初日はほとんど式典だけだから何事もなか

ったけれど、次の日から僕は四年七組の事実上の担任として、一日に六時間授業をやらなければいけない。子供の前でしゃべらなければいけない。

むりだ。

僕は授業の準備をするかわりに、定時で家へ帰りました。ええ、始業式の日に。たまたま両親が家にいなかったのは幸いでした。僕は電気こたつに足をつっこんで、テレビジョンの受像機の電源を入れて、白黒の画面の出るのを待って、ニュース番組を凝視しました。

それからラジオも持って来て、周波数を合わせて音を出し、さらに古新聞《ふるしんぶん》もひっぱり出しました。いうなれば臨時の情報センターをこしらえたわけです。何かから逃避したかったのかもしれません。そうして一から調べたところでは、この地球上では、季節によって気圧の布陣のしかたがちがう。日本の冬の場合には列島の西側、中国やソ連の上空に高気圧が置かれ、東側の太平洋上空に低気圧が置かれることが多い。

空気は気圧の高いところから低いところへ流れるので、これで南東向きの風ができる。この風はまず日本海を通過するので、その水蒸気をたっぷり抱えこんで、いわゆる「湿った風」になるわけです。

その「湿った風」が列島の背骨にあたる脊梁《せきりょう》山脈にぶつかると、山肌に沿って上へ行き、上空で冷やされて雲を生み、どっと雪を振り落とす。だから落とす先は裏日本になる。秋田《あきた》、山形《やまがた》、新潟、富山《とやま》、石川《いしかわ》、福井《ふくい》というような県の、それも山間部になるのです。

この方式を、かりにモデルAとしましょう。これだと海岸ちかくの平野部にはあんまり降らないわけですが、しかしもうひとつのモデルBの場合には、風が山にぶつかる前、まだ日本海にあるうちにもう冷やされて雲を生んでしまいます。

ということは、上陸と同時に雪が落ちることになる。山間部よりもむしろ平野部において降雪量が多くなる。現地には、山雪《やまゆき》、里雪ということばがあるそうですね。僕もはじめて知ったんですが、つまりこれがそれぞれ僕の言うモデルAとBの結果の差と見てよさそうです。

そうしてたぶん、比べるなら、事態が深刻なのはBの里雪のほう。なぜなら早くも海上で雲ができるということは、それくらい上空の空気が冷たいことを意味するわけで、これが降雪量を多くもするし、降雪期間を長くもする。

えんえんとつづく悪夢のよう。今回の雪はまさしくそれでした。しかもその程度がはなはだしい。何でも富山あたりでは地上気圧一〇〇五ミリバールを記録したそうで、これは例年より一〇以上も低く、あまり例がないそうです。よほど風も強いのでしょう。

豪雪でありつつ猛吹雪。鳥井先生のご実家は、新潟の……地名は忘れてしまいましたが、とにかく山のほうです。その点は少しは安心できるのかもしれませんが、どっちみち東京から見れば山でも里でも降ることは降る。ほんとうに鳥井先生は帰京できるのだろうか。へたをしたら春まで大自然の禁固刑に処されるのではないか。そうなったら、こっちは春まで学級を……。

死活問題です。何とかしなきゃいけない。気がつけばテレビジョンの画面はとっくのむかしにニュース番組が終わり、何だか江戸時代のような扮装をした役者たちが荒唐無稽な喜劇を演じていました。

僕はテレビジョンのスイッチを切り、鞄を引き寄せ、なかから国語の教科書を取り出しました。

あしたの授業の予習をしようと思ったのです。われながら亀のように遅い手の動きでしたが、そのとき手がとまり、

「あ」

声が出ました。

大げさに言うなら、天意を得た感覚。おのずから口が動いて、

「これを、やれば」

何しろ今回の異常気象は、こっちでも大きく報じられています。というより、これほど話題になるのははじめてではないでしょうか。その錯綜した情報をわかりやすく供給してやるような授業なら、子供たちは、きっと関心を持ってくれる。そう思ったのです。

なぜなら彼らは通例、家ではあんまり親にテレビジョンを見せてもらえることはないそうですし、何より子供は雪が大好きなのです。まあこれは雪合戦とか、雪だるまづくりとかいう意味ですけれど、それでもいい。僕のほうの個人的な事情としても、正直なところ、これなら例のあがり症が出現しないかもという淡い期待があります。子供たちが関心を持ち、それこそ雪合戦よろしく彼らどうしで話し合いをしてくれれば、そのぶん僕はしゃべらずにすむ。ただ教室の前に突っ立ってにこにこしていればいいのです。

これだ。これだ。暗黒の未来にひとすじ光がさしこんだ気がしました。うまく行ったら万々歳。僕はこたつを出て、大学ノートを取って来て、猛然と筆記をしはじめました。

いま見たばかりのテレビジョンの情報、いま聞いたばかりのラジオの情報、それらを忘れな

いうちに書きとめたのです。古新聞はみんな天気図をはさみで切って、ならべて貼りつけて、日々の経過がわかるようにしました。それから応接間へ行きました。本箱にならんでいる戦前の平凡社の百科事典で「気圧」とか「雪」とか、いろいろの項目を引いたのです。これもまた要点はノートに書き写しました。

気がつけば、ガラス戸の外は夜でした。ふたたびテレビジョンの電源を入れて、こたつに足をつっこんだらニュース番組をやっていましたが、こんどは政治種《だね》でした。画面には大蔵大臣・田中角栄《たなかかくえい》氏による記者会見の模様がうつし出されていたのです。

もっとも、よく聞くと、その内容はやはり裏日本豪雪に関することでした。僕がふいに、

「はあ」

ため息をついたのは、おそらくは角栄氏がうらやましかったのでしょう。こんなにたくさんの新聞記者を前にして、こんなに堂々と話せるなんて。

年齢もまだ四十代、政治家としては若いのに……まあ角栄氏のほうも、今回の件は、よほど精魂かたむける理由があるのでしょうが。新潟は彼の出生地であり、なおかつ衆議院議員としての出身選挙区でもありますから。

†

急行「越路」で私が座ったのは四人がけのボックスシート、通路側の席でした。

向かいの席には上品そうなおばあさん。背をまるめ、うつむいて、いっしんに編みものをし

ています。右の窓側でさしむかいになっているのは若い男性がふたり。どちらも背広を着てネクタイをしめ、ときおりことばを交わしているのは、会社の同僚なのでしょう。そのうちのひとり、私のとなりの席の人は髪の毛もとのっているし、さっきは親切にも私のトランクを網棚へ上げてくれました。

独身だったらいいなと思って、彼をちらっと見るために窓の外を見ると、雪はやんでいて、シャベルを持った駅員や保線員がぞろぞろと背中をまるめて通りすぎて行くのが見えました。

雪かきが終わったのでしょう。ほどなく高らかな笛の音がひびき、汽車は発車したのでした。……え？　ああ、そうですね。たしかにこの客車は電気機関車がひっぱっています。蒸気機関車が、ではないのだから、正確には電車と呼ぶべきなのですが、何となく、汽車って呼ぶほうが慣れてまして。とにかく私たちを乗せた汽車はだんだんスピードを上げて、わりあい平常運転時に近い感じになったのです。

ごとん、ごとん。車輪が線路の継ぎ目を踏む音もリズミカル。このぶんだと終点の上野へ到着するのは案外早いかもしれないなと、私は胸をなでおろしました。家にいるときは両親の看病やら何やらで夢中でしたが、家を出たとたん、仕事のことが気になっていたのです。

かわいい受け持ちの子供たちを、あの浜尾先生にゆだねてよかったのかどうか。彼ではろくろく授業にならず、毎日が無駄になり、ほかの組の子と学力の差がついてしまうのではないか。

はっきり言うとテストの点数の差ということですが、何しろ彼はあがり症、というより、私の見るところでは自分で勝手にそう決めつけているだけ。実際は単なる引込み思案にすぎないのです。

引込み思案だから子供の前ではもちろんのこと、職員室でも別の先生とうまく話せない。実際私が学年主任の小坂《こさか》先生に聞いたところでは、いっぺん下校時に、

「どう？」

と牌《はい》をつまむ手つきをして見せたことがあったそうです。

麻雀に誘ったんですね。そうしたら返事が曖昧だったので、小坂先生は、ああ、この子はそういう付き合いが嫌なのだなと思って二度と誘わなかったそうです。

つまり仲間はずれにしたのではなく、気を使ったわけです。そのことに浜尾先生は気づいたかどうか。あるいは仲間はずれにされたと思いこんで気にやんでいるかもしれません。こういう心労を解消するには、結局のところ、彼自身が人変わりするほかないのですが、その人変わりには、ひとつでいい、何かきっかけが必要でしょう。

自分に自信が出るきっかけ。子供だろうが大人だろうが、他人は恐れるに足りないのだと思えるきっかけ。それひとつで人間というのは発展できるものではないでしょうか。

じつを言うと、私も新人のころはそうでした。自分をあがり症だと思いこんでいた。彼や私だけじゃない、たいていの人は大なり小なり社会に出たらそんなふうに引込み思案のくよくよ屋になって、そうして一人前になるのでしょう。いや、それはそれとして、私の大事な子供たちがその彼のきっかけの材料になるというのは少し複雑な気もするのですが、これはまあ私のほうにも原因があることで……。

そんなことを考えるうちにも、汽車は快走をつづけます。窓の外はひたすら雪の壁。その高

さはだいたい私の顔ほどでしたが、この場合、地面はうんと低い位置にあるので、そのぶん壁は高いわけです。

　巻尺で測れば二メートルくらいでしょうか。これほどのものを築くために、言いかえるなら、これほどのものを線路から除《の》けるために何人の人が投入されたのか。ときどき待避線に、黒い色をした、その前面に雪をかきわける排雪板をつけたラッセル車の姿を見るのは頼もしいことで、何か罪の意識が軽くなりました。

　汽車は、越後堀之内《えちごほりのうち》の駅で停車しました。私は腕時計などという高級品は持っておらず、正確に測ったわけではありませんが、だいたい越後川口を出てから十数分後だったようです。ふだんより長い。客車のドアはあきません。本来ここは「越路」の停車駅ではないので、客扱いをしないのです。

　ということは、不慮の事情で停車せざるを得なかった。雪でしょう。私が不安になったとたん、また笛が鳴りました。

　汽車はふたたび発車したのです。車外の風景はもう見えません。雪があんまり強すぎて、ただ白い布をかけただけみたいになってしまったから。

　風の音はうるさいし、窓は小刻みにふるえています。つぎの小出《こいで》駅で停車したら、こんどは三十分、四十分しても動きませんでした。やはり客扱いはなし。ドアは閉まったまま。

　車内の空気は、おちついたものです。みんな覚悟していたのでしょう。横のサラリーマン氏ふたりは、

「これがほんとの越路吹雪《こしじふぶき》だ」

とか、

「行軍で言やあ、さっきのは小休止。これは大休止」

なんて笑い合っていました。男の人はほんとうに好きなんですね、女優と戦争が。

私ももちろん、準備していました。ハンドバッグから岩田一男《いわたかずお》『英語に強くなる本』という本を出して読みだしたのです。この本がベストセラーになったのはもう二年も前だけれど、来年はオリンピックのせいで東京に外国人がたくさん来るらしいし、道を聞かれたらどうしようと思いまして。

向かいの席のおばあさんは編みものをやめ、風呂敷から竹の皮づつみを出しました。つつみをひらくと何個かのおむすび。私もお腹がすきました。読書をよして、

「抜かりないですね」

と声をかけると、おばあさんは、たいへんに強い上越なまりで、

「むかしはみんな、春でも秋でも、汽車に乗るときは持って出たものだ」

という内容のことを言いました。それくらい定刻どおりに運行しなかったという意味なのか、それくらい汽車に乗るのは特別な行事だったという意味なのかはわかりませんでした。私は二個もらってしまいました。

さらに一時間半ほどがすぎると、とつぜん景気が悪くなりました。きっかけはサラリーマン氏のひとり、私の横のほうの人が、たばこを吸った吸いがらを、壁に取り付けてある金属製の灰皿へつっこもうとしたことでした。

灰皿はもういっぱいです。彼はそれを取り外して、窓をあけて捨てようとしました。

こんな何でもないことが、できませんでした。窓が凍りついている。ガタガタと力をこめて揺すっても上へあかない。

表情がみるみる変わります。ドンと右手で殴りつけて、

「畜生！」

以後、ふたりとも押し黙ってしまいました。

吸いがらは靴でふみつぶしたまま。ほかのボックスの人々の目もこちらへ向けられている気がしました。車掌が来たので、私の横の人が、

「捨ててくれ」

灰皿を突き出したら、露骨にいやな顔をしたのが気に入らなかったのでしょう、立ちあがって、車掌の胸ぐらをつかんで、

「いつまで待たせる。なんで発車しないんだ。こっちは横浜で接着剤の材料になる薬品の買いつけをしなきゃならないんだ。間に合わなかったら何百万の損になるか。ずいぶん余裕をもって会社を出たのに、これだから親方日の丸はだめなんだ。どだい俺たち民間人とは仕事に対する熱意がちがう。怠けてるやつも多いんだろう。全員駆り出して雪をどけろよ」

ことばの歯切れよさから察するに、都会の人のようです。少なくとも表日本の人であることはまちがいないでしょう。車掌は、制服の肩が雪まみれでした。胸の手も払わず、疲れた顔で、

「全員出てます。それじゃあ足りんから近隣住民に出てもらって、自衛隊にも応援要請を出して。でも積もるほうが早いんです」

疲れた顔のわりに口調は流暢です。よほど何度もおなじことを客へ言っているのでしょう。こっちの男の人がちょっと口ごもったところへ、追い討ちみたいに、

「それに線路というのは、雪かきだけじゃ走れるようにならん。レールに凍りついたのを掻き取らなきゃ。ましてや、ポイント」

「え？」

「ポイント、つまり分岐器ですよ。あれはレールのあいだに細い隙間がありますから、氷を取るにも時間がかかる。この小出駅にもありますよ。いま動いたら当編成は確実に脱線しますが、お客さん、それでいいんですか？」

「…………」

「よそでは除雪車が吹きだまりに突っ込んだとか、客車の暖房が足りなくて住民に火鉢を差し入れてもらったとか、そんな話もあるんです。私ももう三日も家に帰ってない」

と、車掌はようやく胸を前へ出すしぐさをしました。こっちの男の人は、手をひっこめて、

「ふん」

席にすわり、貧乏ゆすりをはじめました。

車掌は、行ってしまいました。ほかの乗客は誰も声をかけませんでした。私はその背中を見おくりながら、何となく、いまごろ父と母は何しているかななどと考えていました。

いまごろよほど疲れているだろうか、家の雪かきで。いやちがう、町内会長さんに頼まれて公民館か小学校かへ行ったにちがいない。家のそれは放っておいて。

何だかあべこべなような気もしますけれども、こういう話は、ことわったら近所づきあいに

支障が出るからやむを得ません。ましてや父は明治うまれ。リウマチだろうが何だろうが人前ではどんな無理もしてしまう、そんな古い型の人間ですから。そういえば私も、元日の朝には、年賀状のお返しを出しに郵便ポストに行きましたが、いまはもうどこにあるかもわからないでしょうね、てっぺんまで埋まってしまって。

もっとも郵便屋さんは、それでも毎日、葉書や封書を回収するはずです。シャベルを持って、回収口のところまで穴を掘って。

去年もおととしもそうしたように。まるで一日でも仕事を休んだら世界が終わるかのよう。それは雪国根性なのでしょうか。それとも日本人全体の性格なのでしょうか。どっちにしても、そこにはひとつの真実というか、何か重要なものがあるようです。日常とは自然にそこにあるものではなく、私たちが毎朝毎晩つくりつづけるものなのでしょう。

窓の外は、やはり白い布。

雪はまだまだつづくでしょう。私の脳裡には、この汽車までもが、あの差出し口のついた赤い円筒形の容器よろしく天井まで埋まってしまう光景が浮かんでなかなか去りませんでした。何かの埋葬のようでした。

†

始業式の次の日も、やはり東京は快晴でした。

家を出たら、風が強く吹いています。もちろん吹雪ではありません。乾燥した北西の風、いた。わゆる「からっ風」です。僕は荒れ狂う髪の毛を両手でおさえながら小学校の門を抜けました。

職員室で会議をやり、四年七組の教室へ行き、五十人の児童と対峙しました。

最初の難関、朝の出席取り。

こんどは無事に突破しました。ゆうべ何度も練習したかいがありました。それから一時間目の授業。科目名は「裏日本豪雪」とでもしておきましょう。僕は教卓の手前に立ち、例の大学ノートをひろげました。

そこへ目を落として、つまり子供たちの目を見ないようにして、ノートの文章を読みあげました。文章は、これもやはり昨晩おそくまでかけて僕自身が書いたものです。テレビジョンやラジオの情報、新聞の天気図のスクラップ、百科事典からの抜き書き。そういったものを書きとめたことは前に述べましたが、それらをもとにして、最後のほうの白いページに講義草稿のようなものをこしらえたのです。

これはわれながら妙案でした。世間の教師なみにその場であれこれ考えつつしゃべろうとするから緊張するので、棒読みなら何とかなる。

まったく必要は発明の母です。どうやら子供たちもしんとして、ちゃんと聞いてくれているらしい……僕は少し安心しましたが、実際には、この認識は誤りでした。話の途中で、

「先生」

男の子の声。僕はつい目を上げてしまって、

「な、な、なん、何だい？」

「鳥井先生は？」

そうです。すっかり忘れていたのです。そもそも僕がなぜここにいるのか、正規の学級担任がなぜいないのかを説明するという最初の仕事を。

もちろん子供たちは、ほかの先生から聞くなどして何となく知っていたでしょう。いろいろ噂もしたでしょう。しかしそれは公式なものではない上に、代理たる僕がいきなり来たと思ったら国語でも算数でもない内容の文をぼそぼそ読みだした。彼らは静かに聞いてたんじゃない、ただ戸惑っていただけなのです。

僕は、

「あ、あ」

声が出なくなりました。頭がカッカして、舌がもつれて。あんまり動悸が激しくなって……。

おしまいだ。やっぱり駄目な人間なんだ。僕はあわてて大学ノートを閉じ、ほかの資料とまとめて小脇にかかえて、廊下のほうへ体を向けました。

教室を出て、そのまま家に帰ろうとしたのです、以前に同様のことをしたように。が、足をふみだしたとたん、その男の子が、

「鳥井先生、死んじゃうの？」

僕の足は、停止しました。

「ど、ど、どうして？」

「お父さんが言ってたから。新潟の山奥は雪で道がふさがれて、食べものが届かないって」

「ちがうよ」

僕は、また体の向きを変えました。

その子に正対したのです。席は窓から三列目、うしろから二番目。名前はわからないけれど、まるまると太った健康優良児でした。

「今回の雪は、里雪といってね。山奥よりも海の近くの街でふる。もちろん山のほうにもたくさんふるし、一部の村には物資が届かないという報道なら僕も新聞で読んだ。でもそれはごく一部の地域の話にすぎないし、それで飢え死になんてあり得ない。だいたい裏日本の人たちは、表日本に住むわれわれの想像もつかないくらい雪に慣れてるものなんだ。かりに道がふさがっても、彼らには長い冬にそなえて食べものを前もって貯めておく知恵がある。お米も、野菜も、お魚もね。鳥井先生もだいじょうぶ」

ふつうの人にはふつうでしょうが、僕には血を吐くような大演説です。男の子は、

「へー」

と言っただけ。

それでも僕は、何かこう、教室全体の空気の氷がじんわり融けだしたような感じがしました。

僕自身、胸をなでおろした。人間というのは咄嗟《とっさ》のことにあたふたするので、何か準備していれば、少しは何とかなるらしい。予習というのは大事ですね。知識や情報とは自慢するためではなく、いざというとき狼狽しないために学ぶもの。僕の心にほんのわずか自信が生まれた瞬間でした。

自然と息の音が低くなる。僕はあらためて説明しました。この学級の臨時の担任は僕であること。新米だから至らぬ点も多いだろうこと。鳥井先生が帰京ししだい交代するから安心してほしいこと。そうして、

「この僕の最初の授業では、その雪の話をします。みんなもいっしょに考えてください」

僕はふたたび大学ノートをひろげて、文章の読みあげを始めました。

われながら、さっきよりも読みかたに抑揚がついています。だんだん調子よくなってきたところへ、べつの子供が、

「先生」

「あ、あ」

何の質問かは忘れました。たしか新聞の……そうだ、あっちのほうでは新聞配達の人は雪の朝でも仕事するんですか、というような。

知識にないことで狼狽しましたが、僕が何か言う前に、三、四人が、

「そりゃ休むだろ。自転車で転んだら危ないもん」

「ちがうよ。配るよ。みんな新聞がなきゃ何にもわかんない」

「新聞受けが雪に埋まったら？」

「穴掘って新聞受けに入れるのかな」

「雪の上に置くんじゃゃない？」

「そしたら新聞も埋まると思う」

てんでにしゃべりだしたのは地獄で仏。結果的に僕の期待どおりになったわけです。

戦後生まれの子供はやっぱり民主的というか、議論に抵抗がないんですね。おしゃべりであることが恥ではない世代。もっとも彼らは、そのあおりなのか、それとも単に新米だからと見くびったのか、議論のあいまに僕へも質問をあびせたり、意見をもとめたりしましたから、僕があらかじめ持っていた、教室の前に突っ立ってにこにこしていればいいという勝手な期待はだいぶん裏切られたわけですけれども。結局、僕はその場にふんばったまま、とうとう終業のチャイムを聞いたのでした。砂漠で生きのびたような気持ちでした。

こうなると二時間目の国語も、三時間目の理科も何とかなります。やっぱり子供たちは騒がしくなりましたが、教師が脱走するよりはましと見たのか、よその先生からの苦情はありませんでした。まったく豪雪様々《さまさま》だなんて言ったら鳥井先生に叱られるにちがいありませんが、ともあれ僕はこうして意気揚々と家に帰り、翌日から、日一日と登校が楽になりました。

授業のほうも、何というか、平熱のままできるようになった。東京の天気はおおむね晴れがつづきました。僕はときどき、休み時間など、職員室で学年主任の小坂先生に他のクラスの進み具合を尋ねさえするようになったのだから大進歩でした。小坂先生ははじめ意外そうだったけれど、すぐ親切に教えてくれるようになりました。

そんな或る日、校長室に呼ばれて、

「浜尾君。ご苦労さん」

「はあ」

「けさ鳥井先生から長距離電話があってね。向こうの家を出たようだ。列車運行の情況にもよるが、まず、あさってからは学校へ顔が出せそうだよ」

がっかりしました。せっかくうまく行きだしたのに。鳥井先生は僕の児童を奪うつもりか。主客転倒もはなはだしい気分にもなってしまいました。教室へ行ってそのことを告げたら、みんな、

「やったあ！」

なかには万歳してるやつもいる。僕はなおがっかり。結局僕のクラスじゃなかったのか。と、ふいに、わっと泣き声がしたのです。

ほかの教室にまで響きそうなその声のぬしは、廊下から二列目、前から二番目の女の子でした。三宅《みやけ》よし子ちゃん。机に突っ伏してしまっている。そんなに僕との別れが惜しいのかと思ったら、

「会社が。お父さんの会社が」

友達がみんな歓声をあげたので、自分ひとり不幸せな気になったのでしょうか。こんな事態は予習できません。僕の胸がまたぞろ太鼓を打ち鳴らしはじめましたが、それでも、

「どうしたの、よし子ちゃん」

彼女は少し顔をあげて、

「お父さんの会社、お茶の問屋をしてるの。金沢にお客さんが多いのに、これまでに売った品物の手形の支払いがなくて、会社にお金がなくなって。このままじゃつぶれちゃうって」

小学生の口から手形などという経済用語が飛び出したこともおどろきましたが、内容の深刻さはそれ以上です。その金沢のお客というのもおそらくは経営難とか倒産とかいう騒ぎではなく、雪で事務ができないのでしょう。そうしたら別の子が、これは廊下側の最後列の鹿本和夫《しかもとかずお》

君ですが、

「あの」

椅子を引いて立ちあがって、

「うちはさ、お父さんもお母さんも扇風機をつくる工場につとめててさ。羽根のプラスチックの材料は新潟の石油コンビナートから来るんだけど、それが止まってるんだって、貨物列車が動かないから。それで工場に行ってもやることないんで、家にいろって言われてて。給料へらされちゃうって」

教室中が、しんとなりました。

全員の視線が僕にあつまる。何とかしてくれという顔、顔、顔。こんなときは僕だって、

「だいじょうぶ。絶対だいじょうぶ」

くらいのことを言いたいし、その気になれば言えたかもしれませんが、子供は敏感です。そんなのが安請合にすぎないことは容易に察するに決まっている。僕はどうしたらいいかわかりませんでした。

突っ立ったまま、下を向いてしまいました。

われながら、いちばんやってはいけないことです。内心、自分を責めました。そら見てみろ。教師失格。しょせん僕なんか予習したことを述べるしかできない人間なんだ。ただの発話機械にすぎないんだ。

発話機械？

「…………」

僕は、息をのみました。

教卓の上には、大学ノート。表紙に僕の字で「昭和三十八年豪雪　三」と書いてある。その下にはおなじノートの「一」と「二」がきちんと重ねて置いてあるはず。

僕の、心のおまもりでした。これまで僕は理科の時間でも、算数の時間でも、まずここにこれを置くことを習慣にしていたのです。もしもあがり症が再発したら、もしも授業の続行が困難になったら、こいつをひろげればいい。

最初の時間にそうしたように自分の書いた文章を読み、自分の書き抜いた情報を読んで豪雪の授業をやればいい。そうすれば何とかなる。僕はこの心の逃げ道をつくることで、どうにかこうにか、教室からほんとうに逃げ出すことを避け得たのでした。

豪雪の授業は、実際に二、三度やりました。もっともそれはあがり症とは関係なく、純粋に意図的、計画的なものでしたが、ともあれそのため家でもひきつづき、こたつに足をつっこんで準備ないし勉強をしていたのです。その結果ノートは二冊目になり三冊目になった、その三冊目がこのとき目に入ったのでした。

そうか。

それでいいのか。

僕はそう思いました。何もむつかしく考える必要はない。機械なら機械の仕事をやればいいんだ。僕は立ったままノートをひろげて、顔をあげて、

「みんな」

ゆうべ書いた文章を読みはじめました。偶然ながらその文章は、新聞に書いてあったのでは

ない、テレビジョンで誰かが解説していたのでもない、僕自身が抱いた疑問を夢中で筆記したものでした。

「みんな、どう思うかな……裏日本とは何か」

僕は、話しつづけました。いったいに裏日本、表日本というのは日本語の普通の語彙であり、僕たちも当たり前に口にするし、雑誌の表紙をかざったりもする。

意味も、いちおう明確である。日本列島をおおむね脊梁山脈の線でふたつにわけて、日本海側が裏日本、太平洋側が表日本。

「裏日本式気候」なんて科学用語もある。僕たちが住む東京はもちろん表のほうに属するわけだが、しかし考えてみれば「裏」とは語感がよろしくない。裏通りといえば日のあたらない感じがするし、裏切るといえば後ろ暗い。

少なくとも、威風堂々とはしていないだろう。こんな語を最初に使いだしたのが誰なのかは知るよしもないけれど、まず日本海側に住む人々でないことは確かだ。

わざわざ自分から「裏」などと名乗るわけがないからである。言いかえるなら日本海側の人々は、こんなに冬が長いにもかかわらず、こんなに雪で苦労しているにもかかわらず、そうでない人々の口で裏方よばわりされているわけで、理不尽以外の何ものでもない。そういえば中国地方にも山陰と山陽の名称があるけれど、これもまた山陰の人々が言いだしたものではないのではないか。

ところでこの「裏」「表」という語には、べつの語感もある。たがいに交わらない、干渉しない、というものだ。裏通りと表通りもそうだけれど、もっとわかりやすいのは紙だろう。何百回ひっくりかえしても裏は表にはならないし、表は裏にならない。両者はそれぞれ独立している。

文字どおりの平行線、ないし平行面。この語感は気象条件に関するかぎり正しいというか、いちおう事実に即している。おなじ冬の日本海からの風であっても、裏日本ではたっぷりと雪を落とすのに対し、いや、落としたからこそ、山脈をこえた表日本ではからからに乾燥して地へ吹きおろすからである。

いわゆる「からっ風」である。僕たち東京の人間には冬でいちばん恐ろしいのは雪ではない。火事なのだ。あの約三百年前に江戸中を焼きつくしたという明暦の大火、いわゆる振袖火事も発生したのは一月なかばだそうだから、暦の新旧はあるにしろ、今日《きょう》この日とほぼおなじ。あれは本郷《ほんごう》あたりで出た火がたちまち風にあおられて東京湾にまで達し、十万以上の人を焼き、五重の天守閣をすら灰にしたそうだけれども、それほどの大事はしかし日本海側の人々には何の痛痒《つうよう》もなかった。

痛痒以前に、当時の彼らは、そもそも冬の火事というもの自体が想像できなかったのではないか。大雪と大火。なるほど紙の裏表さながらに裏日本と表日本は交わることをしなかったのである。これまでは。

「そう」

と僕はここで声をいっそう大きくして、児童ひとりひとりの顔を見わたして、

「これまでは、だ」

さらにつづけた。今回は、ちがう。

戦後はまったくちがうのだ。裏が表を変えている。金沢の客の手形の渋滞がよし子ちゃんの

家の茶問屋を追いつめ、新潟からの原料の未着が和夫君の両親の工場に稼働停止を強いている。この小さな学級でさえこれだもの、東京全体、表日本全体、いや列島全土ではどれくらいの被害になるのか。その意味では、そう、

「今回の豪雪は、日本最初の豪雪なんだ」

裏も表もない、ひとつの日本という国の豪雪。

鉄道とか、道路とか、電報とか、電話とか、ラジオやテレビの電波塔とか……遠い場所のあれこれを短時間でむすびつける文明の道具が急速に発達したがための天災。または人災。もはや僕たちは後戻りできない。おなじ方向へ突き進むしかない。早い話が道路である。今後はますます砂利道がなくなり、アスファルト舗装が進むだろう。

高速道路も開通するだろう。その上を通って自動車や大型トラックが無数に各地を往来すれば、すべては電子回路になる。

日本という一枚の基板の上に網の目のように張りめぐらされた無数の導線、無数の部品。どこか一か所で故障があれば、その影響はたちまち思わぬところの故障をまねき、全体におよぶ。こと激甚災害に関するかぎり、地方というのは存在しなくなるのだ。

「僕たちはつまり、そういう時代に生きてる。この教室はその最前線なんだ」

と静かに告げて、僕はようやく口を閉じました。

教室は、しんとしています。

人生最大の長広舌。僕はみんなの顔を見おろしながら、内心、自分におどろいていました。話の長さもあるけれど、それ以上にこう思ったのです。

なんだ、発話機械じゃなかった。

僕の大学ノートには、じつを言うと途中までしか書いていませんでした。「これまでは」を強調した部分の直前、明暦の大火のあたりまでしか。

あとは、たったいま思いついたのです。思うそばから口に出した。だからこそよし子ちゃんや和夫君の家の事情もひきあいに出すことができたわけで、これはたしかに成長でした。僕はのどがからからでした。まだ少し足のふるえるのを感じながら、何となく、胸が張れるという気にもなったようです。僕は僕の仕事をした。僕のクラスかどうかなんて関係ない。鳥井先生が帰って来ても、胸を張って返すことができるんだと。

もっとも、僕の成長など、子供たちの悩みの解決にはなりません。

そもそも何の答にもなっていない。僕はよし子ちゃんの顔を見、それから和夫君の顔を見ました。やっぱり雪雲のような顔。じっとりと重たくて暗くて静か。とつぜん最前線へ放り出されたところで何で笑顔になれますか、そんなふうに非難されている感覚。

チャイムが、鳴りました。

授業の終わりの合図です。僕は急いで、

「提案がある」

と言いました。

†

急行「越路」は、とうとう警笛を鳴らしました。

そうして小出駅を出発しました。停車から約六時間後、雪が小やみになってからでも二時間後のことでした。

線路の雪かきがいちおう終わり、ポイントの氷が取れたということなのでしょう。床下の車輪がごとごとと鳴り、車両と車両の連結部がきーい、きーいと軋みを立てる。

文明の音です。ほんとに動いてる。私はちょっと前かがみになり、窓を見ました。

とっくに日が暮れている、どころか日付も変わろうという時間ですから、黒一色、何も見えないのですけれども、ときどき黄色の光がひとすじ流れて去ります。電灯でしょう。汽車はふだんより大幅にスピードを落として走っているにもかかわらず、どういうわけか、ふだん以上に速いように見えました。

電灯のうしろは、そこだけ円《まる》い雪の壁でした。黄色い光を受けているのに雪はやっぱり純白というか、無色というか、とりつく島もない感じ。その壁が窓の上のどこまでそびえているのかも到底わかりませんでした。

座席の空気は、おちついています。

私をふくめて四人とも口をきかないのは相変わらずなのですが、みんな表情はおだやかでした。

私もおなじ顔をしていたはずです。発車したからほっとした、のではありません。それ以前から軟化していました。いっときは顔を上げるのもはばかられるような剣呑な感じだったのに……軟化のきっかけは、私の横のサラリーマン氏でした。そう、あのとき車掌の胸ぐらをつかんで「いつまで待たせる」と食ってかかってムードを悪くした張本人。

彼が、客車を出たのです。あの車掌とのいさかいから三《さん》、四十《し》分たったころでしたか。とつぜん立ちあがって、私の前を横切って通路へ出て、自分で車両のドアをあけて。あけたとたん、猛烈な雪と風音《かざおと》が吹きこんで来ました。顔を下に向け、右腕で頭を覆いながらホームへ飛びこんで行くさまは探検隊さながらです。ホームには、雪でよく見えませんが、駅弁の立ち売りのおじさんがいたようでした。

こんな日にもふだんどおり首からひもで木箱をさげて、何十個も積んでいるのでしょう。五、六分後にふたたび車内へ入って来たときには、サラリーマン氏はお腹の前でお弁当を四つ重ねて抱えていました。

その上には、プラスチック容器のお茶も四つあります。まるで悪いことをした弁解みたいに、

「いや、その、呼び声が聞こえたんで。窓はあかないし」

ぼそぼそ言いながら私たちのボックスの三人のひざの上にひとつずつ置いていく。そうして邪険な手つきで頭や肩の雪を払いのけて、また私の前を通って座席にすわる。

「ありがとうございます」

と私が頭を下げたら、ぷいと窓のほうを向いて、

「たばこも、ね」

私はそのとき気づいたのですが、壁の灰皿はからっぽでした。ホームにはごみ箱があったのでしょう。どっちが真の目的だったか。私は彼を見なおすと同時に、ああ、やっぱり、と思いました。さわぎを起こした男の子がとつぜん不器用に善行をやりだす光景ならしばしば学級の

なかでも見ています。それはそれでいい。善は善です。お弁当はお弁当です。

私は割箸を割り、お弁当のつつみひもをほどきました。白いごはんと塩鮭はつめたかったけれど、お茶はあたたかかった。あっというまに食べてしまって、もういちど横のサラリーマン氏に、

「ご馳走様でした」

何となく、後生が悪い気がしました。さっきのおむすび二個といい、このお弁当といい、どうも私はほどこしを受けてばっかりです。若いのに人様の役に立っていない。

何かしなきゃ。そう思って、向かいのおばあさんが食べ終わったのを機に、

「捨ててきます」

「え?」

と聞き返したのは、ななめ向かいのサラリーマン氏です。私はその人へ、

「私が行きますよ。ホームのごみ箱へ」

彼の足のほうを手で示しました。座席の下には食べたあとの弁当殻がおしこんでありました。

「無理だよ。雪」

「だいじょうぶ」

にっこりしてみせてから、

「それに、ごみ箱があるなら、あれもあるでしょうし」

「あれって……ああ」

察しのいい人のようです。身をかがめ、弁当殻をとりだして、

「じゃあ、たのむよ」

私は四人ぶんをあつめて持ち、立ちあがり、通路へ足をふみだしてから、

「お願いがあります。私が出てるうちに……」

「わかってる」

と言ったのは私の横の人。まるで競争でもしてるみたいに早口で、

「汽車が出そうなら、まだ出すなって車掌に言う」

「喧嘩しないでね」

と言い返そうとしましたが、蓮《はす》っ葉《ぱ》なようでやめました。

私はホームに出ました。横なぐりの風で首がたおれます。屋根があるにもかかわらず足もとに三、四センチも積もっているのはおどろきました。

青いズックでずんずん踏んで歩いて行って、ごみ箱へごみを捨てて、手を洗おうと水道の蛇口をさがしたものの、どうせ凍りついてると思いなおして足もとの雪を両手ですくう。そのまま両手をごしごしやる。

ハンカチで手をふいて、その手を目のひさしにして、ホームの左右を見ました。ありました。改札口そばの窓口の前に、ピンク色の縦長の箱。公衆電話です。私はそこへ近づいて、受話器をあげ、十円玉をたくさん入れました。

ダイヤルの穴へ指を入れて時計まわりにまわすのは、さっきの手のごしごしで指が動かないので一苦労でしたが、何とかかんとか、記憶している学校の番号をまわしました。呼び出し音が鳴る。この時間ならまだ校内に誰かいるはずですが……。

「はい」

校長の声です。じゃらじゃらと十円玉の落ちる音がする。私は、

「校長先生ですか。鳥井です。いま小出駅で止まっていて、いつ発車するかわかりません。家を出がけのときは、あさってから登校できると申しましたが、どうなりますか。上野に着いたらまた電話します」

通話料金が高いから、われながら早口です。校長先生はのんびりと、

「わかった。あなたね、何しろ気をつけてお帰りなさいね」

「はい」

がちゃんと私は受話器を置き、わずかのお釣りを財布にしまって、ふたたび席にもどったら、サラリーマンふたりが、

「よかった。無事で」

「どうなることかと」

まさか雪国そだちの私がこの都会っ子——にちがいありません——に気づかわれるとは。でもまあそれも何だか自然なことのように思われて、私は、心がくすぐったくなりました。向かいのおばあさんだけが何も話さず、仏様のような笑顔のまま、気長に編みものをつづけていました。

とまあ、こんなふうにして、私たち臨時の同居人は平穏な空気を取り戻したのです。ごとごとという車輪の音、きいきいという車両の連結部のきしみ……越後《えちご》湯沢《ゆざわ》駅で停車しました。おばあさんは道具をまとめて、

「じゃあね」

と言って下りて行ってしまいました。

それっきり、また長時間停車。夜はふけるばかり。いっときは、

「本日はもう動きません。国鉄《こちら》の負担で駅周辺の旅館を取って、そこで一晩寝《やす》んでもらうようにします」

という主旨の車内放送がありましたけれども、結局、また動きだしました。なんだ、せっかくこの有名な温泉地に無料で泊まれるチャンスだったのになどと思う心のゆとりは私にはありませんでした。

何しろ眠くて眠くて。家で起きたのは朝早くだったし、読書にもすっかり飽きてしまったし、人様に寝顔を見せるなんてと自分を何度も叱ったけれど効果がなく、まぶたがかさなり、意識が遠のき、ただ窓ぎわのサラリーマンたちが、

「夜行便だな」

「ああ」

「トンネルに入ったのかな」

「いや、まだだ」

「眠れんな」

「寝台がほしいな」

などとぽつぽつ言い合うのが聞こえるばかり。あの声は現実だったのか、夢だったのか。

ずいぶん深く寝入ってしまって、翌朝あっと思って、目をあけて、すぐにまた閉じました。

まぶしい！　おそるおそるまた目をあけると、窓の外の明るいの何の。

瞳がパチパチ音を立てそうで、

「わあっ」

私は、子供のような声を出してしまいました。

なんで明るいのか。お日様が出てるから。それならなんでお日様が出てるの？

それはもちろん知識はあります。汽車は清水《しみず》トンネルを通りぬけたのです。新潟・群馬《ぐんま》県境にそびえる谷川《たにがわ》連峰の下をくぐった、ということは日本の脊梁山脈の下をくぐった。

つまりもう、ここは雪雲の帝国じゃない。からっ風の支配下にあるのです。空は青空。「抜けるような」っていう表現がぴったり。

汽車はまだ群馬県内を走ってるのでしょう、風景には山が多く、そのあいまに冬枯れの田んぼが、座ぶとんを撒いたように置かれています。緑のひこばえも見える。ときおり民家もありますが、その屋根はトタン板にしろ瓦にしろ、埃をかぶっているようでした。このへんでは雪どころか、しばらく雨もふっていないのでしょう。私は……私は、正直ちょっと、もう冬には郷里へ帰りたくないと感じました。

お嫁に行くなら関東の人のところがいい。関東の一年は北陸のそれより四か月も長いのだと、このときほどしみじみ劣等感のような、自己嫌悪のような複雑な思いにとらわれたことはありませんでした。

郷里の親の看病のため帰京を先のばしにした人間がこんなことを言うのは矛盾ですね。窓の景色はだんだん山が減って行きます。高崎《たかさき》を出るとほとんど平野だけになり、大宮《おおみや》を出ると人家が建てこむ。青空にだんだん灰色がまじって来たのは、これはもちろん雪雲のせいではなく、都会の煤煙《ばいえん》のせいでしょう。いずれにしても重い空。ほどなく汽車は速度を落とし、線路のポイントをいくつも踏んで左右にゆれて、上野駅に入りました。

十五時間あまりの旅の終わり。私はトランクを網棚から下ろしてもらって、ハンドバッグを持ち、ホームに出ました。ホームの床は雪がなく、硬いコンクリートがむき出しだったのに、なぜかふわふわした感じでした。

まわりは、混雑しています。ほかの汽車に乗る人もいるのでしょう。これじゃあ公衆電話をさがすのもたいへんかなと落胆したとき、

「先生」

子供の声。

どんなに騒がしい場所であっても、聞きなれた声はわかるものです。私は左右を見ました。いない。遠くを見ました。いない。

「先生！　鳥井先生ったら！」

いた。私の目の前というか、目の下というか。腰のあたりに三、四人。

私の大事な、受け持ちの子たち。

みんな息をきらしている。森のうさぎのように大人たちの木のあいだを走って来たのでしょう。

「道雄《みちお》君。広美《ひろみ》ちゃん。真知子《まちこ》ちゃん。憲之君《のりゆき》」

その憲之君がうしろを向いて、

「おーい！　先生いたぞー！」

わっと集まって来た顔、顔、顔。都会の子に特有の薄い唇がいっせいにひらいて、

「……！」

「……！」

何を言っているのかわかりません。雑踏のせいもあるでしょうが、こっちの頭が追いついていないのです。きょうは平日。いまは授業時間のはず。どうして四年七組がこんなところにいるんだろう。

「遠足？」

と聞いたら全員笑って、陽子《ようこ》ちゃんが、

「そんなわけないでしょ。あれ」

体をねじって、私から見て右後方を指さしました。ホームの奥、人の流れを外れた場所に、赤いかかしが立っています。

いや、ちがう。赤い安物の運動着を着た若い男の人ひとり。顔をななめ下へ向けて、上目づかいに私の様子をうかがっているさまは小さな悪事でもはたらいたみたいです。

左右の肩には、うっすら白いものが積もっていました。雪ではありません。私は彼へ、

「浜尾先生。どうして？」

「校長」

と、浜尾先生はますます申し訳なさそうな顔になって、

「校長先生から聞いたんです、小出駅で長いこと足どめを食ってるって。で、僕、国鉄へ問い合わせの電話をかけて、それに当たる『越路』の列車番号を聞いて、上野への到着時刻を教え

てもらって……」

「いや、あの」

私は、ことばにつまりました。そんなのはかんたんです。私の乗った汽車の特定なんて、ちょっと目はしがきけば誰でもできる。そんなことより聞きたかったのは、このあがり症の人が、児童を置いて教室から逃亡した前科すら持っているこの頼りない新米教師が、どうして子供を連れてここに来たのかでした。

私を出むかえるため？　それだけのため？　いや、それ以前の疑問もあります。どうして彼はちゃんと私のかわりが務まったのか（授業を無事にこなしたことは運動着の肩のチョークの粉からも明らかです）。どうして今朝のこの外出のため校長の許可が得られたのか。どうして子供たちはこんなに顔がいきいきしているのか。

ああ。

私は、ようやく察しました。彼は何かを克服したのです。私のいないあいだに。彼はなお話しつづけました。

「校長先生にはわざわざ迎えに行く必要はないって言われたんですが、僕、その前に、教室で提案しちゃったんで。こっちから行こうって。それで……」

話の中身がどうこうより、私には、彼がこんなにしゃべること自体がおどろきでした。

彼の顔はだんだん上向きになり、前向きになり、こっちをまともに見るようになりました。と、女の子のひとりが横から彼へ体あたりして、

「よーするに、浜尾先生って、鳥井先生のこと好きなんだよ！」

「あ、ばか」

彼はその子の口をふさごうとして、するりとかわされ、運動着よりも顔を赤くしました。まだまだ青い。子供のこんな軽口にいちいち反応していたら教師は仕事にならないのです。私はつい笑ってしまいました。帰京してよかった、というような気になりました。

と同時に、べつのことを思い出しました。

例のサラリーマン氏ふたりです。いろいろお世話になりました。ひとこと「ありがとう」と言いたい。言わなきゃ。私はあわてて背のびをして、前後左右を見ましたが、彼らの姿はありませんでした。

あってもこの人ごみではわからなかったでしょう。たしか横浜に仕事があると言っていましたから、そっちへ乗りかえに行ったのか。やはり急いでいたのかもしれません。私は、背のびをやめました。あきらめたのです。結局おたがい名前も告げることをしなかったし、もう永遠に会うことはない。あのせまいボックスシートは、いうなれば、さまざまな路線を走る線路がほんのひとときき交差するポイントだったような気がします。ふつうは気にも止めないけれど、今回はその細い隙間に氷がつまって目を引いた。心にのこった。ただそれだけの話。

いつのまにか、浜尾先生が近くへ来ています。私へ、

「どうしました」

と聞く。私は、

「ううん。何でも」

と答えてから、声の調子を少し上げて、

「行きましょうか」

「はい」

「号令してください」

「いや、それは」

浜尾先生は、きゅうに歯切れが悪くなりました。私に対する遠慮なのでしょう。私はにっこりしてみせて、

「私は、きょうはお休みです」

「はあ」

「担任はあなたですよ」

「わかりました。その前に」

と、浜尾先生は顔を下へ向けました。手前に子供がふたりいます。三宅よし子ちゃんと鹿本和夫君。

ふたりとも、私のほうを見ています。浜尾先生はうしろから、

「よし子ちゃん。和夫君」

と呼びかけて、

「どうだろう。わかってくれたかな。裏も表もないってことは……こうして汽車の特定もできる。鳥井先生とも駅で会える。悪いことだけじゃないんだ。おうちは大変かもしれないけど」

「うん」

「うん」

「将来、役に立つかな」

「うん」

「うん」

ふたりは律儀に返事をして、それで彼はほっとしたようでした。私には何のことかわかりませんが、おそらくは、教室で何か大切なやりとりがあったのでしょう。それから浜尾先生は子供全員へ号令をして、ざっと二列にならばせてから、私に背を向けて、階段のほうへ歩きだしました。

子供たちがつづきます。最後に私。私はいつも遠足のときそうしているように、列から離れそうな子へ声をかけました。自然に体が動きました。階段に足をかけたとき、振り返ると、ホームにはまだ汽車が止まっています。

急行「越路」。私の乗った汽車。客車の窓枠には雪がこびりついています。東京のなかの新潟でした。きょうは快晴。気温も高め。このぶんでは、じきに溶けてなくなるのでしょう。

†

翌日から、鳥井先生は正式に学校へ復帰しました。

四年七組の教室に立ち、僕はお役御免となりました。ふたたび職員室というベンチをあたためる、野球チームでいえば補欠の日々に逆もどり。

でももう前のような物足りなさはありませんでした。豪雪の勉強をつづけたからです。そう、家に帰ったら電気こたつに足をつっこんで、テレビジョンやラジオや古新聞で情報を得て、せっせとノートに書きとめる仕事。ふしぎなもので、あれが心の張りになったのです。

またほかの先生が休んだときのために、などと殊勝なことを考えたわけではありません。ただ単に乗りかかった船というか、ここまで来たら最後まで見とどけようという気分だったのです。あの鳥井先生帰京の日から二週間ほど経って、ラジオからもテレビジョンからも新聞からも豪雪のニュースがほとんど消えるころには、僕のノートは累々六冊になっていました。

その六冊目の後半のページには、だから、以下のような最終的な数字がならんでいます。

死者　二二八名

行方不明者　三名

住宅全壊　七五三棟

住宅半壊　九八二棟

床上浸水　六四〇棟

やはりたいへんな被害でした。死者、行方不明者はおもに雪崩や雪の重みによる住宅の倒壊などが原因だったようです。

もっとも今回の場合は、人だけでなく、貨物の問題も大きかった。以下は後日に或る雑誌で見たものですが、国鉄新潟支社管内では、管外へ——日本各地へ——送り出すべき、

米　二〇、〇四五トン

石油類　三、七〇〇トン

カーボンブラック　八〇〇トン

合金鉄　七二五トン

などなど、貨車にして約二〇〇〇輛ぶんが封じこめに遭ったとか。関連産業がどれほどの範囲におよんだのか、どれほどの人々が被害を受けたのかは想像もつきません。もちろん逆に、管外からも列車が入れなかったため、管内では小麦粉、野菜、鮮魚、肥料といったような生活必需品が不足しました。

ことに山間部の集落では欠乏したのではないでしょうか。すべて雪のせいでした。いや、むしろ、物資の輸送をすっかり鉄道に頼るようになってしまった僕たちの文明のほうに原因があったのかもしれませんし、もっと言うなら、そもそも僕たちの仕事や生活が各種大量の物資の消費を前提としなければ成立しなくなっていることが原因かもしれません。単なる天変地異ではなかったのです。

…………。

…………。

大雪は、火山の噴火や地震とはちがう。

何十年、あるいは何百年に一回ではなく、毎年かならず来るものである。だから長い日本の歴史のなかでは単なる悪天候ないし季節の流行のようなものとしか見られず、天災とは認められて来なかった。

しかしながら今回の豪雪は、誰がどう見ても天災だった。例年をはるかに上まわる降雪量によることは当然として、僕たちの社会の発展が被害をいっそう大きくし、その範囲をひろくしたこともまた事実である。

いうなれば、現代は、天災でないものを天災にしたのだ。

べつの言いかたをするならば、天災と人災の区別をなくした。だとしたら今後、社会がますます発展するにつれて、人類がますますます進歩するにつれて、また新たな種類の天災が生まれ出るかもしれない。

現在の——昭和三十年代の——僕たちが想像もしなかったような何かが僕たちを被災者にし、死者にし、行方不明者にする。だからと言って社会の進歩は止まらない。僕らの意志では止めようがない。僕たちみんなが乗っているこの急行列車は、いや特急列車は、終わりのない線路をひたすら走らなければならないのだ。どんな危険が待とうとも。どんな惨禍に遭おうとも。好むと好まざるとにかかわらず。

……とまあ、こんな文章を、僕はその六冊目のノートの最後のところに書きました。われながら大仰というか、偉そうというか。七冊目はなし。正真正銘の最後。僕は課程を修了したのです。

四月から、僕はどうなるのでしょう。ふたたび職員室の補欠になるのか。あるいは正式にどこかの学級の担任になるのか。どちらにしても、僕はもうこれを読みあげることはない。

ノートを教卓の上に置いて、子供たちに向けて、発話機械よろしく朗読する日は来ない。そんな気がするのです。それが教師としての僕の成長によるものか、それとも文明そのものの成熟によるものかはわかりませんが。

この物語は、災害によって起きた悲劇を後世へ伝えるために、実際の出来事をもとにして書かれたフィクションであり、実在の人物・団体とは一切関係はありません。
また、本文中に、今日の見識から見れば不適切と思われる表現がありますが、当該の表現は当時の人たちの置かれた環境や意識のありようを適切に理解するためのもので、差別助長の意図はございません。よろしくご理解のほどお願いいたします。

初出

「一国の国主」　小説現代二〇二三年一・二月合併号
「漁師」　小説現代二〇二二年八月号
「人身売買商」　小説現代二〇二一年十一月号
「除灰作業員」　小説現代二〇二〇年三月号（「被災者」を改題）
「囚人」　小説現代二〇二三年五・六月合併号
「小学校教師」　小説現代二〇二二年三月号

門井慶喜（かどい・よしのぶ）
1971年、群馬県桐生市生まれ、栃木県宇都宮市出身。同志社大学文学部文化学科卒業。2003年「キッドナッパーズ」で第42回オール讀物推理小説新人賞を受賞し、作家デビュー。'16年『マジカル・ヒストリー・ツアー　ミステリと美術で読む近代』で第69回日本推理作家協会賞（評論その他の部門）受賞。'18年『銀河鉄道の父』で第158回直木賞受賞。主な著書に『家康、江戸を建てる』『自由は死せず』『東京、はじまる』『銀閣の人』『なぜ秀吉は』『地中の星』『ロミオとジュリエットと三人の魔女』『信長、鉄砲で君臨する』など。近著に『江戸一新』『文豪、社長になる』がある。

天災《てんさい》ものがたり

第一刷発行　二〇二三年七月二十四日

著者　門井慶喜《かどいよしのぶ》
発行者　鈴木章一
発行所　株式会社　講談社
〒112-8001　東京都文京区音羽二—一二—二一
電話　出版　〇三—五三九五—三五〇五
販売　〇三—五三九五—五八一七
業務　〇三—五三九五—三六一五

本文データ制作　講談社デジタル製作
印刷所　株式会社KPSプロダクツ
製本所　株式会社若林製本工場

定価はカバーに表示してあります。

Printed in Japan　ISBN978-4-06-529779-7
N.D.C. 913　350p　20cm

KODANSHA